영웅의 조건 1

영웅의 조건

후계자 1

이원호 지음

한결미디어
HANGYEOL
MEDIA

저자의 말

《영웅의 조건》은《영웅시대》의 5부입니다.

《영웅시대》는 시대를 따라서 이야기가 계속되어 왔습니다.

이번 이야기 《영웅의 조건》은 '등소평'이 중국을 개혁, 개방하면서 한국과 수교를 하는 시기입니다. 이광이 그 시기의 세계 지도자들과 함께 '새 세상'을 만드는 것입니다.

《영웅의 조건》은 이광의 후계자로 개성이 다른 여러 인물을 등장시켜 세상의 '불의'와 '독재'에 맞서는 구도로 만들었습니다.

특히 오랫동안 세계를 장악해 온 미국의 '군수산업연합체' 즉 '군산연'과 이광의 싸움이 시작됩니다.

'군산연'은 미국의 정계, 관계, 군부를 장악한 강력한 집단으로 반미(反美) 국가를 미국의 적으로 몰아서 '전쟁'을 유발시켜 왔습니다.

전쟁이 있어야 '군수산업'이 일어나고 미국의 경제가 호황이 될 것이기 때문입니다. 엄청난 로비 자금을 뿌려 관계자를 매수, '전쟁' 분위기를 일으키고 가차 없는 암살도 서슴지 않습니다.

이광의 '리스타연합'이 '군산연'을 저지하는 유일한 기관이 되어 때로는 '군산연'의 무기 공급을 저지하고 때로는 '피의 보복'으로 응징합니다.

이광의 '후계자'들이 활약하는 것입니다.

재미있게 읽어 주시기 바랍니다.

1부 영웅시대 3권

2부 영웅시대 2권

3부 영웅시대 3권

4부 거인의 탄생 4권

5부 영웅의 조건 2권

감사합니다.

2019. 6. 15.

이원호

차례

1장 대마도 공략

사무실로 들어선 강정규의 얼굴에 웃음이 떠올랐다. 안에서 기다리는 넷 중 둘은 홍만준과 윤석이었기 때문이다. 대마도에서 작전을 마치고 귀국했던 조장들이다. 그들은 미리 알고 있었는지 놀란 표정은 아니었다. 그때 조백진이 말했다.

"내가 둘을 알고 있는 사이라고는 말 안 했군, 강 소령도 묻지 않고 말야."

"반갑습니다."

사복 차림이었지만 홍만준과 윤석이 거수경례를 했다. 나머지 두 명도 홍만준과 윤석을 따라 대마도 작전에 참가한 부하들이다. 인사를 마친 넷이 자리에 앉았을 때 조백진이 물었다.

"무기는 가져왔지?"

"예, 모두 인수했습니다."

홍만준이 대답했다.

"좋아. 그럼 맡기겠다."

자리에서 일어선 조백진이 먼저 강정규에게 손을 내밀었다.

"일 끝나고 연락이나 해."

"예, 사장님."

강정규와 나머지 넷까지 차례로 악수를 나눈 조백진이 사무실을 나갔다. 오후 12시 반이다. 이곳은 유성 시내의 상가건물 5층 사무실 안이다. 경찰의 안가여서 문에는 '성호물산'이라는 푯말이 붙여졌고 책상도 놓였지만 안에는 다섯 명뿐이다. 조백진이 나가자 넷은 분주하게 움직여 책상 밑에서 가방들을 올려놓았다. 가방을 열고 무기를 꺼내 놓았는데 저격총이 2정이나 된다.

"모두 몰살하라는 지시여서 앞뒤에 저격병을 배치하는 것이 낫겠습니다."

홍만준이 말했다.

"위치가 골짜기 안이니까 적당합니다."

강정규가 머리를 끄덕였다. 홍만준과 윤석은 대위 출신으로 전문가다. 강정규보다 어떤 능력도 뒤지지 않는다. 다만 강정규의 경력이 조금 많을 뿐이다. 강정규가 탁자 위에 고재성 일당이 은신하고 있는 곳의 지도를 펼쳐놓았다. 깊숙한 골짜기 위치를 알아낸 것은 미군의 정찰위성이다. 해밀턴이 CIA에 부탁해서 유성 주변을 샅샅이 탐색시킨 후에 찾아낸 것이다. 땅바닥을 훑고 다니던 경찰은 몇 달 걸려도 찾지 못했을 은신처다.

"어젯밤까지 이곳에 일당들이 있었으니까 오늘 밤에는 공격해야겠지."

지도를 짚으면서 강정규가 말했다.

"벌써 5일째야. 그동안 마약 거래가 이루어졌는지도 몰라."

"그놈들도 발각되었다는 것을 눈치채고 있으니까 죽자 살자 덤빌 겁니다."

홍만준이 팔짱을 끼고 서서 말했다.

"무장도 단단하니까 전면전으로 나가면 우리 5명은 밀립니다."

그때 윤석이 강정규를 보았다.

"이놈들이 이곳에 파묻힌 지 5일입니다. 그동안 이곳으로 도매상을 불렀는지 알 수 없지만 너무 오래 머문 것이 아닙니까?"

강정규의 시선을 받은 윤석이 쓴웃음을 지었다.

"내가 그놈들 입장이 되어서 생각해 보면 그렇습니다. 골짜기 안가가 안전하긴 하지만 꼭 그곳에 박혀있을 필요는 없지 않습니까?"

"그렇지."

강정규가 머리를 끄덕였다.

"날 잡아봐라, 하고 기다릴 이유도 없어."

"그럼 위성에서 잡은 18명은 뭡니까?"

홍만준이 지도 밑에서 위성사진을 꺼내 놓았다. 흐린 사진이지만 동그라미를 쳐놓은 사람들의 숫자는 18개다. 홍만준이 먼저 받아놓은 사진이다. 그때 강정규가 말했다.

"공격하기 전에 미리 정찰을 가는 게 낫지. 밤 9시쯤 내가 직접 가겠어."

"제가 따라가지요."

윤석이 나섰다.

"대마도에서 겪으셨지만 제가 밤길은 잘 걷습니다."

"좋아. 둘이 먼저 간다."

강정규가 결정했다.

담배를 비벼 끈 고재성이 벽에 등을 붙이고는 두 다리를 쭉 뻗으면서 물었다.

"몇 명이야?"

"모두 30명쯤 됩니다. 마약반 12명하고 유성경찰서에서 차출된 경찰들하고 합치면요."

그렇게 대답한 사내는 경찰 제복을 입고 있다. 경찰인 것이다.

"개자식들."

쓴웃음을 지은 고재성이 옆에 앉은 박영조에게 물었다.

"지금도 골짜기 앞뒤에서 감시하고 있겠지?"

"예, 회장님."

"곧 공격하겠군."

"오늘 밤이라고 합니다."

경찰이 말했다. 어깨에 경사 계급장을 붙인 30대쯤의 사내가 말을 이었다.

"무기 지급도 다 끝냈습니다."

"병신들."

이곳은 대전 시내의 2층 단독주택 안이다. 고재성이 보유한 30여 채의 임대주택 중 하나였는데 소유주를 분산해서 고재성 이름은 남지 않았다. 고재성은 골짜기의 안가를 이틀 만에 빠져나와 이곳으로 거처를 옮긴 것이다. 대신 골짜기 안가에는 '극기훈련' 명목으로 조직원 중 신입 18명을 투숙시켰는데 당사자들은 내막을 모르고 있다.

"몇 시야?"

불쑥 고재성이 묻자 박영조가 대답했다.

"10시에 온다고 했습니다."

"좋아. 10시에 받고 이곳을 떠나자."

고재성이 손목시계를 보고 나서 말했다. 오후 2시 반이다. 고베 야마구치조의 이노우에 회장이 비서실장, 고문과 함께 피살되었다는 말을 듣자마자 골짜기의 안가에서 뛰쳐나온 것이다. 그리고 대신 신입 조직원으로 안가를 채웠는데 그들은 미끼용이다. 고재성이 앞에 앉은 경찰 유준수를 보았다. 유준수는 고재성이 5년이 넘도록 공을 들인 경찰 내부의 정보원이다.

"너, 돌아가서 그놈들 움직임을 감시해."

"알았습니다."

유준수가 둥근 얼굴을 펴고 쓴웃음을 지었다.

"형님, 제가 지금 목숨을 걸고 있는 거 아시지요?"

"니 가족은 지금 후쿠오카로 옮겨져 있잖아?"

"장모님만 따라서 옮겼는데 어머니는 일본여행을 다녀오라고 했는데도 싫다네요."

"그건 할 수 없는 것 아니냐? 그리고 여기는 연좌제가 아냐, 본인만 뜨면 가족한테 해코지 안 한다."

"아, 그걸 누가 모릅니까? 제가 얼굴을 영영 못 보게 되니까 그렇지요."

"이런 젠장."

고재성이 눈을 부릅떴다.

"야, 돈만 있으면 얼마든지 나중에라도 모셔갈 수 있어. 걱정 마라, 내가 알아서 해줄게."

"알겠습니다. 그럼 바로 연락드리지요."

자리에서 일어선 유준수가 서둘러 방을 나갔다.

"개자식."

방문이 닫혔을 때 고재성이 다시 욕을 했다. 유준수한테 건별로 대가를 줬지만 이번에는 3천만 원을 주고 가족들을 후쿠오카로 옮기도록 한 것이다. 만일의 경우에 대비하기 위해서다. 고재성은 이혼한 처지인데다 자식도 없어서 홀가분한 입장이다. 그때 유준수를 배웅하고 돌아온 박영조가 어깨를 늘어뜨리며 말했다.

"회장님, 오늘 밤 마약만 넘기고 바로 뜨는 것이 낫겠습니다."

고재성은 한국을 떠날 준비를 하고 있는 것이다. 이미 은행에 차명으로 예금해놓은 자금은 다 빼돌렸고 영업장도 명의를 바꿔놓았다. 매사에 용의주도한 고재성이다. 고재성이 머리를 끄덕였다.

"그러자. 애들 준비는 다 되었지?"

고재성의 심복들을 말한다.

"있습니다. 버글버글합니다."

산 위쪽에서 만난 경찰 감시조가 강정규에게 말했다. 경찰 감시조에 미리 연락을 하고 갔기 때문에 기다리고 있었던 것이다. 사복 차림의 경찰이 손으로 나무 사이를 가리켰다.

"규칙적으로 움직입니다. 훈련이 잘 돼 있어요."

나무 사이로 아래쪽 저택이 보이는 것이다. 빛이 반짝이는 저택과의 거리는 3백 미터 정도.

"아래쪽 150미터 지점에 감시초소가 있어요. 그곳에 2명이 24시간 감시를 합니다."

옆에 와서 엎드린 경찰이 말을 이었다.

"저도 이틀째 감시를 하고 있는데 아침 6시 반이면 어김없이 기상을

14

하고 한 시간 동안 옆쪽 숲에서 호신술, 체력단련을 합니다. 저녁 8시까지 아주 군대식으로 훈련을 해요."

강정규가 눈에 적외선 망원경을 붙였다. 밤 9시 15분이다. 흐린 날이어서 주위는 먹물 속처럼 어둡다. 그때 경찰이 말했다.

"저기, 오시면 인계를 하고 철수하라는 지시를 받았는데요. 저, 돌아가도 되겠습니까?"

"아, 예, 그동안 수고 많으셨습니다."

망원경을 눈에서 뗀 강정규가 엎드린 채로 경찰에게 손을 내밀었다. 악수를 나눈 경찰이 어둠 속으로 사라졌을 때 윤석이 말했다.

"체력 단련을 하다니 이런 상황에서도 군기를 확실하게 잡는군요."

다시 망원경을 눈에 붙인 강정규가 저택을 보았다. 적외선 망원경은 밤에는 생명체가 붉은 형태로 나타난다. 미군용이어서 체온이 있는 작은 짐승도 마찬가지다. 저택 밖 감시초소의 둘은 선명하게 상반신이 드러나 있다. 그 아래쪽 저택 뒤쪽에 7개의 붉은 형체가 움직이고 있다. 나머지는 저택 안이나 앞쪽에 있는 것 같다. 그때 윤석이 말했다.

"이곳은 거의 완벽하게 은폐되어 있습니다. 국도에서 이쪽으로 길이 있지만 거의 흔적이 없고 1백 미터쯤부터는 길이 보이지 않습니다. 더구나 산기슭에 딱 막혀서 골짜기가 있는지도 모르지 않습니까?"

"숨기에 좋은 곳이야, 방어하기도 쉽고."

망원경을 눈에 댄 채 강정규가 말을 이었다.

"고재성이 심장에 철판을 붙인 놈 같군, 이런 상황에서 부하들 체력단련을 시키고 있다니."

"다른 할 일도 없지 않습니까?"

그때 망원경을 눈에서 뗀 강정규가 몸을 일으켰다.

"저 두 놈을 잡자."

"예?"

놀란 윤석에게 강정규가 말을 이었다.

"감시초소에 있는 두 놈을 잡아서 내막을 알아보도록 하자."

"도대체 며칠간이나 이 짓을 하라는 거야?"

엄충식이 투덜거리더니 구덩이 아래쪽으로 머리를 숙이고는 담배에 불을 붙였다. 얼굴을 들고 담배를 피우면 멀리서도 담뱃불이 보이기 때문이다. 그때 조남용이 말했다.

"오후에 진배 형이 전화하는 것을 들었는데 곧 끝날 것 같더라. 사흘쯤 남았나?"

"뭐라고 했는데?"

"월요일에 진배 형이 서울로 수금하러 간다는 거야. 영조 형님하고 통화를 했어."

"진배 형이 가는 것이 우리하고 무슨 상관인데?"

담배 연기를 내뿜으면서 엄충식이 묻자 나무 둥치에 기대앉은 조남용이 혀를 찼다.

"얀마, 진배 형이 여기 책임자 아니냐? 진배 형이 다음 주 월요일에 서울 간다는 건 그전에 훈련을 마친다는 말이지 뭐냐?"

"그렇군, 일리가 있어."

만족한 엄충식이 머리를 끄덕이고는 다시 구덩이에 얼굴을 박고 담배 연기를 빨아들였다. 초소용으로 어설프게 판 구덩이여서 한 사람이 들어가면 넉넉했지만 두 사람은 좁다. 깊이도 배꼽 윗부분은 노출되어서 쪼그리고 앉아야만 한다. 그래서 조남용은 밖에 나와 있는 것이다.

담배 연기를 빨아들인 엄충식이 머리를 들고 길게 연기를 뱉어내었다.

그런데 앞에 앉아있던 조남용이 보이지 않는다. 머리를 돌렸던 엄충식이 그 순간 뒤통수에 격렬한 충격을 받고는 구덩이 속으로 처박혔다. 누가 목덜미를 끌어올리는 느낌이 들었지만 곧 의식이 끊겼다.

강정규가 엄충식의 입에 붙인 청테이프를 뜯어냈을 때 신음 소리가 뱉어졌다.

"이 새끼, 닥쳐!"

그 순간 낮은 외침과 함께 주먹이 날아왔다. 왼쪽 턱에 주먹을 맞은 엄충식이 다시 의식이 끊겼다가 몇 초 만에 돌아왔다.

"누, 누구⋯⋯."

엄충식이 더듬거렸다. 이곳은 깊은 산속, 어딘지는 모르겠다. 조남용은 어떻게 되었는가? 겁이 덜컥 난 엄충식이 앞에 선 사내를 보았다. 짙은 어둠 속이었지만 사내의 두 눈이 번들거렸고 꾹 다문 입술이 보였다. 그때 강정규가 말했다.

"자, 아래쪽에 몇 놈이 있고 누가 있는지를 대라. 거짓말을 하면 아예 죽여 버릴 거다."

밤 12시 반, 골짜기 입구에서 5백 미터쯤 떨어진 국도변에 승합차 1대가 멈춰 서 있다. 길가의 폐가 앞에 세워진 데다 차체가 검정색이어서 지나는 차량들의 불빛에 가끔 드러날 뿐이다.

강정규와 윤석이 다가가자 차 밖에서 기다리고 있던 홍만준과 부하 둘이 맞았다. 그들은 이곳에서 대기하고 있었던 것이다.

"어떻게 된 겁니까?"

연락도 할 수 없었기 때문에 홍만준은 애를 태우고 있었던 참이었다. 승합차 안에는 대전차포까지 실려 있는 것이다. 그때 강정규가 쓴 웃음을 짓고 말했다.

"고재성 농간에 놀아난 거야. 별장에는 유성파 신참들이 훈련을 하고 있었어."

"예?"

눈을 치켜뜬 홍만준이 놀란 외침을 뱉었을 때 윤석이 설명했다.

"고재성이 빠져나가고 대신 조직의 신참들을 채워서 위장하고 있었던 거야."

"이런 제장."

"엉뚱한 놈들을 몰살할 뻔했어."

이어서 강정규가 말했다.

"두 놈을 잡아서 자백을 받았는데 별장에 온 지는 나흘째야. 고재성이는 이틀 만에 빠져나갔어."

"그럼 원점으로 돌아간 겁니까?"

홍만준이 묻자 강정규가 입맛부터 다셨다.

"그놈들은 고재성 행방을 모르는데 이 근처에 있는 건 확실해. 아직 일이 덜 끝난 것 같아."

"어쩐지, 쉽더라니."

홍만준이 투덜거렸을 때 강정규가 차에 오르면서 말했다.

"돌아가자."

"그것참, 이 새끼가 우릴 물 먹여?"

어깨를 부풀렸다가 내린 경찰청 차장 박기영이 옆에 앉은 정보국장

이필수를 보았다. 박기영은 방금 조백진한테서 고재성의 안가 내막을 들은 것이다. 박기영의 시선이 앞쪽의 최성윤과 유재수에게로 옮겨졌다. 이곳은 유성경찰서 서장실 안, 서장 백동만, 수사과장 하경철 등은 숨만 죽이고 있다. 그때 박기영이 입을 열었다.

"지금 당장 고재성이 안가인지 별장을 덮쳐서 그놈들을 다 잡아. 조폭들의 범죄모의 혐의야."

박기영의 목소리가 방을 울렸다.

"마약반, 기동대, 다 데리고 나가!"

모두 우르르 일어서서 방을 나갔을 때 이필수가 벽시계를 보았다. 오전 1시 반이다.

"망원리 골짜기에 있던 애들이 다 잡혔습니다."

박영조가 보고했지만 고재성은 대답하지 않았다. 오전 5시 반, 머리를 든 고재성이 둘러앉은 부하들을 보았다. 박영조와 오병천, 그리고 정보원인 경찰 유준수다. 그때 오병천이 입을 열었다.

"회장님, 피하시는 것이 낫겠습니다. 어젯밤에 신일남이 오지 않는 것을 보면 그쪽도 위험한 것 같습니다."

어젯밤 10시에 만나기로 했던 마약 도매상 신일남이 연락도 하지 않고 종적을 감춘 것이다. 신일남에게 코카인을 넘기고 일단 이곳을 피하려고 했던 고재성의 계획에 차질이 생겼다. 이번에는 박영조가 말했다.

"애들이 술렁거리고 있습니다. 망원리 숙소를 경찰이 기습한 것을 알고 있거든요. 더구나 바깥에 나가지를 못해서……."

"됐다."

머리를 든 고재성이 얼굴을 찌푸리며 웃었다.

"뜨기로 하자."

"예, 몇 명을 데리고 갈까요?"

"적을수록 좋아. 너희들 둘하고 다섯 명만, 나머지는 도피 자금을 주고 일단 이곳을 떠나라고 해라."

"알겠습니다."

"돈은 이것으로 처리해."

고재성이 방구석에 놓인 가방 하나를 집어 박영조 앞에 놓았다.

"5천만 원이 들었다. 너희들이 알아서 나눠줘."

"예, 회장님."

고재성의 장점이 돈에 대해서 인색하지 않다는 것이다. 이것은 아주 드문 케이스로 부하들이 고재성을 심복하는 가장 큰 이유다. 둘이 방을 나갔을 때 안에는 고재성과 정보원 유준수 둘이 남았다. 이곳은 시내 주택가 한복판이어서 차 소리도 들리지 않는다. 이른 아침이라 창밖이 부옇게 밝아지고 있다. 그때 유준수가 말했다.

"회장님, 일본으로 가실 거죠?"

"글쎄, 정리할 것이 좀 있는데……."

"전 얼굴이 팔려서 위험합니다. 오늘 중으로 뜨겠습니다."

"그러냐?"

쓴웃음을 지은 고재성이 지그시 유준수를 보았다.

"너하고 꽤 오랜 인연인데 이렇게 부서져서 미안하다."

"어쩔 수 없지요."

"다음에 보자."

"예, 회장님."

20

자리에서 일어선 유준수가 허리를 꺾어 절을 하고는 방을 나갔다.

"어젯밤 10시에 고재성한테서 코카인을 받기로 했답니다."

유재수가 말했다.

"장소는 시내 뉴욕호텔 로비라고 했는데요, 고재성이 숙소는 모른답니다."

"알 리가 없지."

시큰둥한 표정으로 대답한 최성윤이 한 모금 식은 커피를 삼켰다. 유성경찰서 취조실 안이다. 오전 3시쯤에 마약반은 첫 성과를 올렸다. 고재성한테서 마약을 받아가려던 도매상 신일남을 잡았기 때문이다. 신일남은 함구하다가 조금 전에야 고재성한테서 마약을 받아가기로 했다고 자백한 것이다. 그때 머리를 든 최성윤이 유재수를 보았다.

"고재성이가 한국을 뜰 것 같다."

"제 생각도 그렇습니다."

유재수가 말을 이었다.

"그놈 재산으로 남은 건 껍데기뿐인 건물과 영업장, 그리고 담보하고 대출이 더 많은 건설 회사뿐입니다."

"현금은 따로 챙겨 놓았겠지."

"다 빼돌렸을 테니까요. 이번에 야마구치한테서 받은 마약을 처리하고 뜨려고 했던 건데 발각된 거지요."

"제기랄."

어깨를 부풀린 최성윤이 길게 숨을 뱉었다.

"이 새끼가 한국을 떠나기 전에 잡아야 되는데."

눈을 뜬 강정규가 먼저 벽시계를 보았다. 오전 7시 반이다. 세 시간쯤 잤다. 옷을 입고 잤기 때문에 바로 방을 나왔더니 소파에 앉아있던 윤석이 말했다.

"네 시간쯤 전에 마약반에서 고재성과 만나려던 도매상 한 놈을 잡았다는데요. 어젯밤 10시에 만나 마약을 받기로 했었는데 시내에 경찰이 깔려 있는 바람에 가지 못하고 어물거리다가 잡혔답니다."

"고재성은 여기를 떠났을 거다."

강정규가 앞자리에 앉으면서 말했다.

"더 이상 이곳에 머물 이유가 없어."

"부하가 20명 정도나 되는데 한 놈도 이탈하지 않는 것을 보면 대단합니다."

"하긴 그래."

강정규가 머리를 끄덕였다. 어젯밤 골짜기 안가에서 잡은 고재성의 신참 부하들로부터 내막을 들은 것이다. 고재성은 측근들에 둘러싸여 있었는데 대략 20명 정도라고 했다. 윤석이 말을 이었다.

"경찰 정보원이 있다고 합니다. 최근까지도 고재성 측근에 있는 것을 목격했다는데요."

"당연하지. 고재성 같은 놈이 경찰에 정보원을 심어놓지 않을 리가 없어."

이것은 어젯밤에 잡은 신참들한테서 캐낸 정보다. 그러나 인상착의만 어렴풋이 밝혀졌을 뿐 이름, 계급 등은 모른다. 그때 응접실로 홍만준이 들어섰다. 손에 전화기가 쥐어져 있다.

"사장님한테서 전화 왔습니다."

조백진이다. 그들에게 직접 연락해오는 사람은 조백진뿐이다. 서둘러 전화기를 귀에 붙였을 때 조백진이 말했다.

"위성으로 찾기는 힘들겠다. 그놈들이 빠져나갈 길을 막는 수밖에."

"예, 사장님."

"고재성이는 머리가 좋은 놈이야, 부하들 단속도 잘했고."

조백진이 말을 이었다.

"재산 다 빼돌려 놓은 것 알지?"

"압니다."

"한국 사업장은 마약 판매하고 돈 걷어가기 위한 위장용이고 번 돈은 모두 일본으로 빼돌린 것 같다."

놀란 강정규가 숨을 들이켰을 때 조백진의 말이 이어졌다.

"그건 일본법인에서 캐낸 정보야. 이노우에가 당하고 나서 조직에 내분이 일어났는데 간부들이 서로 캐내다가 의문의 사업장이 발견되었어, 알짜 사업장들이 말이다."

조백진의 목소리에 웃음기가 띠어졌다.

"명의가 '하루에'라는 여자 이름의 사업장 5개가 있는데 자본금이 6억 엔이나 돼, 한 달 순이익이 5천만 엔 정도고."

"……."

"그것이 고재성이 한국에서 빼낸 돈을 투자한 사업장 같다. 하루에는 고재성이 현지처고."

전화벨이 울려서 배선희가 자리에서 일어났다. 오후 8시 반, 두바이의 저택 안이다. 이번에는 이광이 두바이에 6일간 체류하고 있다. 전화기를 귀에 붙인 배선희가 응답하더니 곧 이광을 보았다.

"해밀턴 씨예요."

이광이 냅킨으로 입을 닦고는 식탁에서 나왔다. 저녁 식사를 하고 있었던 것이다. 해밀턴은 이곳에 들렀다가 바로 다음 날 돌아갔는데 오늘이 돌아간 지 사흘째다. 이광에게 전화기를 넘겨준 배선희가 옆에 붙어 앉았다. 실크 가운 차림의 배선희한테서 짙은 향내가 맡아졌다. 이광이 저도 모르게 손을 뻗어 배선희의 허리를 당겨 안았다. 그러고는 대답했다.

"나요, 해밀턴."

"회장님, 사건이 터졌습니다."

해밀턴이 바로 말했다. 이광은 듣기만 했고 해밀턴의 말이 이어졌다.

"세 시간 전에 런던에서 이륙한 뉴욕행 아메리칸항공 여객기가 대서양 상에서 폭발했습니다."

이광은 숨을 죽였고 해밀턴의 말이 이어졌다.

"공중 폭발인데 테러단체의 소행이라고 CIA가 판단하고 있습니다."

"……"

"승무원 포함해서 247명이 사망했는데 대부분이 미국인입니다."

"……"

"회장님, 심각합니다."

"……"

"CIA는 이것을 카다피의 보복으로 보고 있습니다."

"증거는?"

"곧 찾겠지요."

"앞으로 어떻게 될 것 같소?"

"미국과 리비아 관계가 극도로 악화될 것 같습니다."

이광은 길게 숨을 뱉었다. 한국은 리비아에서 엄청난 공사를 진행하고 있는 상황이다. 이른바 '대수로 공사'로 사상 최대의 공사비가 투입되는 대역사다. 한국은 그 공사를 수주함으로써 수십억 불의 외화와 수만 명의 일자리를 얻어내고 있는 것이다.

"회장님, 연락 주십시오."

해밀턴이 강조하듯 말했다.

"이 상황에서 회장님이 굉장히 중요한 위치에 계시는 것입니다."

"알겠소, 해밀턴."

전화기를 내려놓았을 때 옆에서 듣고 있던 배선희가 물었다.

"그럼 여기 계시는 게 낫지 않겠어요?"

"아니, 내일 떠날 거다."

배선희의 허리를 다시 당겨 안은 이광이 웃음 띤 얼굴로 말했다.

"조금 떨어져 있는 게 낫다."

이광과 통화를 마친 해밀턴이 전화기를 내려놓았을 때 비서가 들어와 말했다. 이곳은 뉴욕 맨해튼의 사무실 안, 오전 12시가 되어가고 있다.

"사장님, 윌슨 씨가 오셨습니다."

해밀턴이 머리만 끄덕이자 곧 비서가 윌슨을 안내해놓고 돌아갔다. 윌슨과는 한 시간 전에도 통화를 한 것이다. 앞쪽 자리에 앉은 윌슨이 한숨부터 쉬었다.

"이것들이 칼을 우리한테 겨누고 있는 상황이야."

"영감이 너무 오래 그 자리에 앉아있는 것이 원인이야, 윌슨."

해밀턴이 타이르듯이 말했다.

"당신도 알고 있지 않아?"

"미국을 이만큼 만든 사람이 누군데?"

윌슨이 눈썹을 찌푸리고 해밀턴을 보았다.

"해밀턴, 당신도 알잖아?"

"난 너처럼 맹목은 아냐. 내가 네 자리에 있을 때 비판도 자주 했다고."

"나는 안 한 줄 알아?"

"이번 카다피 쿠데타 모의는 경솔했고 무모했어. 카다피는 20년째 정보조직과 권력을 강화시켰다고."

"이스라엘은 핵 시설로 추정되는 기지를 폭격하려고 했어."

"그놈들이 미국을 조종하는 거야 뭐야?"

해밀턴이 눈을 부릅떴다.

"영감은 이스라엘 놈들한테 조종당하고 있어."

"이것 봐, 해밀턴."

다시 한숨을 쉰 윌슨이 해밀턴을 보았다. 윌슨은 선임자였기도 한 해밀턴에게 기 싸움에서 밀린다.

"이번 여객기 테러는 대사건이야. 이젠 대통령도 가만있지 않을 거라고. 이스라엘은 춤을 출 것이고, 카다피는 이스라엘의 계획대로 놀아난 거야."

"이스라엘 놈들은 우리 치마폭에 숨어서 장난을 치고 있어."

해밀턴이 윌슨을 노려보았다.

"윌슨, 카다피 쿠데타에 이스라엘이 개입했지? 경호실 대령 놈들을 끌어낸 것도 이스라엘 아냐?"

"도움을 받았을 뿐이야."

시선을 내린 윌슨이 입맛을 다셨다.

26

"해밀턴, 부탁이 있어."

마침내 윌슨이 용건을 꺼내었다.

전용기가 베이징 공항에 착륙했을 때는 오후 6시 반이었다. 트랩 밑에서 기다리던 '중국법인' 부사장 차진태가 이광을 맞았다. 차진태는 45세, '리스타 상사' 전무 출신으로 작년에 '중국법인' 부사장이 되었다. 사장 정남희는 지금 한국 출장 중이다. 이광이 차에 탔을 때 앞좌석에 앉은 차진태가 보고했다.

"8시 반에 등 위원장께서 저녁 식사 초대를 하셨습니다. 그래서 지금 위원장님 안가로 가겠습니다."

이광이 머리만 끄덕이자 차진태가 말을 이었다.

"비서한테서 연락이 왔는데 투자에 대한 말씀이 있을 것 같습니다."

등소평이 직접 경제를 챙기는 것이다. 등소평은 작년에 중앙위원회 상임위원직을 사퇴하면서 동시에 개혁 개방에 반대하는 원로 그룹을 사퇴시켰다. 함께 끌어안고 간 것이다. 이제 중국의 새 지도자들인 등소평의 후계자들은 반대 세력의 방해를 받지 않고 개혁 개방에 매진할수 있게 되었다. 그러나 등소평은 아직 군사위의 주석이다. 가장 강력한 세력인 군대를 장악하고 있는 실권자다. 이광의 시선을 받은 안학태가 말했다.

"한국 기업들의 투자가 아직 저조하기 때문인데요, 아마 우리 '리스타'의 투자를 더 기대하고 계신 것 같습니다."

이광의 얼굴에 쓴웃음이 번졌다. 이제 중국인들의 성품은 안다. 철저한 상인이고 이윤을 위해서는 무슨 짓이든 한다.

"어서 오게."

등소평이 두 손을 벌리고 이광을 맞는다. 이화원 근처의 등소평이 좋아하는 안가다. 정원도 작고 단층집이지만 저택 분위기가 아담하다. 30평쯤 되는 연못 위에 걸쳐진 돌다리도 수수하다. 저녁 8시 반이어서 정원 이곳저곳에 붉은색 등을 켜놓았는데 시골의 농가 같다. 등소평은 강택민을 대동하고 있었는데 이광은 혼자다. 등소평이 이광 혼자만을 보자고 했기 때문이다. 원탁에는 이미 저녁상이 차려져 있었는데 등소평이 먼저 차를 권하면서 웃었다.

"오늘도 내가 좋아하는 음식을 시켰어. 자네는 앞으로도 기회가 많을 테니 이해해주게."

"괜찮습니다, 위원장님."

이광이 강택민에게 목례를 하고 나서 자리에 앉았다. 강택민은 당비서로 서열 1백 위권이었다가 금년 들어서 급격히 부상하고 있다. 비공식이지만 홍콩의 신문 하나는 강택민을 서열 27위로 보도한 적도 있다. 내년의 전국인민대회에서 어떤 일이 일어날지 알 수가 없는 것이다. 중국은 아직도 죽(竹)의 장막 안의 사회다. 장막이 걷혀야 알 수가 있다. 그때 등소평이 말했다.

"한국이 아시아의 4룡 중 하나라고 하더구먼, 그렇지?"

이광은 웃기만 했다. 경제발전의 모델이 되는 아시아의 4개국이다. 한국, 홍콩, 대만, 싱가폴이다. 그중 홍콩은 곧 중국에 반환될 것이고 대만은 중국이 국가로 인정해주지 않는 상황이다. 등소평이 말을 이었다.

"이보게, 앞으로 30년 후면 우리 중국이 일본을 제치고 세계 제2의 경제 대국이 될 것이네."

이광이 숨을 골랐다. 지금 중국은 개발이 시작되었지만 아직 열풍은

28

불지 않았다. 아직도 상점에 가면 종업원이 본체만체하고 '리스타' 외의 다른 공장은 생산량이 한국의 절반도 안 된다. 제품 불량률이 30퍼센트에 육박했고 품질관리 의식 자체가 희박한 분위기다. 점점 나아지고 있다고는 하지만 자본주의, 경쟁사회가 되기 전까지는 시간이 걸릴 것이었다. 어쨌든 이광이 대답은 했다.

"예, 그렇게 되기를 바라겠습니다."

"'리스타'로 시동은 걸렸지만 아직 탄력은 받지 못했어."

"그런 것 같습니다, 위원장님."

"우리 중국이 한번 탄력을 받으면 무서운 힘으로 뻗어 나갈 것이네."

"제 생각도 그렇습니다."

"중국 인구가 13억이야, 알고 있지?"

"예, 위원장님."

"우리를 도와줄 국가는 대한민국뿐이야."

등소평이 번들거리는 눈으로 이광을 보았다.

"중국인들한테, 일본에 침략당한 반일 감정이 아직도 박혀 있어서 일본 측 투자를 탐탁지 않게 생각해, 일본 측도 우리를 어렵게 생각하고 있고."

"……."

"한국이 투자를 해주면 우리가 탄력을 받을 거야. 현재 시동은 걸렸지만 움직이지 않는 자동차 같네."

이광은 소리죽여 숨을 뱉었다. 아직 한국과 중국은 수교 전이다. 그래서 교역량이 30억 불도 되지 않는다. 그리고 그 교역량의 절반 이상이 '리스타' 그룹의 매출량이다. 머리를 든 이광이 등소평을 보았다. 이 '작은 거인'은 중국의 경제 발전을 위해 전력투구 하고 있다. 한국의 손자뻘인 자신에게 거의 통사정을 하고 있는 것이다.

"예, 검토해보겠습니다, 위원장님."

이광이 그렇게 대답했을 때 등소평이 헛기침부터 했다.

"리, 중국의 노동력은 세계 최고야. 알고 있지 않나?"

"예, 압니다."

"'리스타 중국' 합영공장에서 자본주의 체제의 경쟁방식을 도입해서 차등 월급제, 포상제를 실시한 것이 성공했어, 그렇지?"

"예, 그렇습니다."

"그런 방법으로 공장을 운영하면 성공하네. 근면하고 부지런한 노동력, 임금은 한국의 10분의 1밖에 되지 않고."

등소평의 목소리에 열기가 띠어졌다.

"리, 자동차 공장을 세우지 않겠나? '리스타 중국' 브랜드로 말이네, 그러면 수백 개 연관 사업이 일어날 것이고 수백만 명을 고용할 수 있겠지. 내가 적극 지원해주겠네. 땅도, 건물도 무상으로 제공할 것이고, 전기, 수도, 도로까지 다 무상 설치하겠네. 세금도 10년간 면제해주지."

"……."

"설비자금도 우리가 보증해줄 테니까 은행에서 빌릴 수 있을 거네."

"적극 검토하겠습니다."

마침내 이광이 그렇게 말하고는 밥을 먹는 둥 마는 둥 하고 안가를 나왔다. 강택민하고는 눈인사만 했을 뿐이다.

"저는 반대입니다."

이광의 말을 들은 안학태가 굳어진 얼굴로 말했다. 안학태가 이런 식으로 의사를 표현하는 것은 드문 일이다. 대부분 직설적 표현은 피하고 재검토, 보류 등의 완곡한 단어를 사용했는데 오늘은 다르다. 돌아가는 차 안이다. 안학태가 말을 이었다.

"시설, 땅, 인프라를 다 갖춰준다고 해도 생산이 궤도에 오르려면 '리스타 중국' 합영공장의 경우를 봐도 3년 이상이 걸릴 것입니다. 더구나 자동차는 고부가가치 상품이라 수백 개 관련 부품을 맞춰줘야 합니다. 그것을 수입해 올 수도 없으니 같은 수준이 되려면 또 몇 배의 시간이 소모되고……."

어깨를 부풀렸다가 내린 안학태가 힐끗 앞쪽의 운전사를 보았다. 운전사는 비서실 소속의 '리스타' 한국 직원이다. 그러나 안학태가 목소리를 낮췄다.

"등 위원장님이 돌아가시면 믿을 사람이 없습니다."

순간 숨을 들이켠 이광이 안학태를 보았다. 공감했기 때문이다. 지금 주석인 화오방? 총리 조자양? 내년이면 주석과 총리가 또 바뀐다. 내년에는 누가 실권자가 될 것인가? 그때 안학태가 말을 이었다.

"그리고 '리스타 자동차'의 기반이 굳어졌다고 해도 불안합니다. 이 체제에서는 기업체를 빼앗길 수도 있습니다."

"설마."

이광이 곧 입을 다물었다. 그것은 십수 년쯤의 훗날이 될 것이다. 그때 중국의 진면목이 드러난다. 화장실 가기 전과 후의 입장은 누구나 다른 법이다. 그런데 기업법이 확실한 자본주의 체제에서는 국제법이 적용될 수도 있다. 그러나 공산주의 체제에서는? 이광이 의자에 등을 붙였다. 안학태 말대로 등소평 국방위주석이 살아있다면 믿을 만하다.

어선이 후쿠오카 북쪽의 수산물 하치장에 도착했을 때는 밤 10시 반이다. 이 시간은 어선이 돌아오는 시간대여서 수십 척의 배가 선착장으로 들어왔고 불을 환하게 켠 수산물 하치장에는 선원과 상인들이 가득 차 있다.

"자, 내립시다."

안내역 조승호가 주위를 둘러보며 말하자 먼저 박영조가 앞장을 서서 시멘트 부두 위로 건너갔다. 작업복 차림에 손에는 가방을 들고 있었지만 눈에 띄지는 않는다. 어선에는 고재성을 포함해서 8명이 타고 왔다. 사람들 눈에 띄지 않으려고 하나씩 간격을 두고 배에서 내리는데 20분쯤이 소요되었다.

"자, 저쪽으로."

조승호가 빈 창고 옆에 모여 서 있는 그들에게 다가와 앞쪽을 손으로 가리켰다.

"이제 다 됐습니다. 저 차를 타고 곧장 고베로 가십시다."

조승호가 가리킨 곳에 정차된 미니버스가 보였다. 그때서야 어깨를 늘어뜨린 고재성이 웃음 띤 얼굴로 박영조와 오병천을 보았다.

"이제 한숨 돌렸다."

"고베까지는 10시간쯤 걸릴 겁니다."

앞장선 조승호가 말을 이었다.

"가다가 좀 쉬어야 될 테니까요."

"뭐, 바쁠 것 없어."

고재성이 야마구치조에서 온 재일동포 조승호에게 말했다.

"금방 돌아갈 것도 아니니까 말야."

웃음 띤 목소리였지만 뒤를 따르는 부하들의 분위기는 썰렁했다. 돌아갈 기약이 없는 것이다.

"가모 씨, 당신 구역에 2개, 내 구역에 2개, 오타카 구역에 1개가 있어."

시모다가 번들거리는 눈으로 가모를 보았다. 이곳은 고베 중심부의 '닛뽄빌딩' 지하 나이트클럽, '닛뽄빌딩'은 60층짜리 고층 빌딩이어서 누구나 그곳을 중심으로 장소를 정한다. 예를 들어서 '닛뽄빌딩' 우측으로 3백 미터, 이런 식이다. 그 닛뽄빌딩 지하 1층의 나이트클럽 '야마토'는 영업장 평수가 7백 평이 넘는 데다 시설도 최고급이어서 하루 매상이 5천만 엔이다. 이 가게의 소유자가 바로 고베 야마구치 조장 이노우에인 것이다. 그런데 야마토는 주식회사 형식으로 지분이 배정되어서 이노우에는 51퍼센트, 나머지 49퍼센트는 5백여 명의 소지주로 나뉘어 있다.

이제는 고인(古人)이 된 이노우에의 야마토는 상속자인 아들 소간과 이찌로, 딸 마이나와 아내 미사코 등 7인에게 배분되어서 손을 댈 수가 없다. 이노우에의 다른 재산도 마찬가지여서 부하들은 손을 댈 여지도 없는 상황이다. 그런데 허점이 있다. 지금 시모다가 말한 5개의 사업장이다. 이노우에 명의로 운영되고 있었지만 이번에 조사했더니 51%의 대주주가 하루에란 여자였던 것이다. 그때 오타카가 입을 열었다.

"내 구역의 '후지파친코'는 위치도 좋은 데다 매장이 3백 평이나 돼. 난 그것이 조장 소유인 줄 알았는데."

"자, 그래서 말인데."

시모다가 둘을 번갈아 보았다.

"내가 어젯밤에 하루에를 만났어."

"하루에를?"

그때서야 놀란 듯 눈을 치켜뜬 가모가 물었다.

"당신이 만났다고?"

"내가 누구냐?"

시모다가 어깨를 펴고 거드름을 부렸다.

"제갈공명 아닌가?"

그렇다. 죽은 이노우에가 칭찬 반 비웃음 반을 섞어서 '제갈시모다'라고 불렀다. 너무 앞서가고 꾀를 부렸기 때문에 중용(重用)은 되지 않았는데 이노우에가 죽자마자 진면목이 드러났다. 이노우에 재산 '실사'를 가장 먼저 한 것도 시모다였고 이제 5개의 '유령' 사업장을 발견한 것이다. 클럽의 안쪽 밀실에서는 바깥 소음은 들리지 않는다. 시모다가 말을 이었다.

"하루에는 이노우에 씨의 양아들 고재성이의 현지처야."

"그럴 줄 알았어."

가모가 쓴웃음을 지었다.

"이노우에 씨가 여자한테 그렇게 해주는 성격이 아니지."

"그 하루에하고 협상을 했어."

그러자 가모와 오타카는 숨을 죽였고 시모다가 말을 이었다.

"우리가 10프로 지분에 상당하는 대금만 지급하면 우리한테 51퍼센트를 넘긴다고 말야."

"……."

"서둘러야 돼. 고재성이가 한국에서 경찰에 쫓기는 상황이라 이곳으로 곧 도망쳐 올 거야."

시모다가 얼굴을 일그러뜨리며 웃었다.

"그년도 서두르고 있어."

전화벨이 울렸을 때 하루에는 혼다의 가슴에 안겨 가쁜 숨을 뱉는 중이었다. 방금 혼다와의 정사가 끝난 것이다. 머리를 돌려 벽시계를 본 하루에가 이맛살을 찌푸렸다. 오전 12시 반이다.

"전화 왔어."

혼다도 벨 소리를 들었는지 거친 숨을 뱉으며 말했다. 이곳은 침실이다. 전화벨은 거실에서 울리고 있다. 침대에서 일어선 하루에기 옷도 걸치지 않고 거실로 나왔다. 어제 만난 '야쿠자' 얼굴이 떠올랐다. 서둘러 전화기를 집어든 하루에가 대답했다.

"네, 하루에입니다."

그때 잠깐 저쪽에서 침묵했기 때문에 하루에는 숨을 들이켰다. 머릿속이 하얗게 변했다.

"여보세요?"

다시 불렀더니 사내 목소리가 울렸다.

"나야, 하루에."

"어머나!"

고재성이다. 숨을 들이켠 하루에가 저도 모르게 벌거벗은 몸의 아래쪽을 손바닥으로 가렸다. 그러나 목소리는 더 차분해졌다.

"어디세요?"

그것이 가장 중요하다. 집 밖에라도 서 있으면 죽은 목숨이다.

"아, 나, 한국."

"아아, 네, 그런데 이 시간에 웬일로……?"

"그냥 했어."

"언제 오세요? 보고 싶어요."

"연락할게."

"기다릴게요."

"별일 없지?"

"예, 별일 없어요."

"찾아오는 사람은 없고?"

"없어요."

"그럼 전화 끊는다."

"네, 안녕히……."

통화가 끊겼을 때 하루에는 벌떡 일어섰다. 그러고는 침실로 들어가 소리쳤다.

"일어나! 나가!"

"응? 무슨 일이야?"

놀란 혼다가 벌떡 일어섰다. 혼다는 하루에가 경영하는 미용실 건너편의 '참치구이 식당'의 주방장 겸 사장이다. 한 달에 한 번꼴로 집에 데려와 '회포'를 푸는 사이인데 주도권은 하루에가 쥐고 있다.

혼다가 허둥지둥 옷을 주워 입고 쫓겨나듯이 집을 나갔을 때 하루에는 핸드백에서 찾아낸 쪽지를 들고 전화기 앞에 앉았다. 그러고는 쪽지에 적힌 전화번호로 버튼을 누르기 시작했다.

"여보세요?"

여자의 목소리가 울렸기 때문에 시모다가 긴장했다. 오전 1시경, 시모다의 영업장 중 하나인 '파친코' 사무실 안이다.

"아, 누구시더라?"

시모다가 묻자 여자가 조금 망설이는 것 같더니 대답했다.

"저, 하루에인데요."

"아, 하루에 씨, 웬일입니까?"

어제 만났기 때문에 시모다는 전화기를 고쳐 쥐었다. 그때 하루에가 대답했다.

"방금 그 사람한테서 전화가 왔는데요."

"아, 그래요?"

놀란 시모다가 바로 물었다. 고재성이다.

"지금 어디 있다고 합니까?"

"한국이라고 했는데요……."

"그런데요?"

"좀 불안해서……."

"이해합니다."

시모다가 의자에 등을 붙이면서 말을 이었다.

"일은 빨리 끝내도록 하지요. 우리가 서두를 테니까 오늘 오후 3시쯤 다시 연락을 합시다."

"예, 그런데……."

"말씀하세요."

"무슨 일 없겠지요?"

"글쎄, 걱정하실 것 없습니다. 고재성은 일본 국적도 아니고 하루에 씨한테 항의할 어떤 권리도 없습니다."

"예, 하지만……."

"일 끝나면 당분간 고베를 떠나시는 게 낫다고 하지 않았습니까? 외국에 나가 계시다 몇 달 후에 돌아오면 됩니다."

"그럼 오후에 연락 기다릴게요."

"알았습니다."

전화기를 내려놓은 시모다의 얼굴에 웃음이 떠올랐다.

이번에는 대마도로 밀항했기 때문에 강정규는 선착장에서 기다리고 있던 김태규를 만났다. 오전 3시, 어둠 속에서 김태규가 흰 이를 드러내며 웃었다.

"대장, 정신없이 왔다 갔다 하시는군요."

"그러게 말이야."

폐선착장은 짙은 어둠에 덮여 있다. 강정규는 윤석, 홍만준과 동행이었기 때문에 김태규까지 팀장 셋이 다시 모인 셈이다. 대기시킨 차에 올랐을 때 김태규가 말했다.

"그동안 투자부 박 부장이 토지 구입을 많이 했습니다. 아줌마들을 내세워서 구입했는데 덕분에 대마도 땅값이 25퍼센트나 올랐습니다."

김태규의 얼굴에 웃음이 떠올랐다.

"그래서 일본인들도 멋모르고 대마도 땅을 구입하는 바람에 부동산업이 성황입니다."

"당국의 감시는 어때?"

"두드러진 상황은 없습니다."

"대마도는 대한민국 영토야."

불쑥 강정규가 말하자 김태규는 입을 다물었다. 난데없는 말이었기 때문이다. 강정규가 말을 이었다.

"대마도 작전은 끝난 게 아니라고, 지금도 진행 중이야."

강정규가 다시 대마도로 온 이유도 고재성을 잡으려고 온 것이다. 오늘 오후에 다시 대마도를 떠나 고베로 가야만 한다. 고재성 작전도 결국 대마도에서 시작된 것이니까.

그 시간의 뉴욕은 오후 1시 15분이다. 맨해튼의 일식당 방 안에는 후버와 윌슨, 그리고 해밀턴까지 셋이 둘러앉아 있었는데 식탁에 놓인 회와 튀김, 초밥은 손도 대지 않고 그대로 있다. 셋은 지금 점심 식사를 하는 중이다. 후버가 차를 한 모금 마시고 나서 해밀턴을 보았다.

"대통령은 리비아를 폭격하자고 해. 카다피가 사막에서 양고기를 먹을 때 정밀 폭격을 해서 날려 버리자는 거야."

정색한 후버가 말을 이었다.

"트리폴리 대통령궁에 있을 때도 가능해. 지중해 함대에서 미사일을 발사하면 돼."

"……."

"카다피 대신해서 정권을 잡을 놈도 만들어 놨어. 아주 고분고분한 놈으로 말야."

"누굽니까?"

해밀턴이 묻자 후버가 눈과 입을 동시에 크게 뜨고 벌렸다. 기가 막힌다는 표정이다.

"지금 나한테 묻는 거냐?"

"아니, 그럼 보스 뒤에 누가 있습니까?"

"미친놈."

"지금 미친놈을 부르신 겁니까?"

"내가 말해줄 것 같으냐?"

"왜 말해줄 수 없단 말입니까?"

"네 보스한테 말하려고?"

"그럴 수도 있지요."

"그럼 네 보스가 카다피한테 말하게?"

"지금까지 그렇게 해오시지 않았습니까?"

"무슨 말이야?"

"가짜 정보를 줘서 목적을 달성해 오신 적이 어디 한두 번입니까?"

"내가 말을 말아야지, 미친놈."

"저를 부르신 이유가 뭡니까? 그럼."

"카다피한테 까불면 진짜 없앤다고 전해."

"제가요? 제가 카다피를 어떻게 만납니까?"

"너도 까불래?"

후버가 눈을 치켜떴을 때 윌슨이 헛기침을 했다. 윌슨이 한숨을 쉬고 나서 말했다.

"이 회장께 그렇게 전해주시죠. 그런 일이 한 번 더 일어나면 직접 제거한다고 말입니다."

"왜 우리 회장이……."

해밀턴이 말을 이으려다가 윌슨이 손짓을 하는 바람에 멈췄다. 이제는 그만 말다툼하라는 표시다. 그때 후버가 정색하고 말했다.

"해밀턴, 잘 들어."

"예, 보스."

"아메리칸 항공에 폭발물을 실은 용의자 두 놈이 어제 리비아로 들어갔다. 도망친 것이지."

"……."

"이집트 국적이지만 리비아에서 테러교육을 받은 놈이야. 리비아에서 각각 8년, 7년간 거주했던 하사드, 만수르란 놈이다."

"……."

"이놈들이 런던에서 아메리카항공에 폭발물을 장치했어. 기내식 반입 회사의 직원이었거든."

"……."

"증거가 1백 가지도 넘는다. 그놈들이 범인이고 카다피가 시킨 것이지."

"……."

"지난번 쿠데타 미수에 대한 보복이다."

한숨을 쉰 후버가 이제는 열기에 뜬 눈으로 해밀턴을 보았다.

"이 회장한테 카다피에게 가 달라고 해라, 내 부탁이라고. 그 두 놈을 카다피가 우리한테 인계해 준다면 이번 사건에 대한 책임은 당장에 묻지 않겠다고 전해."

"당장에 묻지 않겠다고 하셨습니까?"

"그렇지, 당장에는 안 묻겠다."

"카다피가 들어줄까요?"

"안 듣는다면 당장 폭격이다. 우리 대통령은 진짜 카우보이야, 너도 알지?"

후버가 어깨를 부풀렸다.

"카우보이는 상대가 먼저 총을 뽑으면 어김없이 응사한다는 말이다. 한 번도 가만있었던 적이 없어."

"……."

"너도 수없이 봤잖아? 존웨인이 어디 가만있더냐?"

하필 존웨인이냐고 물으려던 해밀턴에게 후버가 덮어씌우듯이 말했다.

"카크 다글라스, 케리 쿠퍼, 버트 랭커스타, 실베스터 스텔론까지 다 그랬어. 카다피가 먼저 저질렀으니까 이젠 맞아야 돼, 그것도 엄청난 펀치로. 그러니까 그렇게 전해."

이즈하라에서 후쿠오카까지는 고속정을 전세 내었다. 1백 톤급 호화 고속정이었는데 바다 위를 날아가는 것처럼 빨랐다. 여객선이나 국내선 비행기를 탈 수도 있었지만 '만일의 경우'에 대비해야만 한다. 강정규, 윤석 등은 일본에 밀입국했기 때문이다.

후쿠오카에 도착했을 때는 오후 12시 반 무렵이다. 강정규 일행은 셋, 윤석과 홍만준이 한국에서부터 따른다. 셋이 항구 근처의 작은 식당에 들어서자 안쪽 테이블에 앉아있던 사내가 손을 들었다. 30대쯤의 사내가 자리에서 일어나 그들을 맞는다. 일본 법인장 김필성이 보낸 안내역이다. 정재식이라고 이름을 밝힌 사내가 입을 열었다.

"고재성이 고베로 올 겁니다. 왜냐하면 고베에 투자한 사업장이 5개나 있기 때문이죠."

조백진한테서도 들었기 때문에 강정규가 머리만 끄덕였다. 조백진은 김필성한테서 들었을 것이다. 작은 식당은 손님들이 많아서 소란스러웠다. 항구 앞이어서 외부 손님들이다. 정재식이 말을 이었다.

"지금 3개 조직이 그 영업장을 삼키려고 모의 중입니다. 그리고 고재성의 현지처 하루에가 그놈들하고 공모한 상황이고요."

"무슨 말입니까?"

윤석이 묻자 정재식의 얼굴에 쓴웃음이 번졌다.

"이것들이 서로 뜻이 맞은 겁니다. 하루에는 명의만 빌려준 사업장이 탐이 났고 영업장이 나와바리 안에 있는 야쿠자들은 그것을 가로챌 욕심이 난 것이죠. 모두 이노우에가 죽었기 때문에 가능해진 일입니다."

"그렇군."

윤석이 따라 웃고 나서 물었다.

"어떻게 가로채는 거죠?"

"우리가 하루에 집 전화를 도청했습니다. 낮에는 이 여자가 집을 비워서 도청장치를 해놓았지요. 어젯밤에 고재성이가 전화를 했습니다."

"……."

"한국에 있다고 하는데 거짓말인 것 같아요."

"……."

"고재성이 전화를 끝내고 하루에가 바로 야마구치 소두목인 시모다란 놈한테 연락을 했습니다. 불안하다면서 말입니다."

"불안해요?"

"빨리 영업장을 처분하자는 말이지요. 시모다는 외국에 나가 있으라고 충고하더군요. 일 끝내고 말입니다."

"그럼 일은 언제 끝냅니까?"

"오늘 오후에 다시 연락하기로 했습니다. 도청하고 있으니까 곧 알게 되겠지요."

윤석이 머리를 돌려 강정규를 보았다. 시선을 받은 강정규가 쓴웃음만 지었다.

"현금으로 달라니까 할 수 없지."

시모다가 가방을 탁자 밑으로 내려놓으면서 말을 이었다.

"은행에 맡기는 것보다 숨겨 놓는 것이 편리하니까."

오후 1시 반이다. 시모다가 가모와 오타카를 번갈아 보면서 말했다.

"그럼 내가 영수증 써 드리지. 그리고 명의 이전은 오늘 5시까지 끝내는 것으로 합시다."

"맡기겠소."

오타카가 먼저 자리에서 일어서면서 책상 위에 놓인 서류를 보았다. 명의 이전에 필요한 서류다.

"서류에 이상이 있으면 바로 연락 주시고."

"변호사들이 모일 테니까 다 알아서 할 겁니다. 우린 끝나고 술이나 한잔하면 돼요."

"내 변호사가 3시까지는 도착할 거요."

가모도 일어나면서 말했다.

"오늘 저녁에는 내가 술을 사지요."

"좋지요."

시모다가 활짝 웃었다.

"내가 아가씨들 팁은 내겠습니다."

둘이 사무실을 나갔을 때 배웅하고 돌아온 부하 데루모토가 말했다.

"오야붕, 두 분 다 기분 좋게 가셨습니다."

"당연하지."

정색한 시모다가 탁자 밑에 내려놓은 돈 가방을 올려놓았다. 모두 1만 엔권 뭉치의 현찰로만 가져왔기 때문에 가방이 3개, 가모가 7천만 엔, 오타카가 4천만 엔을 가져왔다. 모두 1억 1천만 엔의 거금이다. 이것을 하루에한테 주고 명의 이전을 받는 것이다. 물론 시모다도 자신의 구역에 위치한 하루에 명의의 영업장 2곳을 명의 이전하는 대가로 8천만 엔을 지급해야 한다. 돈 가방을 본 데루모토가 숨을 들이켰다.

"모두 합쳐서 1억 9천만 엔 아닙니까?"

"그렇게 되나?"

"하루에는 부자 되겠습니다."

"이 돈만 갖고도 자식들까지 놀고먹을 거다."

"그렇겠군요."

"하지만 고재성이가 쫓겠지."

"당연하지요."

눈을 가늘게 뜬 데루모토가 시모다를 보았다.

"우리한테 내놓으라고 하지 않을까요?"

"그놈이?"

쓴웃음을 지은 시모다가 어깨를 부풀렸다가 내렸다.

"이노우에가 살아있을 때 이야기지. 제 양부가 골로 간 지금은 끈 떨어진 연이야."

"그렇죠. 지금도 한국에서 쫓기고 있다는데요. 잡혔는지도 모릅니다."

"기를 쓰고 일본에 오려고 하겠지."

시모다가 탁자 위의 돈 가방을 눈으로 가리켰다.

"차에 실어라. 지금 변호사한테 가야겠다."

시모다의 변호사 사무실에서 하루에의 변호사까지 변호사 넷이 모여서 명의 이전을 합의하기로 한 것이다.

"회장님, 접니다."

수화구에서 해밀턴의 목소리가 울렸다. 오후 3시, 뉴욕은 지금 오전 3시다. 베이징 영빈관 응접실 안, 이광은 오전에 베이징 북쪽의 공단 지역을 시찰하고 돌아온 참이다.

"해밀턴, 이번에도 누구 전갈을 받고 전화한 건가?"

이광이 바로 묻자 해밀턴은 웃음 띤 목소리로 대답했다.

"회장님, 우리가 부탁을 받은 것이니 언젠가 그 대가를 받게 되겠지요."

"예상은 했어. 리비아 일이오?"

"그렇습니다."

해밀턴이 곧 후버한테서 들은 이야기를 하는 동안 이광은 숨을 죽였다. 엄청난 사건인 것이다. 카다피의 즉각적인 보복도 놀랍고 바로 범인을 색출해낸 CIA도 놀랍다. 해밀턴의 말이 끝났을 때 이광이 물었다.

"그럼 미국 정부가 공식적으로 리비아 정부에 두 테러범의 인도를 요구하겠군?"

"그렇습니다."

"나는 카다피 의장한테 가서 인도하지 않으면 당장 보복조치를 한다는 말을 전하라는 거요?"

"카다피 의장 제거 작전을 한다고 전해 주십시오, 회장님."

"내가 무슨 연락병인가?"

"후버 부장은 일단 테러범 인도로 상황을 진정시키려는 의도입니다. 여기서 카다피가 고집을 부리면 핵무기 개발까지 겹쳐 리비아 정권을 붕괴시킬 것입니다."

해밀턴의 목소리에 열기가 띠어졌다.

"후버 부장은 회장님이 카다피 씨를 설득시켜 주시기를 바라고 있습니다."

이번 일이 성사되면 후버는 물론이고 미국 정부가 이광에게 빚을 지게 되는 것이다.

"어떻게 하실 겁니까?"

조승호가 조심스럽게 물었지만 고재성은 한동안 대답하지 않았다. 오후 3시 반, 고베 산노미야 거리의 커피숍 안, 한낮이어서 커피숍에는 손님들이 많다. 주로 근처 회사 직원들이어서 오래 앉아 있지는 않는다. 고재성이 주위를 둘러보았다. 함께 앉아 있는 박영조, 오병천은 지친 표정이다.

입구 쪽 2개 테이블을 차지하고 앉은 부하 5명은 불안한 분위기다. 후쿠오카에서 밤을 새워 이곳까지 달려온 것이다. 밀입국 상태였기 때문에 비행기를 타는 것은 위험하다. 배가 편하기는 했지만 승선할 때는 신분증을 제시해야만 하는 것이다. 고재성의 시선이 창밖으로 옮겨졌다.

커피숍을 나와 2백 미터만 내려가면 고재성이 투자한 영업장이 있다. '로얄클럽'이다. 5백 평 가까운 영업장에 휴게실, 직원 숙소까지 갖춰져 있어서 고재성은 일단 그곳을 본거지로 할 작정이었다. 그런데 막상 영업장 가깝게 다가가서는 들어가지 않고 이곳에서 망설이고 있다. 아직 아무에게도 연락하지 않은 것이다.

조승호는 이노우에와 함께 죽은 비서실장 요시다의 부하다. 이노우에가 살아있을 때부터 고재성의 연락역을 맡았기 때문에 심복이 되어 있다. 더구나 지금은 요시다까지 죽었기 때문에 고재성에게 의지하는 입장이다. 그때 고재성이 정색하고 조승호를 보았다.

"야, 조승호, 내가 지금까지 살아남은 이유가 뭐라고 생각하나?"

"힘이 있으셨기 때문이겠지요."

조승호가 바로 대답했다.

"회장님은 덕이 있으셔서 부하들이 따르기 때문이기도 합니다."

"그쯤은 다른 놈도 다 한다."

다시 주위를 둘러본 고재성이 얼굴을 일그러뜨리면서 웃었다.

"의심이 많았기 때문이야."

이제는 박영조와 오병천까지 시선을 주었고 고재성이 말을 이었다.

"다른 놈 말을 한 번도 그대로 받아들인 적이 없어, 한 번도. 그리고……."

고재성이 어깨를 늘어뜨렸다. 긴 숨을 뱉었기 때문이다.

"항상 상대방 입장에서 계산을 해봤지. 그래서 내가 살아남은 거다."

"회장님."

이제는 박영조가 나섰다.

"그럼 지금 상황이 안 좋습니까?"

"이상하다."

고재성이 바로 대답했다.

"내가 '로얄클럽'에 심어놓은 놈이 하나 있었는데 그놈하고 10일째 연락이 끊겼어. 아무래도 그놈이 죽은 것 같다."

셋의 시선을 받은 고재성이 말을 이었다.

"그놈의 정체가 발각된 거야."

"누구한테 말입니까?"

"내가 이쪽 나와바리 보스 입장이 되어서 생각해 보았지. 바로 시모다란 놈인데."

고재성이 눈을 가늘게 떴다.

"로얄클럽이 그놈한테는 임자 없는 금덩어리로 보였을 거야, 나 같아도 그랬을 테니까."

"지금쯤 변호사 사무실에서 명의 이전이 끝났을 겁니다."

벽시계를 본 정재식이 말했다. 오후 5시가 되어가고 있다. 고베 모토마치에 위치한 2층 저택 안, 이곳은 '리스타 일본법인'이 소유한 안가

(安家) 중 하나다. 강정규가 물었다.

"지금쯤 고재성도 고베에 와 있겠지?"

"그럴 가능성이 많지요."

"하루에한테 연락을 안 한 것을 보면 눈치를 챈 것인가?"

"그놈이 겪을수록 용의주도하네요."

윤석이 거들었다. 정재식을 포함한 그들 일행 넷이 고베에 도착한 것은 오후 3시경이다. 이번에는 전세 비행기로 옮겨왔기 때문이다. 정재식은 수시로 '일본법인'으로부터 정보를 받고 있는 것이다. 그때 전화벨이 울렸고 서둘러 정재식이 전화기를 들었다. 응접실에 둘러앉은 사내들의 시선을 받으면서 통화를 한 정재식이 전화기를 내려놓으면서 강정규에게 말했다.

"변호사 사무실에서 하루에가 나왔답니다. 시모다하고 같이 나와서 헤어졌다는데요. 사내 둘을 데리고 왔는데 가방을 5개나 들고 있다는 겁니다. 사내 둘이 2개씩, 하루에까지 가방 하나를 들고 차를 탔답니다."

"돈 가방이군."

듣고 있던 홍만준이 말했다.

"나쁜 년, 저년도 당해야 돼."

"하루에를 미행하고 있답니다."

정재식이 말했을 때 강정규가 혼잣말을 했다.

"여기서도 우린 구경만 하는 것이 낫겠다."

윤석과 홍만준이 서로의 얼굴을 보았다. 유성에서는 경찰청 마약반에 고재성 처리를 맡기고 한발 물러서 있었기 때문이다. 이곳에서는 곧 영업장을 빼앗긴 고재성이 가만있지 않을 것이다. 하루에는 둘째로 치고 명의 이전을 해간 시모다 일당과 한판 붙을 것이 틀림없다. 그러니 누구 좋은 일 시켜줄 필요 없는 것이다. 놈들이 싸우는 것을 지켜보는 것이 가장 낫다. 그래서 김필성이 계속해서 정보만 전해주는 것이 아닌가?

2장 고베의 배신

"오빠, 곧장 고속도로를 타요."

하루에가 말하자 구로다는 힐끗 백미러를 보았다. 구로다는 하루에의 오빠다. 오사카에서 참치식당을 하고 있다가 하루에가 부르는 바람에 차를 갖고 온 것이다.

"왜? 집에도 안 들르고?"

"응, 오사카에서 약속이 있다고 했지 않아요."

"알았다. 그럼 서둘러야겠군."

구로다가 차의 속력을 내면서 옆에 앉은 히로사끼를 보았다.

"히로사끼, 고속도로 휴게소에도 약국이 있어. 거기서 약 사 먹자."

"아, 이젠 좀 나아요."

히로사끼가 심호흡을 하면서 말했다.

"아까까지 더부룩했는데 돈더미를 보고나니까 배도 놀랐는지 안 아프네."

히로사끼는 참치식당에서 일하는 사촌동생이다. 차의 속력을 내면서 구로다가 다시 백미러를 보았다.

"하루에, 네 명의로 영업장이 5개나 되었다니, 물론 네가 명의를 빌려준 것이겠지?"

"당연하죠, 오빠."

"그런데 왜 지분이 51퍼센트나 되는 영업장을 10퍼센트만 받고 지분을 다 양도하는 거냐?"

"아유, 오빠, 알면 골치 아파져."

"야, 그래도 내 똥차 트렁크에 1억 9천만 엔이란 거금이 실려 있는데 그쯤은 알아야지."

정색한 구로다가 하루에를 보았다.

"변호사 사무실에서 처리한 일이니까 안심은 된다만 불법은 아니지?"

"아유, 걱정 마요. 저 돈은 전해주기만 하면 돼."

"넌 수수료 안 받고?"

"내가 오빠한테 섭섭하지 않게 인사할게."

"네가 1백만 엔 준다고 해서 놀리는 줄 알았는데 정말 같군."

그때 히로사끼가 말했다.

"아까 변호사 사무실에서 본 시모다란 사람, 야쿠자 오야붕 같던데."

하루에는 가만있었고 구로다가 맞장구를 쳤다.

"좀 그런 분위기가 풍기더라. 실실 웃기만 하고 있었지만 말야."

"저 새끼 곧장 고속도로로 가는데?"

시바타가 앞쪽을 향해 소리쳤다.

"곧장 도망치려는 것 같다!"

"이런 젠장."

옆자리에 앉은 노무라가 투덜거렸다.

"어쨌든 따라가!"

"어떻게 연락을 하지?"

"가다가 휴게소에 서겠지. 그때 하는 수밖에."

"어, 어디로 가는 거야?"

"이건 오사카로 가는 고속도로인데…….."

당황한 둘이 주고받는 사이에 앞쪽의 하루에가 탄 차는 톨게이트를 빠져나가더니 속력을 내었다.

"저 새끼도 끝까지 따라가는군."

핸들을 쥔 나카마가 입맛을 다셨다.

"나는 저 병신 뒤만 따라가면 되겠다."

"이봐, 나카마, 바짝 붙지 마라."

옆에 앉은 아마기가 주의를 주었다.

"저 새끼가 눈치채면 안 돼."

"야, 걱정 마. 저놈 운전하는 거 안 보여?"

나카마가 웃음 띤 얼굴로 말을 이었다.

"저, 브레이크 등 번쩍이는 거 봐라, 완전 초짜야. 백미러 볼 시간도 없을 거다."

나카마와 아마기는 '리스타 일본법인' 소속의 정보원이다. 둘은 지금 하루에의 차를 미행하고 있는 시모다의 부하들을 따라가고 있는 셈이다.

조승호가 들어섰을 때 고재성은 박영조, 오병천과 셋이서 술을 마시는 중이었다. 고베 산노미야역 북쪽의 이쿠타 주변 환락가는 아직 이른 시간인데도 활기를 띠고 있다. 이곳은 골목 안의 룸카페 '로마', 고급 카페다. 조승호가 앞쪽 자리에 앉으면서 말했다.

"하루에 씨 집 앞에 두 놈이 있었습니다. 두 놈은 건너편에 주차한 TV 수리 탑차에 타고 있었는데 시모다의 부하였습니다."

고재성이 대답 대신 손목시계를 보았다. 오후 6시 10분이다. 조승호는 하루에의 집을 염탐하고 돌아온 것이다. 고재성이 잠자코 맥주를 한 모금 삼켰을 때 조승호가 말을 이었다.

"회장님을 기다리고 있는 것이지요."

"개새끼들."

박영조가 혼잣소리처럼 말하더니 힐끗 고재성을 보았다.

"회장님, 윤곽이 잡히지 않습니까? 하루에 씨는 집을 비운 상태에서 시모다 부하가 집 앞에서 기다리고 있고 말입니다."

"……."

"더구나 '로얄클럽'의 정보원도 실종 상태고 말입니다. 시모다가 없앴든지 숨겨놓았든지 했을 것입니다."

"숨기기는? 없앴겠지."

오병천이 거들었다.

"다 자백 받고 없앤 거야."

"어쨌든 클럽에 불쑥 들어갔거나 하루에 씨 집에 찾아갔다면 사고가 났겠지요."

박영조가 말을 받았을 때 고재성이 입을 열었다.

"그럼 지금부터 우리가 공격적으로 나갈 차례."

54

6시 반, 모토마치의 안가에서 강정규가 정재식의 보고를 받는다.

"지금 하루에는 오사카로 가는 중입니다. 하루에가 탄 차를 시모다의 부하가 미행하고 있습니다."

정재식의 얼굴에 웃음이 떠올랐다.

"그 뒤를 우리가 따르는 상황이지요."

"그놈들이 왜 따라가고 있는 거야?"

"기조실에서는 그놈들이 하루에한테서 현금을 도로 빼앗으려고 하는 것 같답니다."

"그럴 만하지."

강정규가 고개를 끄덕였다.

"그런데 곧장 고속도로를 타버리니까 당황했겠군."

"하루에도 불안하니까 오사카에서 식당을 하는 오빠하고 사촌동생까지 데려왔겠지요."

하루에의 집 전화 통화를 도청했기 때문에 '리스타' 쪽에서는 가장 정보가 빠른 편이다. 그때 강정규가 물었다.

"고재성은?"

그러자 정재식이 자리를 고쳐 앉았다. 둘러앉은 홍만준과 윤석의 시선이 모여졌고 정재식의 말이 이어졌다.

"조금 전 산노미야거리 아래쪽 '로얄클럽' 앞에서 잠복해 있는 시모다의 부하들을 발견했습니다."

"시모다 그놈이 교활한 놈이군."

마침내 강정규가 적의를 드러내었다. 눈을 치켜뜬 강정규가 쓴웃음을 짓고 말했다.

"나는 고재성보다 시모다 그놈이 더 더러운 놈 같다."

"제 생각도 그렇습니다."

윤석이 바로 동조했다. 그때 정재식이 말했다.

"그런데 그 시모다 부하 근처에서 고재성의 정보원을 발견했다는 겁니다."

"원, 이런."

홍만준이 감동했다. 상반신을 기울인 홍만준이 물었다.

"고재성이 근처에 있었단 말이군."

"그렇지요."

"그럼 고재성의 위치를 곧 찾아낼 수 있지 않겠소?"

"찾아낼 수 있을 겁니다."

정재식이 머리를 돌려 웃음 띤 얼굴로 강정규를 보았다.

"사건이 이제 클라이맥스를 향해 달려가는 느낌입니다, 대장님."

그러자 강정규가 정색하고 말했다.

"계속 방관자 입장에서 상황을 주시하고만 있으니까 영화를 보는 느낌이 드는 모양이군."

정재식이 입을 다물었고 윤석과 홍만준도 긴장했다. 과연 긴장이 풀려 있었던 것이다.

오후 7시 반, 모토마치의 유명한 요정 '일본옥'의 밀실에 귀빈 셋이 둘러앉았다. '일본옥' 단골인 시모다가 가모와 오타카를 초대해서 저녁 겸 술을 마시려는 것이다. 방금 도착한 셋이 자리 잡고 앉았을 때 지배인이 인사를 하고 돌아갔고 게이샤 셋이 들어와 제각기 옆에 앉았다.

"너희들, 잘 들어라."

시모다가 가모와 오타카 옆에 앉은 게이샤들에게 엄숙한 얼굴로 주의를 주었다.

"옆에 앉으신 오야붕들은 앞으로 너희들 대부가 되실 분들이야. 그러니 오늘 밤에 허리가 끊어지는 한이 있더라도 잘 모셔라."

"네."

둘이 방바닥에 이마를 붙이면서 대답했을 때 시모다가 이번에는 가모와 오타카를 보았다.

"얘들 둘은 아직 동정녀요, 남자를 받은 적이 없는 애들이란 말이오. 그러니 두 분께서는 오늘 첫날밤을 치르시는 것입니다."

"어허, 이럴 수가."

넉살 좋은 오타카가 호들갑을 떨면서 게이샤의 허리를 감아 안았다.

"오늘은 좋은 일만 일어나는구먼."

"앞으로 계속 좋은 일만 일어날 거요."

시모다가 말을 받았을 때 가모가 물었다.

"시모다 씨, 고재성이는 지금 어디에 있소?"

"그놈이 지금 고베에 와 있을 거요."

시모다가 웃음 띤 얼굴로 말을 이었다.

"하지만 그놈에게 고베는 쥐덫 안이나 마찬가지요, 쥐덫 안에서 헤매는 쥐새끼라고."

"제 사업장이 넘어간 걸 알면 길길이 뛸 텐데 대책을 마련해야 될 것 같소."

가모가 말하자 시모다가 고개를 끄덕였다.

"오늘 공동대책을 세웁시다. 3개 연합군을 만들어놓지요, 대장은 가모 씨가 맡으시고."

지배인이 방으로 들어섰을 때는 8시가 조금 넘었을 때다. 안쪽 방에서는 조승호까지 넷이 술을 마시고 있었는데 지배인이 조승호에게 물었다.

"전화가 왔는데요, 한국에서 오신 분 맞지요?"

일본말이었지만 고재성도 알아들었다. 박영조와 오병천도 일본어를 조금은 한다.

"한국에서 온 사람을 찾아?"

놀란 조승호가 이맛살을 찌푸렸다. 이곳에 전화를 할 사람이 없는 것이다.

"누군데?"

엉거주춤 자리에서 일어선 조승호가 굳어진 얼굴로 물었고 고재성도 허리를 폈다. 방 안에 순식간에 긴장감이 덮였다. 그때 지배인이 말했다.

"'리스타'라고 하면서 조금 전에 들어가신 회색 양복을 입은 분이나 그 일행하고 통화를 하고 싶다는 겁니다."

조승호다. 회색 양복을 입었고 조금 전에 방으로 들어왔다. 더구나 '리스타'라니, 넷은 순식간에 얼어붙었지만 고재성이 먼저 쓴웃음을 지었다.

"'리스타'라고 했어?"

고재성이 지배인에게 물었을 때 박영조가 서둘러 몸을 돌리더니 벌써 문의 손잡이를 쥐었다.

"잠깐."

박영조를 막은 고재성이 쓴웃음을 지었다.

"야, 늦었어. 가만있어."

58

고재성이 박영조에게 한국어로 말했다. 그때 지배인이 대답했다.

"예, 리스타라고 했습니다, 사장님."

산전수전 다 겪은 40대의 지배인은 고재성의 분위기만 보고도 '오야붕'급으로 짐작한 것이다. 그때 머리를 끄덕인 고재성이 말했다.

"좋아, 내가 전화를 받지."

"사무실로 전화가 왔습니다, 사장님."

앞장을 서면서 지배인이 말했고 고재성이 뒤를 따른다. 그 뒤를 박영조와 오병천, 조승호가 따르고 있다.

사무실로 들어선 고재성이 지배인이 건네준 전화기를 받아 귀에 붙였다. 주위에 박영조 등이 둘러섰다.

"여보세요, 전화 바꿨습니다."

고재성이 응답했을 때 곧 사내의 한국어가 울렸다.

"누구십니까?"

"나, 고재성이야."

대뜸 고재성이 말했을 때 수화구에서 입맛 다시는 소리가 났다.

"고재성이, 내가 널 죽이려고 대마도에서부터 유성까지 그리고 이곳까지 쫓아온 사람이야."

"그렇군."

고재성의 얼굴에 쓴웃음이 떠올랐다.

"네가 대마도에서 자위대를 몰살한 놈이냐?"

그때 둘러선 박영조 등이 일제히 몸을 굳혔다.

"병신 같은 놈."

수화구에서 다시 입맛 다시는 소리가 울리더니 말이 이어졌다.

"널 죽이기 전에 네 한풀이를 시켜주려는데 내 정보를 받을 의사가 있는 거냐?"

고재성이 잠깐 주춤했다. 방 안은 조용해서 옆에 붙어 선 박영조, 오병천도 상대방의 말을 다 듣는다. 그때 망설였던 고재성이 물었다.

"넌 누구냐?"

"강정규."

사내가 바로 대답하더니 말을 이었다.

"널 없앨 사람이니까 저승사자 이름은 알아둬야겠지."

"축하한다."

"어때? 내 정보를 받을 거냐?"

"말해."

"하루에가 널 배신하고 네 사업장 5개 모두를 시모다와 가모, 오타카에게 팔아넘겼다."

"……."

"네가 지금 들어가 있는 카페 위쪽의 '로얄클럽'도 마찬가지야."

"……."

"거기서 기다리고 있는 시모다 부하들을 보았을 거다. 'TV수리' 탑차에 타고 있는 놈들."

"……."

"지금 하루에는 명의 이전 대가로 받은 현금 1억 9천만 엔을 싣고 오사카로 도망가는 중이야. 오사카에 사는 오빠 알지? 그놈을 불러서 돈 가방을 차에 싣고 있다고."

"……."

"그 차를 시모다의 부하들이 따라가고 있어. 왜 그런지 짐작이 가지?"

"······."

"자, 이제 사물의 윤곽이 드러나고 있지?"

"자, 그럼 말해."

이번에는 고재성이 말했다.

"네 의도를 알았으니까 말이다. 본론을 말해."

"그렇다고 내가 널 놔두는 건 아냐, 이 더러운 마약쟁이 놈아."

"알고 있어. 너하고는 곧 승부를 내야겠지."

눈썹을 치켜 올린 고재성이 말을 이었다.

"네놈이 이노우에 님을 살해한 놈이겠지."

"그런 놈은 죽어야 돼."

"말해."

"조바심이 나는가 보군."

강정규의 목소리에 웃음기가 띠어지더니 곧 말을 이었다.

"지금 시모다, 오타카, 가모가 네 사업장을 거저먹은 기념으로 요정에서 놀고 있다. 고베 최고의 요정이더군."

그 시간에 이광은 베이징 공항으로 달려가는 리무진 안에서 강택민과 나란히 앉아 있다. 등소평이 강택민을 보낸 것이다. 차가 시내를 벗어나 속력을 내었을 때 강택민이 고개를 돌려 이광을 보았다.

"이 회장님, 요즘 중국도 분위기가 좋지 않습니다."

순간 이광이 숨을 들이켰다. 중국 관리가, 더구나 최고 실권자인 등소평의 숨겨진 심복 강택민의 입에서 이런 말이 나올 줄은 예상하지 못했기 때문이다. 강택민은 장쩌민으로 불린다. 이광의 시선을 받은 장쩌민이 쓴웃음을 지었다.

"등 위원장께서 회장님께 이 말씀을 드리라고 했습니다."

"아, 예."

차 안에는 운전사와 그들 둘까지 셋이 타고 있다. 장쩌민이 둘이서 이야기할 것이 있다고 했기 때문이다. 이런 일이 자주 있었기 때문에 이광은 예사로 넘겼었다. 그때 장쩌민이 두꺼운 안경알 너머로 이광을 보았다.

"곧 대규모 시위가 일어날 것입니다."

"예? 어디서 말입니까?"

놀란 이광이 묻자 장쩌민이 정색했다.

"베이징에서."

"무슨 시위지요?"

"민주화 시위지요."

숨을 들이켠 이광을 향해 장쩌민이 말을 이었다.

"급속도로 자본주의 체제를 도입하다 보니까 인민들이 새로운 정보에 덮여 혼란에 빠진 겁니다. 그래서 대학생 주도로 대규모 민주화 시위가 일어날 것 같은데요."

"……."

"등 위원장께서는 이 일이 어차피 한 번은 꼭 일어날 일이라고 생각하십니다."

"……."

"고름 덩어리가 뭉치면 부풀어 오르지요?"

장쩌민이 묻더니 자신이 대답했다.

"그건 꼭 터뜨려야 합니다. 그래야 고름 치유가 되는 것입니다."

그러더니 장쩌민이 긴 숨을 뱉었다.

"당분간 시위로 정국이 혼란스럽겠지만 수습이 될 겁니다. 등 위원장께서는 회장님께 꼭 그 말씀을 전하라고 하시더군요, 믿고 있으라고."

"아아, 예, 믿겠습니다."

이광이 대답했을 때 장쩌민이 얼굴을 펴고 웃었다.

"그때는 중국이 다시 태어날 겁니다. 새로운 지도체제가 되면서 경제 성장도 탄력을 받게 될 것입니다."

모토마치의 요정 일본옥은 단층 저택이지만 정원에 작은 연못도 있는 데다 ㄷ자형 건물에는 방이 24개나 되었다. 아래쪽의 방 8개는 귀빈용이어서 넓고 마루가 뒤쪽에 붙어 있다. 오후 10시 반, 일본옥이 가장 활기를 띠는 시간이다. 여러 곳에서 샤미센 소리와 함께 노랫소리 웃음소리, 부르는 소리가 터져 나왔고 복도는 종종걸음으로 오가는 종업원, 게이샤들로 가득 차 있다.

"자, 가모 씨, 연합군 위원장이 되신 기념으로."

술잔을 내민 시모다가 말하자 가모가 쓴웃음을 지었다.

"이거, 왜 이러셔? 감투 씌워주고 벗겨 먹으려는 수작 아니오?"

"다 아는 사이에 벗고 벗길 게 뭐가 있습니까?"

시모다가 게이샤의 치마 속으로 손을 넣으면서 말했다.

"나는 여자 벗기는 일에나 취미가 있소."

"시모다 씨, 애들한테 얼마를 주면 돼요?"

오타카가 묻자 시모다는 소리 내어 웃었다.

"애들 옆에서 무슨 실례의 말씀을 하시오?"

"직접 물어보는 게 더 실례일 것 같아서."

"걱정 마시고 벗기기나 하시오, 계산은 내가 다 할 테니까."

"신세를 지겠소."

"아니, 인사는 파트너한테 하라니까?"

그러자 오타카가 파트너인 게이샤를 향해 머리를 숙였다.

"잘 부탁한다."

"제가 부탁드려요."

게이샤가 두 손을 방바닥에 짚고 깊게 머리를 숙이자 감동한 오타카가 물었다.

"넌 어떻게 하는 것을 좋아하냐?"

"뭘 말씀입니까?"

"자, 오늘 밤 우리가 할 일 말이다."

그때 가모와 시모다가 소리 내어 웃었다. 게이샤가 두 손으로 얼굴을 가렸을 때 오타카가 다시 물었다.

"대답해라, 넌 어떤 자세가 좋으냐?"

그러자 시모다가 핀잔을 주었다.

"오타카 씨, 얘는 경험이 없다고 하지 않았소? 모르는 걸 어떻게 대답하란 말이오?"

그때 문이 열렸기 때문에 셋이 웃음 띤 얼굴로 고개를 돌렸다. 그리고 다음 순간 셋의 얼굴이 일그러졌다.

"퍽퍽퍽퍽퍽!"

박영조가 쥔 헤클러앤코흐사 제품의 MP5기관총에서 그런 발사음이 울렸다. 박영조는 군 출신이어서 기관총을 맡았다. 소음기가 부착된 MP5의 발사음이다. 먼저 타깃이 된 상석에 앉은 시모다가 몸에 빗발처럼 쏟아진 총탄을 고스란히 맞고 뒤로 벌떡 넘어졌다. 5미터도 안 되는 거리여서 한 발도 빗나가지 않았다.

"퍽, 퍽, 퍽!"

오병천과 또 다른 부하 하나가 쏜 브라우닝DA의 발사음은 거의 동시에 울렸다. 3발씩이다. 가모와 오타카는 머리와 목, 가슴 등에 총탄을 맞았다. 순식간에 단 한 번씩의 사격으로 표적 3개는 걸레가 되어서 널브러졌다. 게이샤 셋은 잘 교육되었다. 세 남자의 희롱에도 웃기만 하더니 이번의 참사에도 몸만 웅크렸을 뿐 소리 한 번 뱉지 않았다. 오타카는 머리가 박살나면서 흰 뇌수가 옆의 게이샤의 몸에 튀었지만 그래도 비명소리가 나지 않았다. 그래서 방 안이 조용해졌다. 그때 고재성이 말했다.

"됐다. 가자."

고재성은 총을 손에 쥐었지만 한 발도 발사하지 않았다.

25분 후에 강정규가 정재식의 보고를 받는다. 이곳은 모토마치의 안가, 사건 현장에서 직선거리로 5백 미터밖에 되지 않는다.

"아직 경찰도 오지 않았습니다. 아수라장이 된 '일본옥' 안으로 들어가서 확인한 결과 시모다, 가모, 오타카 셋은 현장 방 안에 시체로 눕혀져 있고 뒤쪽 정원에서 경비하던 부하 둘이 사망, 종업원 6명이 잡혀 있다가 풀려났습니다. 방심한 상태여서 쉽게 당한 것이지요."

정재식이 제가 한 일처럼 활기 띤 목소리로 말을 잇는다.

"고베 야마구치는 이제 분파된 3개 조직의 오야붕이 살해된 터라 다시 분란이 일어날 것 같습니다. 세 조직이 다시 쪼개지든지 다른 조직에 먹히든지 하겠지요."

"고재성이 5개 사업장을 다시 찾을 가능성은?"

불쑥 강정규가 묻자 정재식이 잠깐 입을 다물었다. 그것까지는 생각하지 않은 것 같다. 그때 옆에 있던 윤석이 강정규를 보았다.

"대장님, 사업장보다 하루에가 팔아먹은 돈을 먼저 찾는 것이 순서 아닙니까?"

"그렇군."

강정규의 얼굴에 웃음이 떠올랐다. 지금 하루에는 꼬리를 2개나 달고 오사카로 달려가는 중이다.

"그것이 먼저다."

강정규가 말했을 때 홍만준이 입을 열었다.

"아니, 그건 우리가 가져도 되는 돈 아닙니까? 우리가 그것까지 고재성이 일을 해줄 필요가 있습니까?"

"그렇지."

강정규가 이제는 이를 드러내고 웃었다.

"말도 안 되는 소리지."

오사카가 30킬로 앞으로 다가온 휴게소의 주차장에서 시바타가 차 문을 열면서 말했다.

"에이, 똥차 따라가느라고 힘들다."

먼저 내린 노무라가 공중전화 박스로 다가가면서 말했다.

"저것들 식당으로 가는 걸 보니까 좀 쉴 것 같다."

"우리도 뭘 먹을까?"

"놔둬, 네가 먹으면 안 돼. 이 시간에 뭘 먹으면 금방 졸린다."

밤 11시 10분, 늦은 시간이다. 고베에서 6시간이 넘도록 달려왔기 때문에 운전하는 시바타는 말할 것도 없고 노무라도 지쳤다. 하루에가 탄 차는 휴게소 식당 앞에 세워졌고 시바타의 차는 뒤쪽의 공터에 있다.

노무라의 뒷모습을 보면서 시바타가 두 팔을 벌리고 기지개를 켰다. 휴게소 주차장에는 수십 대의 차가 주차되었고 지금도 서너 대가 들어오고 나가는 중이다. 식당 유리창을 통해 식당에 둘러앉은 세 남녀가 보였다. 물론 식당 안에서 밖에 주차된 차를 볼 수 있는 위치에 앉아있는 것이다.

"저 차를 갖고 튀면 끝나는데."

셋과 차를 번갈아 보면서 시바타가 혼잣소리를 했다. 그쯤은 식은 죽 먹기인 것이다. 키도 필요 없다. 30초면 된다. 30초면 1억 9천만 엔을 먹는다. 시바타는 입맛을 다셨다.

"여보세요."

사내의 목소리가 울렸을 때 노무라는 짜증이 난 상태였다. 바로 전화를 받아야 할 놈들이 5분이나 지나서 응답한 것이다. 파친코 사무실이 연락사무소 역할이다.

"야, 너, 누구야?"

전화 받는 놈들은 대개 비슷한 서열이라 노무라가 물었더니 사내가 한술 더 떴다.

"넌 누군데?"

"이 새끼, 나 노무란데, 넌 누구냐고?"

"나 아사끼다."

아사끼는 외부조직원으로 카페의 영업과장이다. 시모다 조직의 중간쯤 되는 서열이 된다. 그런데 아사끼가 갑자기 시모다의 직영 파친코에는 왜 나타났는가?

"아, 아사끼 형님, 보고 드릴 것이 있는데요, 나까야마 형님 계세요?"

67

나까야마가 연락 책임자로 시모다의 직속이다. 그때 아사끼가 대답했다.

"지금 여기 없다."

"그럼 요시무라는……."

"그놈도 여기 없어."

"보고 드릴 일이 있는데요."

"누구한테?"

"오야붕의 직접 지시를 받고 하는 일입니다, 형님."

"그런데 안됐다."

"무슨 말입니까?"

"오야붕이 30분 전에 요정에서 총 맞고 죽었다."

"엣!"

"내가 바쁘니까 이만."

그러고는 저쪽에서 먼저 전화를 끊는 바람에 노무라는 망연자실했다. 그러나 곧 숨을 돌리고 나서 다시 동전을 넣고 버튼을 눌렀다. 다른 동료한테 확인하면 알 수 있는 것이다. 요정에서 총을 맞았다니, 이노우에 조장이 총 맞은 지가 얼마 되지 않는데.

그 시간에 휴게소 반대쪽 공중전화 박스에서 아마기가 전화기를 귀에 붙이고는 소리치듯 물었다.

"그럼 저 새끼들 오야붕이 디졌다는 말입니까?"

"그래."

'리스타' 고베 연락원이 웃음 띤 목소리로 말했다.

"하지만 넌 하루에 미행을 계속해."

"알았습니다. 그럼 저놈들은 미행을 그만두고 돌아갈지도 모르겠군요."

"오사카가 얼마 남지 않았으니까 톨게이트에서 돌아가든가 하겠지."

"참, 내."

헛웃음을 웃은 아마기가 다시 물었다.

"우린 끝까지 하루에를 따라가는 것입니까?"

"그래, 그놈들이 어떻게 되건 상관없어. 하루에만 따라가."

그러고는 통화가 끊겼다.

다시 중동으로 날아가는 전용기 안이다. 잠깐 잠에서 깨어난 이광이 시간을 거꾸로 가는 것 같은 창밖을 내다보다가 버튼을 눌러 안학태를 불렀다. 안학태가 전용실로 들어서자 소파에 기대 앉아있던 이광이 입을 열었다.

"곧 중국에서 대규모 민주화 시위가 일어날 거야."

놀란 안학태가 숨을 죽였고 이광의 말이 이어졌다.

"장쩌민이 등 주석의 지시를 받고 나한테 미리 알려준 거야."

"개방 후에 분위기가 심상치 않다는 정보를 받고 있었습니다."

안학태가 말을 이었다.

"해밀턴 씨도 여러 번 그런 보고를 한 것으로 알고 있습니다만."

"우리한테는 별 피해가 없을 거야. 다만 외국 기업들의 투자가 중지되겠지."

이광이 정색하고 안학태를 보았다.

"등 위원장은 나한테 부탁을 한 거야."

안학태는 시선만 주었고 이광이 말을 이었다.

"중국이 극도의 혼란상태에 빠지더라도 '리스타'는 믿고 있어 달라는 부탁이지."

"……."

"그래야 다른 투자업체들도 흔들리지 않을 테니까."

"……."

"내가 불안해서 투자를 줄이거나 멈추면 그 여파는 클 것 아닌가?"

"그렇습니다."

안학태가 고개를 끄덕였다.

"외국 투자업체들은 모두 우리 '리스타'만 주시하고 있을 테니까요."

"시위 기간 동안 투자를 늘리도록 하지."

이광이 똑바로 안학태를 보았다.

"투자 결정이 된 사업은 미리 당겨서 시위 기간에 투자를 하도록."

"예, 회장님."

"어려울 때 도와주면 그 대가는 배로 돌아올 거야. 그것으로 서로 돕는 것이지."

"알겠습니다."

안학태가 서둘러 자리에서 일어섰다. 각 그룹에 지시사항을 전달하려는 것이다.

"여어, 강 부장."

떠들썩한 목소리로 반긴 기요타가 자리에서 일어나 손을 내밀었다. 강정규가 두 손으로 기요타의 두툼한 손을 잡았다.

"요즘 동분서주하고 있더군."

웃음 띤 얼굴로 강정규의 손을 흔든 기요타가 자리에 앉았다. 이곳은 기타노마치의 카페 안, 골목 안에 위치한 카페지만 장식이 화려했고 홀이 넓다. 둘은 안쪽의 밀실에 자리 잡았는데 밖은 기요타의 부하들이 가득 찼다. 손님의 절반이 기요타의 부하인 것 같다. 기요타가 강정규의 앞에 놓인 잔에 위스키를 따르면서 물었다.

"어때? 고베에서 기반을 닦아보지 않겠나? 이곳이 지금 무주공산이지 않아?"

"전 다른 일이 있습니다."

"대마도 말인가?"

"예, 마무리를 해야지요."

기요타가 술잔을 들더니 건배하자는 시늉을 했다. 둘이 한 모금에 술을 삼켰을 때 기요타가 말했다.

"이또만 소좌, 아니, 강정규 부장이라고 부르는 게 낫겠지?"

"예, 회장님."

강정규가 야쿠자 2대(大) 그룹인 스미요시카이의 기요타를 응시하며 말했다.

"강정규로 불러 주십시오."

"좋아, 강정규."

머리를 끄덕인 기요타가 말을 이었다.

"난 네가 이곳 고베 야마구치를 재통합해서 새 조직으로 운용했으면 좋겠는데 싫다면 누구 추천할 사람 있나?"

그러더니 바로 물었다.

"네 생각은 어때? 고재성이를 이곳 보스로 갖다 놓는 게 말야."

"고재성이 말입니까?"

강정규의 얼굴에 쓴웃음이 번졌다.

"그런 놈을 밀어줄 이유가 있습니까?"

"그렇지, '리스타'에 맞지 않는 놈이지."

머리를 끄덕인 기요타가 말을 이었다.

"무주공산이 되어있을 때 서둘러야 돼."

'리스타 아일랜드'는 대부분 맑은 날씨다. 하늘에는 구름 한 점 없고 기온은 섭씨 20도 안팎으로 서늘하다. 1년 365일 중 300일 정도가 그렇다. 그리고 나머지 60일은 엄청나게 비가 오는 우기다. 우기에도 장대 같은 비가 오지만 금방 그치고 날씨가 맑아지기를 계속하기 때문에 우중충하지가 않다. 지금은 우기다. 숲 속의 별장 베란다에 나오면 비바람에 금방 몸이 흠뻑 젖는다. 팬티 바람으로 베란다에 나간 권철이 비바람을 맞으면서 두 팔을 활짝 벌리고 있다.

온몸이 비에 젖었고 머리칼도 찰싹 달라붙었다. 비바람이 불면 자주 권철이 이런다. 오후 3시 반, 별장에 들렀다가 비가 쏟아지자 옷을 벗어 던지고 이러는 것이다. 10분쯤 장대 같은 빗줄기를 맞고 난 권철이 안으로 들어서자 미셸이 타월을 건네주었다.

권철은 비를 맞고 나면 타월로 몸만 닦을 뿐이다. 욕실에 가서 다시 씻지 않는다. 몸을 닦은 권철이 방으로 들어가 미셸이 탁자 위에 꺼내놓은 옷으로 갈아입었다. 거실로 나온 권철이 개운해진 모습으로 미셸에게 말했다.

"나 근무하고 내일 돌아올 테니까 시내 나갈 일 있으면 이 카드를 써."

권철이 탁자 위에 검정색 카드를 내려놓았다. 권철 소유의 VIP 카드다. '랜드'의 어느 곳에 가도 패스가 되는 카드이며 어떤 물품도 구입할

72

수 있다. 권철이 며칠 전에 미셸한테 이 카드를 준 적이 있다. 미용실에 간다고 했기 때문이다. 미용실을 가려면 시내 중심가에 있기 때문에 검문소 3곳, 건물 안의 검색대 2곳을 거쳐야 한다. 미셸은 이 VIP 카드 한 장으로 다 처리한 것이다. 미셸의 시선을 받은 권철이 말을 이었다.

"앞으로 그 카드를 갖고 다녀, 너 줄 테니까."

카드를 집어 든 미셸이 물었다.

"검문소 경비병들이 나한테 사모님이라고 하던데, 왜 그러죠?"

"나하고 같이 자니까 그러겠지."

권철이 시큰둥한 표정으로 말을 이었다.

"그럼 널 뭐라고 부르겠어? 내가 시킨 건 아냐."

미셸이 잠자코 몸을 돌렸다. 잡혀온 지 오늘로 45일째, 한 달쯤 전부터는 권철이 매일 밤 이곳으로 퇴근해서 저녁을 먹고 같은 침대에서 잔다. 이제는 서로의 몸에 익숙해져서 침대에서는 마음껏 쾌락을 즐길 수 있는 미셸이다. 그러나 대화는 거의 하지 않는다. 권철이 사근사근한 성품이 아니었고 미셸 또한 쉽게 꺾이는 스타일이 아니었기 때문이다.

어느덧 비가 뚝 그쳤고 맑은 햇살이 비치는 숲길 사이로 권철이 걸어가고 있다. 권철의 뒷모습을 보던 미셸의 얼굴에 쓴웃음이 떠올랐다.

'리스타 아일랜드'는 이제 인구 3만 정도의 주민을 보유한 '자치령' 형식으로 가동되고 있었는데 그중 1만여 명이 '공사장' 인력이었다. 공사장 인력은 건설 부분뿐만 아니라 연관사업 인력도 포함된다. 공사 장비를 생산하는 회사도 10여 개 가동 중이었기 때문이다. 섬 전체가 공사 중이어서 안전모를 쓴 공사 인원이 군인처럼 보이기도 했다.

그 '리스타 아일랜드'의 건설 총감독 겸 시장(市長)이 리스타 해외법인 연합회 사장을 맡고 있는 진남철이다. 진남철이 시내 중심에 위치한 시청의 시장실로 들어섰을 때는 오후 4시 반이다. 오후에 현장을 둘러보고 온 것이다. 기다리고 있던 권철이 시장실로 따라 들어섰다.

"시장님, 어제 체포한 집단폭행 가해자는 모두 4명입니다."

권철이 보고했다.

"사흘 후에 재판을 받게 됩니다."

"첫 재판인가?"

진남철이 웃음 띤 얼굴로 물었다.

"예, 시장님."

따라 웃은 권철이 말을 이었다.

"'리스타랜드'의 첫 법 집행이 되겠습니다."

지금까지 '리스타랜드' 내부의 범죄에 대해서는 '경비대'가 범죄현장을 적발, 체포, 구금까지는 하되 해당 국적에 따라 범인을 인도해야만 했다. 그런데 지금부터는 '리스타랜드' 자체에서 법 집행을 하게 된 것이다. '리스타랜드'가 자치령이 되고 나서 걸맞은 제도가 갖춰진 셈이다. 진남철이 앞에 앉은 권철을 지그시 보았다. 권철은 이제 병력 1천 명을 지휘하는 경비대장이다. 리스타랜드의 치안 책임자인 것이다.

"이곳이 제2의 대한민국이야."

진남철이 말을 이었다.

"우리 회장님은 이곳을 기반으로 아시아 대륙은 물론 세계를 제패하실 거야."

여러 번 들은 말이었지만 권철의 눈빛도 강해졌다. 이광이 이곳 술라웨시해 중심에 떠 있던 섬을 산 것은 '리스타'의 '대변혁'이다. 새로운 시작인 것이다. 그러나 그것을 간부들은 나름대로 해석하고 있다.

진남철은 이곳을 '제2의 대한민국'이라고 생각한다. 이광이 따로 설명해 주지 않았기 때문이기도 했다. 진남철이 말을 이었다.

"나는 회장님이 직접 말씀은 안 하셨지만 그렇게 생각하고 있네."

"제 생각도 그렇습니다."

권철이 말을 받았다.

"여기서 우리가 대한민국의 부(富)를 일으켜야지요. 이곳을 경제, 정보의 기지로 만들어야 합니다."

"그렇지."

머리를 끄덕인 진남철이 웃었다.

"내가 지금처럼 보람을 느끼면서 일한 적이 없어. 그런 기회를 주신 회장님께 감사드리고 있네."

"저도 최선을 다할 생각입니다."

새삼스럽게 고위급 간부들이 이런 이야기를 주고받으면 어색한 법인데 둘의 표정은 진지했다. 그때 권철이 말했다.

"시장님, 제가 포로로 잡은 여자가 있습니다."

"아, 참, 그렇지."

진남철이 생각났다는 표정을 짓고 권철을 보았다.

"숲 속 별장에 감금시켰다고 들었는데, 지금 어떻게 되었나?"

"저하고 같이 살고 있습니다."

"살아? 살다니?"

"예, 같은 집에서 같이 자고……."

"응."

눈을 가늘게 뜬 진남철이 권철을 보았다.

"물론 억지로 자는 건 아니겠지?"

"아닙니다."

"그런데 왜?"

"결혼을 할까 해서요."

"윽, 결혼?"

놀랐는지 진남철이 신음부터 뱉었다.

"그럼 여자 측도 합의를 했나?"

"아닙니다."

"아니라니?"

"아직 이야기도 안 했습니다."

심호흡을 한 권철이 정색했다.

"일본 놈하고만 여러 번 동거생활을 해왔는데요, 이제는 제가 안정을 시키려고 합니다. 그것보다 그 여자 능력도 뛰어나고 '리스타랜드'에 도움이 될 것 같기도 해서요."

권철이 열심히 말했지만 중언부언이다. 앞뒤도 안 맞고 이유도 어색하다. 그러나 진심인 것은 분명했다. 그것을 느꼈는지 진남철이 지그시 권철을 응시하더니 물었다.

"그렇다면 나한테 뭘 바라는 건가?"

역시 예리한 경영자다.

"어떻게 하실 겁니까?"

박영조가 외면한 채 물었을 때 고재성이 고개를 들었다. 이곳은 고베 변두리의 작은 저택 안, 저택이라고 부를 것도 없는 목조건물 안이다. 좁은 골목길 안의 미닫이문을 열면 두 평쯤 되는 마당이 있고 바로 마루방으로 연결되는 20평 규모의 서민 주택이다. 이곳에 고재성이 부하 7명을 데리고 옮겨온 것이다.

벽에 등을 붙이고 앉은 고재성의 시선이 옆쪽의 오병천에게로 옮겨졌다. 조승호는 부하 한 명과 함께 시장을 보러 나갔다. 오후 6시 반, 좁은 마루방에서 눅눅한 습기가 배어 나왔다. 고재성이 입을 열었다.

"지금 우리 자금이 얼마나 있냐?"

"이곳저곳에 분산 예치시킨 금액이 미화로 약 120만 불쯤 됩니다."

오병천이 바로 대답했고 고재성이 이번에는 박영조에게 물었다.

"고베 경찰은 살인범이 나라고 아예 지목한 상태 아니냐?"

"그렇죠."

박영조가 다시 외면했다. 시모다와 오타카, 가모의 살해사건은 지금도 언론에 대서특필되고 있다. 경찰은 사건이 일어난 지 5시간 후에 살인 용의자는 한국에서 온 조폭 오야붕 고재성이라고 발표를 해버린 것이다. 이노우에의 양아들인 고재성이 '이권' 때문에 오야붕 셋을 죽인 사건이라고 했다. 고재성이 말을 이었다.

"이 상황에서는 밖에 나갈 수가 없어, 애들한테 10만 불씩 나눠줘라."

"10만 불씩이나요?"

놀란 오병천이 숨을 들이켰다.

"회장님, 너무 많습니다."

"난 너무 적다."

쓴웃음을 지은 고재성이 말을 이었다.

"날 믿고 여기까지 따라온 놈들한테 말이다. 난 지금까지 수도 없이 부하들을 이용만 해먹었지 제대로 보상해준 적이 없어."

"그래도 모두 회장님을 존경하고 따르고 있습니다."

박영조가 말했을 때 고재성이 정색했다.

"돈 찾아와라, 애들한테 나눠주겠다. 너희들도 당분간 떨어져 있는
것이 낫겠다."

"그런 말씀 마시죠."

눈을 치켜뜬 오병천이 고재성을 노려보았다.

"저희들을 뭘로 보시고 이러시는 겁니까? 생사를 같이하기로 맹세
한 사이 아닙니까?"

오병천의 목소리가 떨렸다. 박영조는 입을 꾹 다문 채 다시 외면하
고 있다. 둘을 번갈아 보던 고재성이 길게 숨을 뱉었다.

"내 신세가 따분해서 그런다."

이곳 서민주택도 조승호가 겨우 얻은 셋집이다. 셋집에 한국에서 데
려온 부하 7명이 북적거리고 있는 것이다. 그때 박영조가 고재성을 똑
바로 보았다.

"회장님, 하루에는 그대로 놔두실 겁니까?"

고베항 북쪽의 좁은 구역은 고속정, 요트, 중소형 유람선의 선착장이
다. 오후 7시, 강정규가 선착장으로 다가가자 고속정 안에서 선장 제복
을 입은 사내가 나왔다. 사내가 선착장을 내려다본다.

"강 부장이세요?"

한국어로 묻는다. 어둠이 덮이고 있어서 고속정의 선실은 잘 보이지
않았다. 불을 모두 꺼놓았기 때문이다.

"아, 김 선장이십니까?"

강정규가 묻자 사내가 웃음 띤 얼굴로 대답했다.

"예, 준비 다 되었습니다."

강정규는 윤석, 홍만준, 안내역인 정재식까지 넷이다. 김 선장은 40

대쯤으로 건장한 체격이다. 선착장에서 배로 걸쳐진 목제 다리를 건넌 넷이 갑판에 내렸다. 선장과 악수를 나눈 강정규가 고속정을 둘러보았다. 180톤급으로 스크류가 2개 부착된 호화 고속정이다. 선장이 말을 이었다.

"대마도까지 가는 동행이 15명 있습니다. 고베 대학교 학술조사단이지요."

교통편을 수배해준 '리스타 일본법인' 측에서 이미 들었기 때문에 강정규는 머리만 끄덕였다. 선장이 고속정 위쪽을 가리키며 말했다.

"3층이 특실인데 5명까지 투숙할 수 있습니다. 강 부장님 일행은 기업체 사장과 중역 일행으로 탑승자 명부에 기록해 놓았습니다."

출발은 내일 오전 8시다. 강정규 일행은 미리 배에 탑승하는 것이다.

이광이 카다피의 집무실로 들어섰을 때는 오후 3시 반이다.

"어서 오게."

소파에 앉아있던 카다피가 일어나 이광을 맞는다. 카다피는 정보국장 무바라크, 비서실장 하타와 함께 있었는데 조금 굳은 표정이다. 이광이 미국 측의 전갈을 갖고 오는 것을 알고 있기 때문이다. 이광은 안학태와 함께 소파에 앉았다.

"각하, 미국 측의 전언을 말씀드리려고 왔습니다."

이광이 말하자 카다피가 쓴웃음을 지었다.

"자네가 고생이 많아. 그 대가를 충분히 받았으면 하네."

"감사합니다, 각하."

"이번 비행기 폭발사고 때문이지?"

카다피는 테러라고 하지 않는다. 폭발사고라고 했다.

"예, 각하."

"그것도 우리 소행이라고 하나?"

"용의자 두 명이 리비아로 도망쳤다고 합니다, 각하."

카다피가 무바라크와 시선을 마주쳤고 이광이 말을 이었다.

"둘의 증거를 갖고 있다는 것입니다. 그리고 둘이 리비아의 지시를 받았다고 미국은 믿고 있습니다."

카다피가 시선만 주었기 때문에 이광이 소리죽여 숨을 뱉었다. 안학태는 석상이 된 것처럼 숨소리도 내지 않는다. 이광이 말을 이었다.

"각하, 이번에 범인을 인도해 주지 않으면 미국이 행동으로 나올 가능성이 큽니다. 제 생각을 말씀드리면 거의 확실합니다."

"……."

"이번 미국의 요구를 들어주시는 것이 나을 것 같습니다."

그때 카다피가 물었다. 입술도 달싹이지 않는 것 같은데 말이 나온다.

"어떤 행동으로 나올 것 같나?"

"각하를 제거하는 작전으로 나올 것 같습니다."

그 순간 무바라크와 하타가 동시에 어깨를 추켜올렸다. 두 눈도 부릅뜨고 있다. 엄청난 표현이다. 철권통치자, 독재자로 불린 카다피 앞에서 '카다피의 제거'라는 표현이 나온 것이다. 둘이 사색이 되었을 때 카다피가 쓴웃음을 지었다.

"레이건의 성격이면 그럴 만하지."

카다피가 희미하게 머리를 끄덕였다.

"10일쯤 후에 둘을 내보낼 테니까 데려가라고 하게. 외국에서 체포한 것으로 하잔 말이야."

방으로 들어선 조승호가 고재성 앞에 앉았다. 오후 7시 반, 조승호는 밖에 나갔다가 돌아왔다. 방은 조승호까지 넷이 둘러앉아서 좁다. 일본식 다다미방으로 두 명이 자면 꼭 찰 크기다. 그때 조승호가 입을 열었다.

"'리스타' 연락원한테 전화를 했더니 회장님한테 전하라는 전갈이 있었습니다."

고재성의 시선을 받은 조승호가 말을 이었다.

"스미요시카이의 기요타 회장께서 회장님을 만나자고 하셨습니다."

그 순간 고재성이 숨을 들이켰다. 스미요시카이는 일본 야쿠자 2대(大) 세력이다. 그런데 야마구치꾸미(組)가 사분오열되는 바람에 스미요시카이는 제1세력으로 부상했다. 고베 야마구치는 스미요시에 비교도 되지 않는다. 조직이나 세력 면에서 한참 아래다. 더구나 스미요시는 제3대(大) 세력인 이나카와카이와 동맹을 맺고 움직이는 상태인 것이다. 그 둘이 모두 '리스타'의 연합체가 아닌가? 그때 박영조가 물었다.

"아니, 스미요시에서 왜?"

"스미요시는 '리스타'의 수족이야."

고재성이 말을 받았다.

"기요타 회장은 조센징이고."

"아, 그렇습니다."

박영조가 어깨를 늘어뜨렸다. 리스타의 위력에 저절로 압박감을 느꼈기 때문이다. 다시 조승호가 말을 이었다.

"오늘 밤 11시에 골목 앞에서 기다리면 차를 보내겠다고 했습니다."

"이곳 골목에?"

이번에는 오병천이 놀란 표정으로 묻자 조승호가 고개를 끄덕였다.

은신처는 조승호가 잡았지만 스미요시카이는 이미 알고 있는 것이다. '리스타' 측에서 알고 있다는 말이나 같다. 이윽고 세 쌍의 시선을 받은 고재성이 얼굴을 찌푸리며 웃었다.

"가야지."

그 시간의 '리스타 아일랜드'는 오후 6시다. 2시간 시차가 난다. 미셸이 '랜드' 중심부에 위치한 한식당 '서울'의 방으로 안내되어 들어갔을 때 기다리고 있던 권철이 맞았다. 혼자 앉아있던 권철이 눈으로 원탁의 옆자리를 가리켰다.

"웬일이죠?"

자리에 앉으면서 미셸이 방 안을 둘러보았다. '서울식당'은 귀빈용이다. '랜드'의 간부들이나 외부 손님이 왔을 때 접대하는 곳이어서 손님이 드물다. 그런데 오늘 권철이 미셸을 이곳으로 나오라고 부른 것이다. 미셸의 시선을 받은 권철이 쓴웃음을 지었다.

"그냥, 밥 먹자고."

"별일이네."

미셸이 혼잣말을 했다.

"섹스파트너가 되어준 보상인가?"

"입 닥쳐."

"사실이지, 뭐."

"너도 즐겼잖아?"

"누가 뭐래요? 내가 즐기지 않았다면 받아들일 리가 없지."

"입도 더럽군."

"몸도 더럽단 말인가?"

"그럼 안 그러냐?"

"이제야 진심이 나오는군."

"그럼 내가 가면 쓰고 있었나?"

"그 말 하려고 부른 거야?"

"밥 먹자고 부른 거다."

"참 처음으로 말 길게 주고받네."

그때 방문이 열렸다. 고개를 돌린 미셀이 눈썹을 모았다. 종업원이 아니다. 정장 양복 차림의 중년 사내가 들어서고 있다. 미셀의 시선을 받은 사내가 얼굴에 웃음을 띠었다. 그때 미셀은 권철이 자리에서 일어선 것을 보았다. 다가선 사내가 권철에게 물었다.

"이분인가?"

"예, 시장님."

그 순간 미셀이 저도 모르게 자리에서 일어섰다. '랜드'의 시장인 것이다. 진남철이다. 그때 진남철이 미셀에게 물었다.

"미셀 씨?"

"네."

대답한 미셀의 얼굴이 순식간에 붉어졌다.

"반갑습니다. 내가 시장 진남철입니다."

진남철이 손을 내밀었기 때문에 미셀이 손을 잡았다. 악수를 나눈 그들이 자리에 다시 앉았을 때 진남철이 웃음 띤 얼굴로 미셀을 보았다.

"어때요? '랜드'에서 지내시기가?"

"네, 저는……."

숨을 고른 미셀이 힐끗 권철을 보고 나서 대답했다.

"특수한 관계여서 소감을 말씀드리기가……."

"이해합니다."

고개를 끄덕인 진남철이 벨을 눌렀다. 종업원을 부른 것이다.

"먼저 식사나 같이하시지요, 저도 뵙고 싶었습니다."

미셸이 심호흡을 했다. 이 인간들이 무슨 꿍꿍이속인가?

그 시간의 카이로는 오후 1시다. 이광은 카이로 구시가지에 위치한 안가 응접실에서 두 사내와 마주 보고 앉아있었는데 옆에는 안학태가 배석했다. 앞쪽에 앉은 두 사내는 해밀턴과 CIA해외작전국장 겸 부장보인 윌슨이다. 둘이 카이로에 먼저 와서 이광을 기다리고 있었던 것이다. 물론 카다피의 답변을 들으려는 것이다. 홍차를 한 모금 삼킨 이광이 입을 열었다.

"열흘 후에 이곳 카이로에서 인계한다고 했습니다. 리비아 정보요원들이 둘을 데려올 겁니다."

"오오!"

감동한 윌슨이 탄성을 뱉었다.

"수고하셨습니다, 회장님."

그때 안학태가 말했다.

"카다피 의장께서 회장님께 의견을 물으셨습니다. 그때 회장님이 테러범을 인계하지 않으면 이번에는 의장 제거작전이 실행될 것이라고 분명히 말씀드렸지요."

그때 해밀턴이 거들었다.

"그런 말을 카다피에게 직접 전해줄 사람은 회장님이 유일하지요. 카다피가 믿는 유일한 외부인이시지요."

윌슨도 고개를 끄덕였다.

"아마 외부, 내부 통틀어서 회장님뿐일 겁니다."

그러더니 자리에서 일어섰다.

"보고를 해야겠습니다. 부장께서 보고를 받으시고 바로 대통령을 만나실 겁니다."

윌슨의 얼굴이 환해져 있다. CIA의 공적에 들어갈 작전인 것이다. 윌슨이 서둘러 떠났을 때 배웅하고 돌아온 해밀턴이 웃음 띤 얼굴로 말했다.

"CIA가 회장님께 신세를 졌습니다. 언젠가는 그 신세를 갚게 되겠지요."

"며칠 사이에 이라크가 종전 선언을 하게 될 거요, 해밀턴."

"그 정보도 전달했습니다, 회장님."

해밀턴의 얼굴에 쓴웃음이 번졌다.

"군수업체들이 또 다른 전쟁을 만들려고 할 것입니다."

"그런데 참."

수저를 내려놓은 진남철이 깜박 잊었다는 표정으로 미셸을 보았다.

"둘이 숲 속 별장에서 같이 산다고 들었는데요."

미셸이 숨만 쉬었고 진남철이 정색했다.

"어떻습니까? 둘이 결혼하시는 것이?"

이제는 미셸이 숨도 멈췄고 진남철의 말이 이어졌다.

"경비대에서는 물론 시내에서도 미셸 씨를 경비대장 사모님으로 인정한다고 들었는데."

고개를 돌린 진남철이 권철을 보았다.

"경비대장은 어때?"

"예, 저는 결혼하겠습니다."

권철이 기다렸다는 듯이 대답했다.

"저한테 딱 맞는 상대라고 생각하고 있습니다."

"어, 그래?"

진남철의 얼굴에 웃음이 떠올랐다.

"어떤 면에서 그런가?"

"예, 잡놈과 잡년입니다."

"엇!"

놀란 외침을 뱉은 진남철이 눈을 치켜떴다.

"이봐, 무슨 말이 그래?"

"예, 진심입니다."

권철이 정색하고 말을 이었다.

"저는 솔직하게 말씀을 드리는 것입니다."

"나한테 부탁을 해놓고서 일을 뒤집어엎는 것 아닌가? 내가 뭐가 돼?"

"아닙니다, 시장님."

"그렇다고 말을 그렇게 하면 돼?"

"저는 솔직하게……."

"시끄러!"

그때 미셸이 입을 열었다. 둘이 싸우는 동안에 마음을 가라앉힌 것 같다.

"사실이에요, 시장님."

이번에는 진남철이 숨을 들이켰고 미셸이 말을 이었다.

"저희들 둘은 좋은 짝이 될 것 같아요, 마치 발정기의 원숭이 암컷과

수컷처럼요.”

진남철의 시선을 받은 미셸이 고개를 숙였다.

“애써주셔서 감사드립니다. 저, 결혼할게요.”

오후 11시 반, 고재성이 응접실로 들어서자 기요타가 눈을 가늘게 떴다. 그때 기요타의 시선을 받은 고재성이 허리를 기역 자로 꺾고 절을 했다.

“응.”

기요타가 짧게 한마디만 했다. 이곳은 대저택이다. 차가 정문으로 들어와 숲 속에 뚫린 길을 1백 미터쯤 달려 2층 저택의 현관에 멈춰 섰고 다시 대리석이 깔린 로비를 지나 응접실로 들어선 것이다. 응접실에는 셋이 앉아있었는데 중앙에 기요타, 좌우에는 비서실장 오베, 스미요시카이의 고문 신시찌까지 셋이 앉아있다. 응접실에는 소파 대신 방석이 깔렸고 바닥은 다다미방이다. 고재성이 앞쪽에 놓인 방석에 앉았을 때 기요타가 입을 열었다.

“너, 이노우에의 양아들이지?”

“예, 그렇습니다.”

고재성이 똑바로 기요타를 보았다.

“이노우에 님이 제 양부십니다.”

“이노우에가 나보다 연상이었지만 야쿠자 서열은 나보다 한참 아래다. 아느냐?”

“알고 있습니다.”

“오야붕 모임에서 내가 두 번째, 이노우에의 고베 야마구치는 15위였지. 야마구치 본가에서 떨어져 나간 가지였기 때문이다.”

어깨를 편 기요타가 말을 이었다.

"이노우에는 날 똑바로 쳐다보지도 못하는 위치였어, 그런 놈의 양아들인 너는 말할 것도 없고."

"……."

"난 조선인이다."

어깨를 편 기요타가 지그시 고재성을 보았다.

"내 좌우에 앉은 오베, 신지찌 둘도 일본 이름이지만 조선인이야."

"……."

"야쿠자 같은 거친 사회에서도 실력만 있다면 조선인도 두각을 나타내는 거야."

"……."

"너 아냐?"

기요타의 목소리가 쩌렁거리며 이어졌다.

"일본에서 잘 나가는 놈, 10명 중 9명이 조선계다."

"……."

"그런 놈의 조상의 조상의 조상을 캐 가면 1,500년쯤 전에 백제에서 넘어온 조상이 발견돼."

"……."

"그래서 이놈들이 족보를 안 만드는 거야."

그러고는 기요타가 입을 다물더니 한참 있다가 오베에게 물었다.

"내가 무슨 말 하다가 말았지?"

"죽은 이노우에 이야기를 하다가 마셨습니다."

오베가 대답하자 기요타는 헛기침을 했다.

"너, 나를 백부, 그러니까 큰아버지로 모시고 싶지 않으냐?"

"……."

"이노우에 같은 병신을 양부로 모신 놈이라 좀 찝찝하다만 백부로 모신다면 내가 너한테 이곳 고베 야마구치를 넘겨주려고 그런다."

"……."

"내가 먹으려면 당장에라도 먹을 수 있지만 사람이 체면이라는 것이 있어서 말야."

"……."

"이노우에의 양아들인 네가 먹는 것이 자연스럽고 명분도 있을 것 같아서 말이지."

"……."

"물론 너는 내 조카 격이고 고베 야마구치는 스미요시카이의 방계 조직이 된다."

기요타의 눈빛이 강해졌다.

"어떠냐?"

오전 7시가 되었을 때 고속정으로 사람들이 승선했다. 모두 15명, 남자 8명, 여자 7명의 대학 교수들이다.

"인사들 하시지요. 이쪽은 기업가이신 이또만 사장과 그 휘하 중역분들."

선장이 강정규 일행을 그들에게 소개했다. 강정규의 일본 이름을 그대로 말해준 것이다. 고베대학 교수진은 교수, 부교수, 조교 등 나이 차가 많았고 젊은 여자도 셋이나 있다. 그들과 눈인사를 나눈 강정규 일행은 곧 배 안의 식당에서 아침 식사를 했다. 식사 후에 출항할 예정이다. 강정규 앞에는 여자 둘이 앉아서 식사를 했는데 둘 다 미인이다. 뷔

페식 식사여서 계란과 햄을 그릇에 담아온 둘이 식사를 하다가 그중 하나가 강정규에게 물었다. 물론 일본어다.

"대마도는 처음 가세요?"

"아니, 여러 번 갔습니다."

강정규가 동그란 얼굴의 여자에게 웃음 띤 얼굴로 대답했다.

"그곳에 한국 유적들이 많아서요."

"잘 아시네요."

포크를 든 여자가 눈웃음을 쳤다. 옆에 앉은 갸름한 얼굴의 여자는 잠자코 소시지를 자른다. 그때 여자가 다시 물었다.

"관광 가시는군요."

"그런 셈이지요."

"저희들은 대마도 주민을 연구하고 있어요."

여자가 말을 이었다.

"대마도 주민이 한반도에서 건너왔다는 자료가 거의 확보되고 있거든요. 놀랍지 않으세요?"

"아니, 그건 당연한 결과입니다. 대마도는 본래 조선 땅이었어요."

강정규가 말하자 갸름한 얼굴이 물었다.

"그 증거가 있으세요?"

"있지요. 대마도에 가면 내가 알려드리지요."

강정규가 웃음 띤 얼굴로 둘을 번갈아 보았다.

"그 증거가 100개도 넘거든요. 여러분이 조사한 자료하고 겹칠지 모르겠습니다."

그래서 열심히 땅까지 구입해 놓고 있다는 것을 알면 놀랄 것이다.

권철이 운전하는 무개 지프에 타고 미셸이 숲 속 별장으로 돌아가고 있다. 별장까지는 찻길이 뚫려있지 않아서 숲 끝 쪽에 차를 세우고 3백 미터쯤은 숲 속을 걸어야 한다. 금방 소낙비가 쏟아진 후라 대기에 짙은 물 냄새가 맡아졌다. 숲 근처에는 아직 비포장도로가 많아 군데군데 물웅덩이가 만들어졌고 차가 물보라를 튀긴다. 그러나 직선으로 뚫린 일방통행로였기 때문에 권철은 거침없이 차를 몰았다. 가끔 나무 밑에 고였던 빗물이 둘의 머리 위로 쏟아졌다. 그때 권철이 입을 열었다.

　"네 한국 이름이 뭐야?"

　"심순자."

　바로 미셸이 대답했기 때문에 의외인지 권철이 고개를 돌려 미셸을 보았다. 바람에 미셸의 머리칼이 흩날리고 있다. 이제 숲길 초입으로 들어와 주위는 잡초가 펼쳐졌고 인적은 없다. 그때 권철이 말했다.

　"이름이 촌스럽다. 그냥 미셸로 하자."

　"촌스럽다는 말이 무슨 뜻이야?"

　"말 그대로 산골짜기에서 자란 아이 티가 난단 말이지, 미셸로 해."

　"앞으로 심순자로 불러."

　미셸이 자르듯 말했다.

　"네 말을 듣고 결심했어."

　"이제 사사건건 지지 않으려고 대드는군."

　"내 맘이야."

　"바다 속에 넣어 버릴까 보다."

　"너도 잘 때 조심해, 목을 벨지도 몰라."

　"결혼식은 어떻게 할래?"

　이번에는 심순자가 놀란 듯 입을 다물었고 권철이 말을 이었다.

"시장님이 주례를 맡아주시기로 했고 난 가족이 없으니까 여기 있는 직원들이 들러리를 서줄 거다. 넌 죽은 것으로 되어있지만 누구 초대할 사람 있는가 생각해봐."

지프가 숲 끝에서 멈췄고 둘은 차에서 내렸다. 숲길을 앞장서 걷던 권철이 말했다.

"아니, 6살 때 날 버리고 도망간 어머니란 존재가 한국에 살아있는지 몰라. 그 여자는 살아있어도 찾을 생각이 없고, 18살 때까지 날 키워주시다가 돌아가신 할머니한테는 나중에 찾아가서 인사하기로 하지."

"……."

"우리 결혼하면 아이는 낳지 말자. 너나 나나 개떡같이 사는 인생이라 아이한테 상처만 줄 가능성이 많아."

"……."

"그러니까 지금처럼 열심히 밤에 즐기기만 하면서 사는 거야."

"……."

"솔직히 너한테 정보를 빼내려고 살려둔다고 했지만 거짓말이었어. 너를 처음 본 순간에 네 몸이 탐났던 거야."

"……."

"그리고 과연 내 예상이 빗나가지 않았고."

"……."

"물론 너도 마찬가지겠지만."

"……."

"우린 섹스가 잘 맞아, 그렇지 않으냐?"

"참 말이 많은 남자네."

뒤에서 혀를 차는 소리를 낸 심순자가 말을 이었다.

"말로 에너지 다 소진하겠다. 밤에 힘쓰려면 에너지 아껴."

오다와라가 어깨를 부풀리며 히타고를 보았다.

"히타고 씨, 이건 나무에서 떨어진 과일이나 같은 거요. 먼저 주운 놈이 임자란 말이오."

오다와라는 42세, 고베 야마구치 내부 서열로는 13위였는데 조장 이노우에가 죽은 후에 시모다, 가모 등과 함께 가장 활발하게 움직이는 구역 오야붕 중 하나다. 그런데 시모다 등이 몰살을 당하자 위축된 것이 아니라 기가 더 살아났다. 더구나 오다와라의 구역이 가모와 시모다 구역과 붙어있는 상황이다. 그래서 오늘, 오타카 구역과 붙어있는 구역 오야붕 히타고를 불러 밀담을 나누고 있다.

오전 10시 반, 오다와라 구역의 파친코 사무실 안, 부하들을 모두 내보내고 둘이 소파에 앉아있다. 그때 히타고가 시선을 들었다. 39세, 마른 체격, 고베 야마구치 내부 서열 15위.

"오다와라 씨, 지금 한국 놈 고재성이를 찾느라고 고베 경찰서가 발칵 뒤집혀 있는 상황이오. 이런 상황에서……."

히타고의 말이 끝나기도 전에 오다와라가 손을 들어 말을 막았다.

"히타고 씨, 그러니까 지금이 기회란 말이오. 경찰은 시모다, 가모의 구역에 대해서는 전혀 신경을 쓰지 않아요. 만일 이대로 놔둔다면 뒤쪽 가와사키, 혼마, 우시키가 손을 댈 거요."

"아니, 설마."

"서둘러서 히타고 씨는 오타카 구역의 애들을 만나야 돼요. 나는 이미 몇 놈하고 이야기가 되었어."

"하긴 오타카의 부하 요하시란 놈이 나한테 다녀가기는 했소."

히타고가 말하자 오다와라가 쓴웃음을 지었다.

"저것 봐, 역시 능구렁이 히타고라니까, 벌써 손을 써 놓았군."

"손을 쓴 것이 아니라, 그쪽에서 먼저……."

"히타고 씨, 우리 동맹을 맺읍시다."

오다와라가 서두르듯 말을 이었다.

"우리가 시모다, 가모, 오타카 구역을 흡수하면서 다른 놈들과의 알력이 있을 때 공동 대처하기로 말요."

야쿠자 세상은 전국시대의 땅 싸움이나 같다. 영토에 하루라도 왕(王)이 없으면 안 되는 것처럼 구역의 오야붕이 없으면 무법천지가 되는 것이다.

"하루에, 자냐?"

문을 두드리며 소리치던 구로다가 옆에 선 히로사끼를 보았다. 얼굴이 굳어져 있다.

"네가 담을 넘어가 봐."

오전 10시 40분, 하루에가 전화를 받지 않아서 다급해진 구로다가 히로사끼를 데리고 달려온 것이다. 하루에 거처는 구로다의 식당에서 1백 미터 거리였기 때문에 금방이다. 단층 목조 주택이고 골목 안에 위치해서 주위에 지나는 사람도 없다.

2미터 높이의 벽돌담을 훌쩍 뛰어넘은 히로사끼가 곧 안에서 대문을 열었다. 3평쯤 되는 마당을 건너면 현관과 방 2개, 1평쯤 되는 주방이 딸린 주택이다. 단숨에 마당을 건너 현관문을 열어젖힌 구로다가 숨을 들이켰다. 뒤를 따라온 히로사끼가 외쳤다.

"아이고!"

주방 바닥에 하루에가 쓰러져 있는 것이다. 아니, 묶여서 반듯이 눕혀져 있다. 입에는 청테이프가 붙여졌고 손은 뒤로 묶였는데 온몸을 누에고치처럼 나일론 로프로 감아놓았다.

"살았네!"

히로사끼가 다시 소리쳤는데 하루에가 두 눈을 깜박였기 때문이다.

"아이고, 돈!"

히로사끼의 외침을 들으면서 구로다는 식탁 옆쪽 의자에 앉았다. 하루에를 그대로 놔둔 채 히로사끼가 방으로 뛰어 들어갔다. 돈 가방을 방에 놓았던 것이다. 구로다와 히로사끼가 날랐기 때문에 다 안다. 곧 밖으로 나온 히로사끼가 흐려진 눈으로 구로다를 보았다.

"돈 가방이 없어졌어!"

예상했던 일이라 구로다가 의자에 앉은 채 하루에를 턱으로 가리켰다.

"끈 풀어줘라."

그러고는 덧붙였다.

"일장춘몽이야."

고속정이 내해(內海)를 미끄러져 가고 있다. 시속 60킬로의 속력으로 달려가지만 배의 진동은 적다. 강정규가 휴게실의 의자에 앉아 바다를 내려다보고 있을 때 옆에서 인기척이 났다. 아침 식사 때 이야기를 했던 여자 중 하나, 대마도가 한국령이라는 증거가 있느냐고 물었던 여자다. 시선이 마주쳤을 때 여자가 눈인사를 하더니 옆쪽 의자에 앉았다. 이곳은 배 뒤쪽이지만 사방이 유리로 덮여서 시야가 확 트였다. 내해에 떠 있는 배 중 가장 빠른 것 같다. 그때 여자가 물었다. 물론 일본어다.

"결혼하셨어요?"

"이혼했습니다."

강정규가 시선을 준 채 말을 이었다.

"지금 만나는 여자도 있고요."

여자의 얼굴에 웃음이 떠올랐다.

"전 아야메라고 합니다."

"난 이또만이오."

다시 인사를 나눈 아야메가 말을 이었다.

"대마도에 며칠 계실 건가요?"

"모릅니다, 휴가니까."

강정규가 지그시 아야메를 보았다. 갸름한 얼굴, 눈은 조금 가늘지만 맑고 눈동자가 또렷했다. 눈꼬리가 조금 치솟아서 첫눈에도 색기(色氣)가 느껴진다. 곧은 콧날, 얇고 굳게 닫힌 입술을 보면 남자들에게 벌리고 싶은 욕망을 일으킬 것 같다. 아야메가 강정규의 시선을 받더니 입을 열었다.

"이번에 대마도에서 폭발사고가 일어난 건 한국의 테러단이 잠입했기 때문이라는 소문이 났더군요."

"그렇습니까?"

"학교에 소문이 다 났어요, 당국에서도 당분간 보류하는 것이 낫겠다는 권고가 왔고요."

"……."

"하지만 1년 전부터 짜놓은 스케줄인 데다 연구가 거의 완성단계거든요."

"대마도 주민이 한반도에서 넘어왔다는 것을 증명하는 겁니까?"

"그래요."

"대마도가 한국령이라는 것을 압니까?"

"대마도는 일본령이에요."

아야메가 정색하고 강정규를 보았다.

"주민의 DNA가 한반도에서 건너온 유민의 후손인 것은 확실하지만요."

"대마도는 일본 식민지 시절에 일본이 자료를 조작, 은폐, 소각시켰다는 것을 알고 있습니까?"

"누가 그래요?"

"조선 초대 총독으로 부임한 데라우치 마사타케가 직접 지시를 해서 대마도에 학자들을 보내 처리했지요. 그 기록이 일본에 있어요."

"어디에요?"

"내가 대마도에 가서 알려드리지요."

"지금은 안 돼요?"

"토론을 할 필요도 없는 일이어서."

강정규가 웃음 띤 얼굴로 아야메를 보았다.

"난 시간이 많아요, 아야메 씨."

불쑥 부질없는 토론이라는 생각이 들었기 때문이다. 일본은 '힘'으로 대마도를 강탈해갔다. 그렇다면 한국도 '힘'으로 찾아오면 된다. 증거나 자료를 내놓고 토론하면 입만 아프다.

후세인이 종전 선언을 한 것은 이광이 카이로에 있을 때다. 이라크 한쪽만의 일방적인 종전 선언이었지만 이란군은 전선에서 철수하는 이라크군을 공격하지 않았다. 이란도 선언만 하지 않았을 뿐이지 종전에 동의한 것이다.

미국은 이라크의 종전 선언에 대해 공식적으로는 환영한다고 발표했지만 군수산업체들의 반발은 컸다. 엄청난 세력으로 커진 군수산업체는 그동안 종전을 막으려는 온갖 로비를 해왔기 때문이다.

"쿠웨이트에 대한 약속은 어떻게 될까요?"

안학태가 물었을 때 이광이 쓴웃음을 지었다. 이라크군이 철수하는 장면을 TV로 보고 있다가 안학태가 불쑥 물은 것이다. 카이로의 안가 응접실에는 둘이 앉아있다. 오후 2시 반, 이광이 찻잔을 들면서 말했다.

"미국 측이 약속을 지켜야 될 거야."

"쿠웨이트를 이라크에 양도할 수가 있습니까? 그런 약속을 한 것부터가 허무맹랑한 짓입니다."

안학태의 목소리에 열기가 띠어졌다.

"그런 사실을 후세인 대통령이 폭로한다면 미국은 엄청난 타격을 받게 될 것입니다."

"아마 부정하겠지, 그런 일은 없다고."

"후세인 대통령이 증거자료를 갖고 있을지도 모르지 않습니까?"

"글쎄."

약속은 10년쯤 전이다. 이라크가 이란의 호메이니 정권을 타도해주는 대가로 쿠웨이트를 양도한다는 내용일 테니 세계가 경악할 사건이다. 이광이 머리를 끄덕였다.

"증거자료를 갖고 있을지도 모르겠다. 하지만 쉽게 공개하지는 않을 거야."

그때 응접실 안으로 비서가 들어섰다.

"회장님, 무바라크 씨입니다."

리비아 정보국장이다. 무바라크가 제 본명을 밝히면서 전화를 한 것은 도청이 되어도 상관없다는 표시다. CIA도 함께 들으라는 것이나 같다. 이광이 탁자에 놓인 전화기를 들어 귀에 붙였을 때 곧 연결되었다.

"예, 이광이오."

"회장님, 무바라크입니다."

"예, 국장님."

"오늘 오후 7시 정각에 구시가지 하마스모스크 건너편의 '카심훈둑' 207호실에서 2명을 인계하겠습니다."

"아, 예."

"이것을 회장님 친구분에게 알려주시지요."

"알겠습니다."

"저의 주인께서 안부 말씀 전하라고 하셨습니다."

"감사드린다고 전해주시지요."

전화기를 내려놓은 이광이 옆에 서 있는 안학태에게 말했다.

"오늘 오후 7시, 구시가지 하마스모스크 건너편 '카심훈둑' 207호실."

"예."

긴장한 안학태가 분주하게 메모를 하더니 서둘러 방을 나갔다. 테러범을 인계하는 것이다. 이것으로 리비아는 미국 측의 요구를 들어주었지만 빚이 남았다. 쿠데타로 카다피를 제거하려고 했던 것에 대한 빚이다. 리비아가 핵을 제조하려고 했기 때문이라고 했지만 그것으로는 명분이 서지 않는다. 이광은 이제 카이로를 떠날 시간이 되었다고 생각했다.

3장 오야붕 탄생

　그 시간에 고재성은 고베항 앞쪽의 작은 선술집에서 두 사내와 함께 둥근 식탁에 둘러앉아 있었는데 손님은 그들 셋뿐이다. 5평쯤 되는 선술집 안쪽이 주방이었지만 주방에도 사람이 없다. 솥에서 김이 오르고 있을 뿐이다. 고재성의 오른쪽에 앉은 사내는 기요타의 고문 신시찌였고 왼쪽 사내는 50대쯤으로 어깨가 좁은 데다 피부가 검었다. 죽은 이노우에의 고문이었다가 작년에 은퇴했던 사이토다. 신시찌가 앞에 놓인 술잔을 들면서 입을 열었다.

　"사이토 씨가 자네 뒤를 받쳐주기로 했어. 고베 야마구치가 이노우에의 양자 고재성을 중심으로 다시 일어서는 것이지."

　어깨를 편 신시찌가 말을 이었다.

　"명분도 충분하고 우리가 지원해 줄 테니까 가능성도 있어. 다만 시모다 등을 죽인 혐의를 벗어야 하는데 그것도 방법이 있어."

　신시찌의 얼굴에 웃음이 떠올랐다.

　"그전에 고재성, 자네가 우리한테 어떤 맹세를 해야 되는지 알고

100

있지?"

　대마도에 도착한 후에 강정규는 아야메 일행과 헤어졌지만 좁은 땅
이다. 더구나 이즈하라에 같이 있었기 때문에 도착한 날 저녁때 식당에
서 다시 만났다. 눈인사를 하고 일행끼리 식사를 했지만 식사를 마쳤을
때 아야메가 강정규에게 다가와 말했다.

　"이또만 사장님, 오늘 저녁에 시간 있으세요?"

　"지금 저녁 아닙니까?"

　강정규가 되물었더니 아야메가 웃지도 않고 대답했다.

　"대마도 이야기 해주세요, 한국령이라는 증거도 말해주시고요."

　강정규를 따라온 윤석, 홍만준이 먼저 간다는 몸짓을 하고 떠났다.
아야메 일행도 웃음 띤 얼굴들로 그들을 스치고 지나갔다. 둘이 마주
보고 섰을 때 강정규가 지그시 아야메를 보았다.

　"내가 만나는 여자 있다고 했지요?"

　"하셨지요."

　"다른 여자한테 관심 없다는 표현이었는데 이해 못 했습니까?"

　"지금 제의를 거부하시는 건가요?"

　"그래요."

　"미안합니다."

　아야메가 상기된 얼굴로 머리를 숙였다.

　"제가 겸손하지 못했어요."

　"미안합니다."

　쓴웃음을 지은 강정규가 몸을 돌렸다.

아야메와 헤어진 강정규가 숙소로 돌아왔을 때는 오후 8시가 조금 지났을 무렵이다. 응접실에 앉아있는 강정규에게 윤석이 다가왔다.

"지사장한테서 전화가 왔습니다."

김필성이다. 서둘러 일어선 강정규가 탁자 위에 놓인 전화기를 귀에 붙였을 때 곧 연결되었다.

"강 부장, 대마도에 갈 때 고베대학 조사단하고 같이 갔지?"

불쑥 김필성이 물었다.

"예, 지사장님, 같이 갔습니다."

"거기 아야메란 여자가 있어."

"예."

숨을 들이켠 강정규가 전화기를 고쳐 쥐었다. 그때 김필성이 말을 이었다.

"그 여자는 우리 회사 직원이야. '리스타 연합' 소속의 정보부에서 자네를 도우려고 파견되었어."

"……."

"지금까지 대마도에서 전쟁은 '리스타연합'이 도와주지 않았다면 실패했을 거야."

"그 여자 임무는 뭡니까?"

"정보제공이지, 자네는 그 여자를 통해 수시로 정보를 받게 될 것이라고."

"……."

"고베 대학교 교수진에 자연스럽게 합류시킨 거야. 그 여자는 교수진 조사 기간이 끝나도 대마도에 남아있게 될 거네."

김필성의 목소리에 웃음이 섞여 있다.

"곧 연락이 올 거야, 자연스럽게."

김필성은 이미 접촉시도가 있었던 것을 모르고 있는 것 같다. 통화를 끝낸 강정규가 내용을 말해주었더니 윤석이 쓴웃음을 지었다.

"그래서 그 여자가 팀장 주변에서 얼쩡거렸군요."

"난 나한테 반한 줄 알았다."

따라 웃은 강정규가 말을 이었다.

"찜찜했는데 이제야 의문이 풀리는군."

"그렇다면 다시 접촉시도가 있을 겁니다."

"아니, 이번에는 내가 해야지."

'리스타 연합'의 영향력이 피부로 느껴지고 있다.

이광이 '리스타 아일랜드'에 도착했을 때는 오후 2시. 공항에는 시장 진남철과 경비대장 권철이 마중 나와 있었는데 시내로 돌아가는 리무진에는 셋이 탔다. 이광과 안학태, 그리고 진남철이다. 건설 진행 상황과 문제점 보고를 간단히 마친 진남철이 잠깐 뜸을 들였다가 이광을 보았다.

"경비대장이 미셸하고 결혼할 예정입니다."

"미셸이라니?"

이광의 시선을 받은 진남철이 대답했다.

"일본 정보원 말씀입니다."

"아, 그 여자."

"한국 이름이 심순자입니다."

"그런가?"

"결혼식이 이틀 후입니다, 회장님."

"그런데 어떻게 둘이 결혼하게 되었지?"

"지금도 서로 으르렁거리기는 하는데 맞는 것 같습니다."

"둘이 합의는 했고?"

"예, 제 앞에서 합의를 했습니다."

"잘 되었군."

이광이 정색하고 안학태와 진남철을 보았다.

"이봐, 우리는 1세대야. 권철, 강정규는 2세대고."

둘이 머리만 끄덕였고 이광의 말이 이어졌다.

"우리는 3세대 교육까지 시켜놓고 은퇴해야 돼."

"권철, 강정규 외에 2세대 지도자급으로 더 양성을 해야 됩니다."

안학태가 말하자 진남철도 머리를 끄덕였다.

"그렇습니다. 지금부터 본격적으로 양성할 필요가 있습니다."

"보완해서 계획을 세우도록."

이광이 안학태에게 지시했다. 2세대 지도자 양성에 대한 첫 공식 지시다.

'랜드'는 이제 정상 가동되고 있다. 공항 기능은 '국제공항' 수준으로 완성되어서 2개의 활주로에 대형 여객기 이착륙이 가능했고 '공항터미널'은 20개국의 직항 노선을 확보했다. '리스타 연합'과 '리스타 투자' 본부가 '랜드'에 입주했는데 출장소 형식으로 '뉴욕'에 사무실을 두었다. 물론 뉴욕 사무실은 맨해튼의 대형 빌딩이다.

이광이 '랜드'에 온 이틀 후에 권철과 심순자의 결혼식에 참석했다. 웨딩드레스를 입은 심순자는 눈이 부시도록 아름다웠다. 수백 명의 하객이 모인 결혼식은 랜드 시청 대강당에서 거행되었는데 가족이 없는 심순자는 이광이 안내해서 권철에게 인도했다. 주례는 진남철이 맡았으니 '리스타' 주관의 결혼식이나 같다.

이광은 심순자를 권철에게 인계하면서 심순자의 눈에 맺힌 눈물을 보았다. 감동적인 모습이었고 둘이 행복해질 거라는 예감이 들었다.

결혼식이 끝난 오후 7시 무렵, 수소 응접실에서 이광이 안하태의 보고를 받았다.

"회장님, 중국에서 시위가 격화되고 있습니다."

긴장한 이광에게 안하태가 말을 이었다.

"베이징에 계엄령이 선포되고 군이 출동했습니다. 권력층 내부에서 반란이 일어났다는 소문도 돌고 있습니다."

등소평의 심복 중 하나였던 화오방 총서기가 물러나고 조자양이 총서기가 된 지 1년도 되지 않았다. 천안문 사태는 중국의 '민주화 투쟁'이다. 대학생을 중심으로 수십만 명이 거리로 뛰쳐나와 '민주화'를 외친 것이다. 세계가 숨을 죽이고 중국의 '천안문사태'를 주목했다. 이광도 예외가 아니다. 중국에 엄청난 자금을 투자한 상황이다. '리스타' 자산의 절반 이상이다.

"천안문에 모인 시위대가 1백만이 넘는다고 합니다."

안하태가 굳어진 얼굴로 이광을 보았다.

"정권이 넘어가겠습니다, 회장님."

그러면 리스타도 망한다.

올해 1월에 조자양에게 총서기직을 양도하기 전에 화오방은 민주화 세력에 호의적이었다. 그래서 여러 가지 약속을 했다. 그때부터 학생,

시민들은 민주화, 정치체계 개혁에 희망을 품었는데 화오방이 갑자기 총서기직에서 물러난 것이다. 그것은 보수 강경파의 압력 때문이었고 등소평이 배후에 있다는 소문이 났다.

실제로 화오방을 물러나게 할 사람은 등소평밖에 없었던 것이다. 그러다 지난 4월 21일, 화오방이 갑자기 자택에서 심근경색으로 사망하자 민심이 흉흉해지기 시작했다. 살해되었다는 것이다. 그때부터 시위가 격렬해졌고 이제 천안문이 시위대의 집합소가 되었다. 수십만 명이 모여 연일 민주화를 부르짖는 것이다. 천안문이 어디인가? 베이징의 중심, 중국의 중심인 곳이다. 공산당사, 모든 국가기관이 천안문을 둘러싸고 있다.

"화 주석이 사망한 지 한 달이 되었습니다."

안학태가 말했다.

"시위대는 점점 거칠어지고 정부청사, 공산당사를 점령하자는 말도 나온다고 합니다."

이광도 듣고 있었기 때문에 침묵했다. 등소평한테서도 걱정하지 말라는 말을 직접 들었던 것이다. 그때 비서가 들어와 보고했다.

"'연합 사장'이 전화를 했습니다."

해밀턴이다. 안학태가 이광을 보더니 전화기를 들고 건네주었다. 이광이 전화기를 귀에 붙였다.

"아, 해밀턴, 웬일이오?"

"회장님, 베이징 소식 들으셨지요?"

"지금도 안 실장하고 베이징 이야기를 하는 중이오."

"여기서도 그렇습니다."

해밀턴이 말을 이었다.

"여기서 시위대 부상당하는 것까지 다 볼 수는 있지만 지도층 동향을 알 수가 없습니다. 회장님, 앞으로 상황이 어떻게 전개될 것 같습니까?"

"나도 TV로 볼 뿐이야, 해밀턴."

이광의 얼굴에 쓴웃음이 번졌다.

"당신, 나한테 뭘 바라는 것 같군."

"예, 회장님."

"부탁을 받은 거요?"

"예, 후버 부장의 직접 연락을 받았습니다, 회장님."

"나한테 부탁하라는 겁니까?"

"예, 회장님."

이광이 옆에 선 안학태를 보았다. 안학태도 수화구에서 울리는 해밀턴의 말을 다 들었다. 그때 이광이 물었다.

"내용은?"

"등 위원장의 계획을 알고 싶다는 것입니다."

이광이 숨을 죽였고 해밀턴의 말이 이어졌다.

"중국이 이렇게 혼란 상황이 되면 주변국들이 휩쓸리게 됩니다. 시위가 내란으로 번질 경우에는 아시아 지역에 엄청난 경제적, 정치적 타격이 올 것이라고 합니다. 그래서 최고 실권자인 등 위원장의 계획을 알고 싶다는 겁니다."

"그렇군."

이광의 얼굴에 다시 쓴웃음이 번졌다. 미국은 소련에 대한 견제로 중국을 내세우고 있다. 중국과 소련은 국경을 맞대고 있는 강대국이다. 중국 쪽에서도 이이제이(以夷制夷), 오랑캐로 오랑캐를 제어한다는 것이 수천 년 전부터 내려온 외교술이다. 소련을 막으려면 미국을 이용해야 한다. 또 원교근공(遠交近攻)도 있다. 먼 나라와 친교를 맺고 가까운 나라를 치는 것이다. 해밀턴이 말을 이었다.

"회장님, 현재 등 위원장께 직접 연락을 해서 앞으로의 계획을 물어볼 수 있는 사람은 세계에 회장님 한 분뿐입니다. 후버 부장도 그렇게 말했습니다."

"그런가?"

"이것으로 미국은 또 한 번 회장님께 큰 빚을 지게 되는 것입니다."

해밀턴의 목소리에 열기가 띠어져 있다.

"웬일이세요?"

아야메가 물었지만 눈에 웃음기가 띠어져 있다. 같은 식당, 오후 1시 반, 점심시간이다. 이번에는 강정규가 아야메 앞좌석으로 옮겨가 앉았기 때문이다. 거의 식사를 마친 아야메는 젓가락을 놓더니 강정규를 보았다.

"무슨 일이죠?"

"대마도 이야기."

강정규가 똑바로 아야메를 보았다.

"오늘 저녁에 한잔하면서 이야기합시다."

"여자 친구 부담은 안 되세요?"

"예, 이제는."

"연락받았어요?"

마침 식당 안에는 아야메 일행이 없었기 때문에 강정규가 바로 머리를 끄덕이며 물었다.

"'연합' 소속이 어떻게 고베대학 조사단에 끼어올 수가 있지요?"

"대마도 수복을 위해서 '연합'이 대마도가 한국령이라는 자료를 미리 준비하려는 것이죠. 저는 투자사의 옵서버 자격으로 조사단에 낀 것이고요."

"투자사 배후에 '연합'이 있는 것이군."

"그렇죠."

"난 아야메 씨가 접근하길래 의아했습니다. 나 같은 남자한테도 이런 일이 생기나 했지요."

"진짜 처음이에요?"

눈을 크게 떴던 아야메가 픽 웃었다.

"놀랍네, 충분히 매력남이신데."

"오해가 풀려서 다행입니다."

아야메가 웃음 띤 얼굴로 강정규를 보았다.

"제 한국 이름은 윤미경입니다. 앞으로 둘이 만날 때는 한국말로 하죠."

한국말이다. 다시 놀란 강정규가 머리를 끄덕였다.

"난 이또만이 아니라 강정규입니다."

"알고 있습니다, 강 부장님."

둘은 이제 한국말을 한다. 이제는 윤미경이 정색하고 고개를 숙여 인사했다.

"잘 부탁드려요, 강 부장님."

강은서가 '랜드'에 도착한 것은 다음 날 오전 11시경이다. 공항에 나가 기다리고 있던 이광이 트랩을 내려오는 강은서를 맞는다. 강은서는 양손에 이상철과 이한의 손을 쥐고 있었는데 상철은 키가 커서 청년 같 았다. 이광이 활짝 손을 벌려 셋을 한꺼번에 안았다.

"잘 왔어."

"아유, 여기 날씨가 좋네."

이광의 품에 안겼으면서 강은서가 날씨 이야기를 했다. 주위에 여럿 이 서 있었기 때문에 어색했을 것이다. 상철은 수줍어서 얼굴을 붉혔지 만 기쁜 기색이 역력했다. 오히려 한이 강은서의 뒤로 몸을 숨기려고 했다. 마중 나온 안학태, 진남철 등과 인사를 마친 가족 넷은 차에 올라 시내로 달려갔다.

"봐, 이곳이 아버지 나라야."

강은서가 상철과 한에게 창밖을 가리키면서 말했다.

"아버지 이름을 붙여서 '리스타랜드'란다."

상철은 수줍어서 말대답을 못 했고 한은 몰라서 창밖만 쳐다보고 있다. 그때 이광이 강은서의 손을 잡았다. 이광의 손을 마주 쥔 강은서 가 이광을 보았다. 두 눈이 번들거리고 있다. 물기가 배어 나왔기 때문 이다.

"갑자기 왜 부른 거야?"

"이곳에서 당분간 쉬어, 바닷가 별장에서 말이야. 경치도 좋고 놀기 도 좋아."

이광이 창밖에 펼쳐진 바다를 손으로 가리켰다.

"내가 우리 가족하고 같이 여행 다녀본 적이 없어. 앞으로는 자주 같 이 있을 거야."

강은서는 숨만 쉬었고 상철과 한이는 창밖의 경치에 정신이 팔려있 다. 권철과 심순자의 결혼 후에 자신을 돌아보게 되었다는 것을 강은서가 알 리가 없다.

　관방장관 다케야마는 그동안 수상이 3번 바뀌었지만 그대로 자리를 지키고 있다. 관방장관은 일본내각의 서열 2위로 총리 대리를 맡는다. 업무 범위가 광범위해서 정부 대변인이며 총리를 보좌해서 내각이 결정한 일을 감독, 조율한다. 그래서 장관 중의 장관이라고 불린다. 오후 6시 반, 다케야마가 도쿄 신주쿠의 요정 '닛뽄'(日本)의 밀실로 들어섰을 때 두 사내가 맞았다. 경제인연합회장 다까노와 스미요시 회장 기요타다.

　"어서 오시오."

　다까노가 웃음 띤 얼굴로 맞았지만 기요타는 눈만 껌벅였을 뿐이다. 다케야마도 둘을 슬쩍 훑어보고는 비어 있는 자리에 앉는다. 안쪽의 상석이다. 이미 상 위에는 회 안주에 술병이 놓여있었고 종업원은 오지 않았다.

　"장관, 기요타 씨는 오랜만에 보시지요?"

　어색한 분위기를 깨려는 듯 다까노가 기요타를 눈으로 가리키며 물었다.

　"아, 작년에 경제인단체장 연석회의에서 뵌 것 같습니다."

　다케야마가 힘들게 말했을 때 기요타가 입을 열었다.

　"그렇죠, 그날 비서실장 오무라가 인사를 시켜줬죠."

　"아니, 그때 처음 만난 거요?"

　다까노가 놀란 듯 묻자 기요타는 머리를 기울였다.

　"서너 번 만났을 거요."

　"예, 꽤 많이 만난 편이지요. 이렇게 마주 앉은 건 처음이지만 말입

니다."

다케야마가 말을 좀 길게 했다. 머리를 끄덕인 다까노가 말을 이었다.

"시간 내주셔서 고맙습니다, 장관."

"아닙니다. 그런데 기요타 회장께서 무슨 일로 저를 뵙자고 했는지 궁금하군요."

다케야마가 지그시 기요타를 보았다. 내각의 2인자답게 관록이 있는 자세다. 올해 56세, 기요타보다 10살 가깝게 연상이다. 그때 기요타가 웃음 띤 얼굴로 말했다.

"장관, 내가 이야기를 누구한테 해야 할까 궁리하다가 결국 장관이 적임자라는 생각이 들어서요."

다케야마가 시선을 주었고 다까노는 입 안의 침까지 삼켰다. 기요타가 술병을 들어 다케야마와 다까노의 잔에 술을 따랐다.

"무슨 말입니까?"

다까노가 물었는데 이맛살이 찌푸려져 있다. 자신에게도 미리 이야기해주지 않았기 때문이다. 그때 기요타가 헛기침을 했다.

"이번 중국사태 아시지요?"

초등학생도 아는 일이어서 둘은 시선만 주었다. 매시간 중국시위 현황이 TV에 방영되는 것이다. 시위는 이제 거의 폭동 수준이 되었다. 기요타가 말을 이었다.

"상하이의 스즈끼 공장 때문에 골치 아프시죠?"

다케야마가 이게 무슨 귀신이 씨나락 까먹는 소리인가? 하는 표정으로 기요타를 보았다. 기요타는 정색하고 있다. 그렇다. 이번 중국인 시위는 민주화 요구도 있었지만 정치 개혁, 지방 개혁, 거기에다 일본인에 대한 적대감까지 여과 없이 폭발시킨 총체적인 시위다.

112

온갖 불만이 다 터져 나왔는데 일본인에 대한 반감도 섞여있다. 50여 년 전이지만 일본은 중국 대륙을 수십 년간 지배하면서 남경에서는 수십만 명을 학살했고 733부대는 중국인 생체실험을 한 부대다. 이번 시위에 일본인에 대한 불만이 터져 나오지 않는 것이 이상할 정도다. 등소평은 개혁, 개방을 주도하면서 일본 자금까지 끌어들였기 때문이다.

중국 국민감정을 두려워한 일본 기업들은 망설였다가 중국 정부의 보장을 받고 진출했지만 지금 시위 타깃이 되어있다. 특히 상하이의 스즈끼 자동화 공장은 중국인 시위대에 포위되어 일본인 직원 70여 명이 인질로 잡혀있다.

"왜 갑자기 스즈끼 공장 이야기를 꺼냅니까?"

다케야마가 마침내 묻자 기요타는 한 모금 술부터 삼켰다.

"아니, 그냥 한 말입니다."

"그냥 하신 말씀이라니요?"

다케야마의 이맛살이 찌푸려졌다.

"지금 일본인 75명의 생명이 달려 있는 문제란 말입니다. 우리가 잡담을 하고 있을 일이 아니에요."

"그렇지요."

"그런데 왜 그 말씀을 하십니까?"

"걱정되시겠다고 했지 않습니까?"

"그 말씀 하시려고 보자고 하신 겁니까?"

"맞아요."

"걱정된다는 말씀을 말입니까?"

"해결 방법이 있을 것 같아서……."

"예?"

순간 숨을 들이켠 다케야마가 눈을 가늘게 떴다. 그러고는 헛기침부터 했다.

"어떻게요?"

"일본인 직원 75명만 빼내오면 되겠지요?"

"아, 그거야……."

일본인 직원 75명이 시위대에 인질로 잡힌 지 오늘로 8일째다. 그동안 일본 정부는 온갖 방법을 다 썼다. 중국 고위층에 압박, 흥정 등 별수단을 다 썼고 미국 정부와 소련 측에도 협조를 부탁했지만 오히려 역효과만 났다. 시위대가 더 강경해진 것이다. 중국 공안은 오히려 한술 더 떠서 인질을 잡고 있는 시위대를 보호하는 분위기다.

그때 조급해진 다케야마가 바짝 다가앉았다. 만일 이 일을 해결하면 다케야마가 총리 하시모토를 밀어내고 총리가 될 수도 있다.

"기요타 씨, 무슨 방법이 있습니까?"

바닷가의 비치파라솔 밑에 나란히 앉은 이광이 강은서에게 말했다.

"1년쯤 지나면 한이, 상철이를 이곳에 데려와서 학교를 다니게 할 수 있어."

"여기서?"

놀란 강은서가 눈을 동그랗게 떴다. 강은서는 수영복 위에 가운만 걸쳤는데 벌어진 가운 사이로 미끈한 허벅지가 드러났다. 이광의 시선을 받은 강은서가 가운을 여미었다. 이광이 머리를 끄덕였다.

"그래."

"어디까지? 중학? 고등학교?"

"아무래도 대학은 외국에 나가야겠지."

"고등학교만 해도 어디야?"

"내년이면 랜드 인구가 5만이 넘을 거야, 그중 건설인력이 1만 정도 겠지만."

"그럼 4만이 주민이란 말이야?"

그때 앞쪽에서 한과 상철의 웃음소리가 들렸다. 파도 끝에서 튜브를 타고 있던 상철이 물속에 곤두박질을 한 것이다. 이곳은 물이 맑은 데다 1킬로 정도의 거리까지 바닷물이 허리 깊이밖에 안 된다. 그쪽에 시선을 주었던 강은서가 탁자 밑에 놓인 아이스박스에서 콜라를 꺼내 들었다.

"마치 딴 세상 같아."

강은서가 두 다리를 쭉 뻗으면서 탄성처럼 말을 뱉었다.

"이곳에 학교가 세워진다면 난 다시 교직자가 되겠어."

"그렇게 해줄게."

이광이 머리를 끄덕였다.

"당신이 교육행정을 책임져."

"직접 가르치고 싶어."

"가르치기도 하고."

그때 이쪽으로 비서가 다가오는 것이 보였다. 정장 차림의 비서 걸음이 빠르다. 그것을 본 강은서가 한숨을 쉬었다.

"당신 일해야 되는가 봐."

"내가 중국에 가 봐야 될 것 같아."

"중국?"

"응. 당신 여기서 쉬고 있는 동안 갔다 올게."

그때 비서가 다가와 옆에 섰다. 얼굴에 땀이 돋아나 있었기 때문에 강은서가 아이스박스에서 음료수를 꺼내 내밀었다.

"저거 가져가."

김필성이 턱으로 구석을 가리켰기 때문에 고재성이 고개를 돌렸다. 가방이 벽에 붙여져 쌓여있다, 5개. 고재성의 시선을 받은 김필성이 말을 이었다.

"돈이야."

"……"

"1억 9천만 엔, 거기서 1백만 엔이 빠졌어. 아마 하루에가 제 오빠한테 심부름 값으로 준 것 같아."

오후 7시 반, 이곳은 도쿄 시부야의 작지만 아담한 저택 안, '리스타 일본법인'의 안가다. 김필성과 고재성은 다다미방에 마주앉아 있는데 탁자 위에는 찻잔만 놓였다. 김필성이 말을 이었다.

"우리 법인 직원들이 하루에의 오사카 숙소에서 찾아온 거야."

"……"

"물론 강도로 위장했지, 하루에는 번데기처럼 묶어놓고."

김필성의 얼굴에 쓴웃음이 번졌다.

"짐작했겠지만 네 소유였던 5개 사업장을 넘기면서 받은 돈이지. 그것을 넘겨받은 시모다, 가모, 오타카는 이미 저 세상 사람이 되었지만 말이야."

"……"

"이제 팔아먹은 하루에도 거지가 되었고."

"……"

"그런데 사업장 5개는 공중에 붕 떠 있군. 시모다, 가모, 오타카 명의로 된 채 말이야."

"……."

"그것을 안 파리 새끼들이 우글우글 꼬이고 있어."

고재성이 소리죽여 숨을 뱉었다. 이제 목숨을 '리스타'에 맡겨놓은 상황이다. 그때 김필성이 똑바로 고재성을 보았다.

"네가 돌아가서 파리를 잡아라."

"네?"

"파리 새끼들을 잡아 죽이란 말이야."

"네, 죽이지요."

대답부터 하고 난 고재성이 김필성을 보았다. 그저 자신을 '파리채' 용도로 쓰려는 것 같다.

이광이 베이징 공항에 도착했을 때는 오후 3시 반 무렵이다. 공항에는 강택민이 마중 나와 있었는데 이광을 보더니 넓은 얼굴을 펴고 웃었다.

"어서 오십시오, 회장님."

"나와 주셔서 고맙습니다."

강택민의 손을 쥔 이광이 대기시킨 리무진에 올랐다. 강택민은 중국 이름이 장쩌민, 작년까지만 해도 서열이 1백 위권이었다가 화오방이 조자양에게 권력을 넘긴 올해 초 20위권으로 급상승했고 지금은 10위권이다. 등소평의 심복이니까 가능한 일이다.

차가 베이징 시내로 진입할 때 장쩌민이 입을 열었다.

"그동안 배려해주셔서 감사합니다."

"아니, 천만에요."

이광이 정색했다. 지금까지 장쩌민에게 후원자금 명목으로 1800만 불 가깝게 전해주었기 때문이다. 물론 '리스타 중국법인장' 정남희를 통해 여러 번 비밀리에 전해졌다. 그래서 장쩌민이 국내 기업체나 관리들한테서 기부금을 받지 않고 당당하게 처신할 수 있었던 것이다. 물론 등소평의 부탁이 있었기 때문에 한 일이다. 이광이 장쩌민에게 물었다.

"등 위원장님은 건강하시지요?"

"그럼요."

장쩌민이 안경테를 올리며 다시 웃었다.

"지금 영빈관에서 기다리고 계십니다."

장쩌민에게 연락해서 등소평과의 면담을 신청하자 한 시간 만에 승낙하는 전화가 왔다. 그리고 연락을 한 다음 날 만나게 된 것이다. CIA 후버 부장 말마따나 등소평과 이렇게 만나는 인물은 세계에서 이광이 유일하다.

"어서 오게."

등소평이 두 팔을 벌리면서 이광을 맞았다. 예전에는 이광을 아들처럼 '얘야' 하고 불렀지만 세월이 흐르자 존중해주고 있다. 등소평이 이광을 안았지만 키가 작아서 아이가 어른을 안는 것 같다. 인사를 마치고 응접실의 소파에 셋이 마주앉았다.

등소평은 사람이 많이 모인 것을 좋아하지 않아서 안학태는 스스로 빠졌기 때문에 장쩌민까지 셋이다. 그때 등소평이 지팡이를 두 손으로 눌러 잡은 손등 위에 턱을 고인 자세로 지그시 이광을 보았다. 웃음 띤 얼굴이다.

"중국 시위 때문에 세계가 시끄럽지?"

"예, 위원장님."

정색한 이광이 등소평을 보았다.

"그래서 미국에서 위원장님의 계획을 알고 싶다는 것입니다."

"왜? 중국 정부가 붕괴될 것 같다더냐?"

"심각하게 걱정하는 것 같습니다."

"하긴 중국에 내란이 일어나고 티벳, 위구르, 몽고가 분리되면 소련의 힘이 지금보다 두 배는 커지겠지."

등소평의 두 눈이 번들거렸다.

"소련은 내분을 더 격화시켜 중국에 친소 정부를 세우고 남한, 일본까지 먹으려고 할 거다."

"……."

"미국은 태평양도 빼앗기고 나토(NATO)는 위축되어서 유럽, 중동, 아프리카가 차례로 소련에 넘어가겠지."

심호흡을 한 등소평이 이광을 보았다.

"미국의 기대에 어긋나지 않을 테니까 적극 후원을 바란다고 해라."

"그렇게만 전하면 압니까?"

"오월동주(吳越同舟)라는 말도 해라. 후버가 무식하니까 자세히 설명해줘야 될 거야."

"예, 위원장님."

그리고는 이광이 심호흡을 하고 나서 등소평을 보았다.

"위원장님께 부탁이 있습니다."

"말해라."

등소평이 상반신을 펴고 이광을 보았다. 그때 이광이 말을 이었다.

"상하이의 스즈끼 공장에서 일본인 75명이 인질로 잡혀 있습니다."

"그렇지. 흥분한 민심은 황하가 범람하는 것 같아서 어디로 쏟아져 나갈지 모른다. 아주 위험하지."

"그 75명을 빼주십시오."

"네 부탁이냐?"

"예, 위원장님."

"으음."

신음을 뱉은 등소평이 눈을 감더니 한동안 움직이지 않았다. 이윽고 눈을 뜬 등소평이 초점이 흐려진 시선으로 이광을 보았다.

"오늘이 며칠이냐?"

"5월 25일입니다, 위원장님."

"열흘쯤 후에는 시위, 난동이 최고조에 이를 거다. 이제는 중국이 전복된다고 하겠지. 수백만이 천안문에 모일 거야."

그때 등소평의 눈에 초점이 잡혔다.

"그때 결정될 거다."

고베 야마구치의 오야붕 회의, 조장 이노우에의 생존 시에는 몇 년에 한 번꼴로 열리던 회의가 죽고 나서 한 달 동안에 두 번째 열린다. 참석한 오야붕은 27명, 총원 43명에서 3명 사망, 4명은 해외여행, 수술 등을 이유로 안 나왔고 9명은 연락도 없이 불참했다.

임시회장을 맡고 있는 고다이는 47세, 야쿠자 생활 28년째지만 고베 야마구치에서 서열 14위였다. 행동과 머리가 둔하다는 이유로 이노우에가 '병든 돼지'라는 별명까지 하사한 인물, 이제 이노우에가 죽고 심복들까지 여럿 죽고 나서 고다이가 임시회장에까지 선출되었다.

그러나 제 버릇 누구 주겠는가? 고베의 최고급 요정 '야마토'의 귀빈실에 요란하게 오야붕들이 앉았지만 회의는 40분이나 늦게 시작되었다. 오후 8시 40분, 사회를 맡은 다케시다가 큰 소리를 쳐서야 장내가 조용해졌다. 의장석에 앉은 고다이는 눈만 껌벅였고.

"자, 회의 좀 합시다, 회의 좀."

38세, 성질이 급해서 '고속철'이라고 불리는 다케시다가 소리쳤다. 모두 피식거렸지만 장내가 조용해졌을 때 고다이가 헛기침을 했다.

"시모다, 가모, 오타카 구역 오야붕이 빈 바람에 내분이 일어나고 있는데 말이오."

고다이가 느린 말투로 말을 이었다.

"전(全) 일본이 이곳을 주목하고 있는 데다 시모다가 죽은 곳에 관광 오는 미친 연놈들까지 늘어나는 형편이고."

그러자 한숨을 쉬는 소리가 들렸고 분위기가 가라앉았다. 개망신이다. 야쿠자 오야붕들이 몰사한 장소가 관광지가 되는 세상인 것이다.

"그런데도 정신 못 차리고 그 구역을 먹으려고 뒤에서 음모를 꾸미는 인간들이 있단 말이오."

모두 주위를 둘러보았다. 오늘 오야붕 회의에 안 나온 가와사키, 혼마, 우시키다.

그때 다시 고다이가 헛기침을 했다.

"우리 고베 야마구치는 이노우에 구니오 님이 20년 가까운 세월 동안 기반을 굳혀놓은 곳이오. 비록 사업 확장 중의 사고로 돌아가셨지만 우리가 잊어서는 안 됩니다."

비록 느린 말이었지만 옳은 소리다. 모두 정신이 난 표정으로 고다이를 보거나 서로 마주 보았다. 지금까지 공개석상에서 이런 말은 처음

들는다. 죽은 자는 패한 자다. 죽음과 동시에 잊히는 것이 야쿠자 세상 아니었던가? 아무리 위대한 오야붕이어도 그렇다. 그때 고다이의 느린 말이 이어졌다.

"조장이 죽고 구역 싸움이 일어났고 오야붕 셋이 죽었고, 근데 그 오야붕들은 남의 구역을 거의 사기를 쳐서 가져가려다가 그렇게 된 거 아닙니까? 지금 나오지 않은 일부 오야붕도 그 구역의 이권을 노리고 있고 말이오."

이제 모두 조용해졌을 때 고다이가 한숨을 쉬고 말했다.

"제의합니다. 이노우에 님 양자가 있는 건 다 아실 거요. 그 양자를 죽은 시모다, 가모, 오타카 구역을 직할로 맡게 하고 우리 고베 야마구치의 대를 잇게 하는 거요. 난 그것이 순리라고 봅니다."

너무 의외의 발언이어서 모두 숨을 죽였다. 방 안이 조용해졌다. 고다이가 이렇게까지 말할 정도면 이미 기반은 닦아놓았다고 봐야 될 것이다. 여기서 대뜸 반발했다가는 그들에게 적으로 간주될 수 있다. 모두 그런 생각이 머릿속에서 돌고 있는 것이다. 그때 사회를 맡은 다케시다가 소리치듯 말했다.

"찬성이오! 동의합니다!"

그러더니 덧붙였다.

"그게 순리지! 여기에 반대하는 자들은 이노우에 님을 배신할 마음이 있었던 거지. 시모다, 가모, 오타카 놈들처럼 말이야."

이렇게 다케시다가 못을 박아 버렸다.

여기는 대마도, 히타카스의 한국 전망대에서 오늘은 부산이 보인다. 거리는 49킬로, 맑은 날이어서 헤엄쳐 갈 수도 있을 것 같다. 전망대 난

간을 짚고 선 강정규와 윤미경 옆으로 한국 관광객들이 떼 지어 몰려왔다가 사라지고 있다. 오후 4시 반, 오늘은 둘이 차로 히타카스까지 온 것이다. 윤미경이 부산을 바라본 채 입을 열었다.

"삼국사기에는 AD73년에 신라에서 대마도에 침입해서 약탈하는 왜인을 격퇴시키려고 각간 '우오'를 보냈다는 기록이 있어요. 이것만 봐도 신라 시대부터 대마도가 우리 영토였다는 것을 알 수 있죠."

"공부를 많이 하셨군."

강정규가 웃으면서 말을 이었다.

"고려 선종 때 대마도주를 '대마도구당관'으로 부르고 만호의 벼슬이 다스렸다고 하더군요."

"잘 아시네요."

바람에 흐트러진 머리칼을 쓸어 올리면서 윤미경이 말을 이었다.

"임진왜란 때 일본이 대마도를 강점한 후부터 대마도를 일본이 지배했는데 그들에게 결사 항전한 전적비가 많아요."

"윤미경 씨는 교수를 그대로 하는 것이 낫겠는데."

윤미경은 아직 고베대학 교수인 것이다. '리스타 연합' 직원이 된 것은 반년쯤 전이었다고 했다. 이제 고베대학 조사단이 조사를 마치고 돌아가더라도 윤미경은 이곳에 남을 것이다. 그때 윤미경이 말했다.

"제가 '연합'에 입사한 목적이 대마도가 한국령이라는 자료를 준비하기 위해서였거든요. '법인' 김 사장님이 직접 저한테 말씀해주셨습니다."

김필성이 윤미경을 직접 채용한 것이다. 회사 차원에서 사전에 면밀하게 작업하고 있었던 것이다. 강정규 등이 대마도에서 '리스타 연합'의 지원하에 전쟁을 하는 동안 '일본법인'은 대마도의 자료를 확보하기 위해서 윤미경 같은 학자들을 섭외했다. 강정규가 윤미경을 향해 쓴웃음을 지었다.

"그런데 그렇게 시치미를 떼고 있었군."

"만나자는 제의를 거부당한 건 처음이었어요."

"아, 실제는 사랑하는 여자가 있으니까."

정색한 강정규가 말을 이었다.

"그 여자도 여기서 만났으니까 대마도가 나한테는 인연이 깊은가 봐요."

"지금 그분 어디 계세요?"

"서울에서 학교에 있어요. 그 사람도 교사니까 이것도 비슷하네."

"교사예요?"

"중학교."

윤미경의 눈을 본 강정규가 다시 웃었다. 그러나 이수연의 얼굴이 떠오르지 않았기 때문에 강정규가 한숨을 쉬었다.

하와이, 호놀룰루 남쪽의 바닷가 별장 응접실에서 이광과 후버가 마주 보고 앉아있다. 소파 배치가 양쪽이 바라보게 되어 있어서 이쪽은 이광을 중심으로 좌우에 해밀턴과 안학태가 앉고 후버는 윌슨과 또 한 사내를 대동했다. 중국 담당 지부장 버질이다. 이곳은 10년쯤 전에 이광이 매입한 3층 저택이었는데 지금은 가격이 3배나 올랐다. 앞으로 더 오를 전망이다. 인사를 마치고 저택 가격 이야기, 부동산투자 이야기로 넘어갔다가 후버가 이어지는 말처럼 물었다.

"외국 기업들은 별일 없겠지?"

"예, 별일 없습니다."

정색한 이광이 말을 이었다.

"중국 정부에서 외국 기업은 적극 보호한다고 했습니다."

"스즈끼 직원들이 문제더구먼그래."

"예, 그렇죠."

"하긴 일본 기업은 좀 그렇지."

"그렇긴 합니다."

"등 위원장 만났나?"

마침내 후버가 물었는데 찌푸린 얼굴이다. 이광이 먼저 말을 꺼내기를 기다렸던 것 같다. 이광이 머리를 끄덕였다.

"예, 가자마자 만났습니다."

"면담 신청을 하자마자 한 시간 만에 초청을 했더군."

"그렇죠."

"공항에서 바로 등 위원장을 만나러 갔고, 자네 같은 인물은 없어."

"그렇습니까?"

"소련도, 이스라엘, 영국, 프랑스, 독일, 일본은 물론이고 아랍권 지도자들도 자네가 등 위원장 만나고 온 것을 알 거야."

"제가 후버 부장의 심부름으로 등 위원장을 만난 것도 알겠군요."

"이봐, 겸손이 지나치면 오만이 돼. 무슨 심부름? 부탁을 받았지."

정색한 후버가 자리를 고쳐 앉았다.

"이봐, 뜸 그만 들이고 말해. 등 위원장이 앞으로 어떻게 할 것 같은가? 계획을 말해 주던가?"

"예, 부장님."

그 순간 후버가 숨을 들이켜고 나서 입 안에 고인 침을 삼켰다. 자리를 고쳐 앉은 후버가 이광을 보았다. 방 안에는 숨소리도 나지 않았다.

125

이광이 숨을 두 번 쉬고 나서 입을 열었다.

"미국의 기대에 어긋나지 않을 테니까 적극 후원을 바란다고 하셨습니다."

"아아!"

"그렇게만 전하면 되느냐고 했더니 오월동주(吳越同舟)라는 말을 전하라고 했습니다."

이광이 한국어로 오, 월, 동, 주 했으니까 후버는 물론 해밀턴, 윌슨, 버질까지 '뻥'했다. 안학태가 숨 들이켜는 소리를 냈다. 웃음을 참느라고 그랬을 것이다.

"그게 무슨 소리야?"

후버가 그렇게 물었는데 평소 같았다면 '무슨 귀신이 씨나락 까먹는 소리'를 하느냐고 했을 것이다. 모두의 시선을 받은 이광이 말을 이었다.

"옛날에 오나라, 월나라라는 왕국의 두 왕이 있었는데 서로 전쟁만 하다가 같은 배를 타게 되었다는 말씀입니다. 같은 배를 탔으니까 폭풍을 헤치고, 급류를 뚫고 나가려면 서로 협력을 해야만 같이 살게 되겠지요."

모두 강의를 듣는 학생처럼 진지했고 이광이 말을 이었다.

"같은 배를 탔다는 의미입니다. 서로 협력을 안 하면 죽습니다. 그러니까 같이 살고 같이 죽는다는 뜻이 되겠습니다."

"아하."

감동한 후버가 커다랗게 머리를 끄덕였다.

"미국이 오왕이고 중국이 월왕이라는 말이구나, 무식하지만 정확한 비유네."

"그런 셈이지요."

후버가 다시 머리를 끄덕이더니 진지해진 얼굴로 이광을 보았다.

"수고했어, 이 회장. 또 빚을 졌네."

"아닙니다."

"카이로에서 테러범 인수한 것도 이 회장 덕분이야. 카다피가 내놓지 않았다면 전쟁이 일어날 뻔했어."

"……."

"전쟁이 일어나면 또 베트남짝 날지도 모른다고, 아니, 리비아는 더 개판이 되었을지도 몰라. 베트남은 나무가 많아서 숨을 곳이나 있지."

후버의 혼잣말이 이어졌다.

"리비아에 미군을 투입했다가 사막에서 당하면 세계지도가 달라질 거야."

그러더니 고개를 들고 이광을 보았다.

"어쨌든 이 회장, 자네는 내 비장의 무기야. 미국의 재산이라고."

그때 이광은 옆에 앉은 해밀턴이 뱉는 한숨 소리를 들었다. 후버는 가는귀가 먹었는지 듣지 못한 것 같다.

그날 밤, 저녁을 먹고 나서 바다가 보이는 테라스에 앉아있는 이광의 뒤에서 인기척이 났다. 고개를 돌린 이광의 얼굴에 웃음이 떠올랐다. 후미코다. 일본의 톱 탤런트이며 '후미코 프로덕션'의 회장이 된 후미코다. 이제는 프로덕션의 기반이 굳어져서 일본의 5대 프로덕션에 포함되어 지금까지 10여 편의 영화, 드라마를 제작했다. 후미코가 웃음 띤 얼굴로 다가와 옆쪽에 앉는다. 후미코는 오후에 하와이에 도착한 것이다.

"나한테 상의할 이야기가 뭐야?"

이광이 대뜸 물었다. 후미코한테서 연락이 온 것은 이광이 베이징에서 하와이로 출발하기 직전이다. 만나서 상의할 이야기가 있다고 해서 하와이로 오라고 했던 것이다. 후미코가 앞에 놓인 술병을 들어 이광의 잔에 술을 채웠다. 앞쪽 탁자에 술과 안주가 준비되어 있다.

"영화 제작 때문에요."

제 잔에도 술을 따른 후미코가 눈웃음을 쳤다. 요염한 모습이다. 오후에 도착한 후미코는 2층 숙소에서 옷을 갈아입고 지금은 헐렁한 원피스 차림이다. 소매 없는 원피스 밑으로 미끈한 팔다리가 드러나 있다.

"무슨 영화인데?

한 모금 위스키를 삼킨 이광이 후미코를 보았다.

"제작비가 부족해?"

후미코 프로덕션은 3년째 흑자를 기록하고 있다. 몇백만 불의 제작비 정도는 자체 자금으로 해결할 수 있는 것이다.

"이건 대작(大作)이에요."

후미코가 정색하고 이광을 보았다.

"세계적인 대작을 만들고 싶어요, '벤허'나 '십계' 같은……."

"찰턴 헤스턴 같은 배우가 있어야겠다."

"자이언트 같은 광대한 대륙에서……."

"록 허드슨이 있어야겠고."

"한·일 합작 영화로 해야 돼요."

"응?"

놀란 이광이 후미코를 보았다.

"한·일 합작?"

"네, 회장님."

"대마도 이야기야?"

후미코에게 대마도가 한국 땅이라는 말을 몇 년 전에 한 적이 있다. 그때 후미코가 말을 이었다.

"백제 이야기."

"백제?"

다시 놀란 이광이 숨을 들이켰다. 그러고는 먼저 감동했다. 후미코가 한국을 연구한 것이다.

열어놓은 베란다 창문으로 밤바람이 몰려 들어왔다. 커튼이 펄럭였고 비린 바다 냄새가 맡아졌다. 파도 소리는 규칙적이어서 귀에 익숙해진 후에는 숨소리처럼 들리지 않는다. 이광의 가슴 위를 훑고 가는 후미코의 숨결이 가라앉아 가고 있다. 후미코의 벗은 어깨를 쓰다듬는 이광의 손바닥에 서늘한 촉감이 느껴졌다. 그때 후미코가 머리를 들고 이광을 보았다.

"지원해 주실 거죠?"

방 안의 불을 껐지만 후미코의 얼굴 윤곽이 선명하다. 베란다 밖에 보름달 빛이 퍼져있기 때문일 것이다. 방 안의 사물 윤곽이 더 뚜렷해졌고 후미코 눈의 흰자위는 더욱 희게 드러났다. 후미코의 시선을 받은 이광이 웃었다.

"미인계냐?"

"그래요."

후미코가 두 손으로 이광의 허리를 감아 안았다. 한쪽 다리가 이광의 다리 위로 비스듬히 걸쳐져 있어서 빈틈없이 감은 자세다. 둘은 실오라기 하나 걸치지 않았다. 이광이 후미코의 어깨를 감싸 안았다.

"좋아, 검토해보지."

"역사에 남는 대작이 될 거예요."

"자료 수집은 철저히 하도록."

"그럼요."

기쁜 후미코가 이광의 허리를 더 세게 껴안았다. 후미코의 대작 영화는 '백제와 왜'의 '정복사'다. 서기 3백 년대에 왜국으로 건너간 백제유민이 기반을 굳혀 영주가 되고 '왜왕'의 왕가(王家)를 이룬다는 대작(大作)이다. 이광은 감동했지만 애써 내색하지 않았다. 자신도 생각하지 못했던 드라마인 것이다.

그동안 대마도에 집착해서 전쟁까지 치르고 있는 자신의 스케일이 왜소하게 느껴졌다. 도대체 후미코는 어떻게 이런 대어(大魚)를 노리게 되었는가? 영화 제작자로 우연히 잡아낸 것일까? 그때 후미코의 숨결이 가빠졌고 몸이 뜨거워졌다. 안고 있는 사이에 달아오른 것이다. 이광은 후미코의 몸이 열리는 것을 느꼈다.

다음 날 오전 10시가 되었을 때 후미코는 별장을 떠났다. LA에서 제작자들을 만난다는 것이다. 후미코를 배웅하고 돌아온 이광이 응접실 소파에 앉으면서 안학태에게 물었다.

"안 사장, 백제 유민이 일본을 건설했다는 것을 알고 있어?"

"예? 백제 유민이 말씀입니까?"

되묻는 동안 한 번 더 생각한 안학태가 마침내 고개를 저었다.

"저는 모르겠습니다."

"서기 2백 년대부터 백제 유민이 일본열도로 건너가 지배계급을 형성했고 자연스럽게 왜왕이 되었다는 거야."

"그렇습니까?"

"일본에 문명을 전파한 것은 물론 불교를 장려하고 백제가 멸망한 후에는 대규모 백제 유민이 건너와 일본의 토대를 만들었다는군."

"아하."

"지금 일본인의 DNA는 대부분 백제계라는군, 현재 일본 천왕은 물론 지배층도 포함해서 말이야."

"갑자기 왜 그런 말씀을 하십니까?"

"후미코가 한·일 합작으로 '대백제' 영화를 제작하려고 해, 대작이 될 거야."

"대백제입니까?"

"그래."

이광의 얼굴에 웃음이 떠올랐다.

"조금 전에 내가 한 이야기는 후미코한테서 들은 거야."

"후미코 씨가 공부를 많이 했군요."

"나보다 백제 역사에 대해 더 잘 알아."

이광이 웃음 띤 얼굴로 말을 이었다.

"후미코에게 프로덕션을 차려준 보람이 있군, 훌륭해."

"제작비가 많이 들 텐데요."

"도와줘야지."

정색한 이광이 안학태를 보았다.

"도와주도록 해."

오후 2시 반, 고베의 바닷가 식당, 뒤쪽 문과 통하는 뒷방에서 사내 일곱 명이 식탁에 둘러앉아 있다. 상석에 앉은 사내는 기요타, 안쪽의 중앙에 앉아있었는데 좌우에는 고문 신시찌와 비서실장 오베가 자리 잡았다. 그리고 앞쪽에는 이노우에의 전(前) 고문 사이토와 오야붕 고다이, 다케시다가 나란히 앉았고 모퉁이 자리에 앉은 사내가 고재성 이다.

식당은 조용하다. 앞쪽 홀에 기요타의 부하 10여 명이 앉아서 대기했고 길 건너편에는 승용차 10여 대가 주차되어 있었는데 표시가 났다. 모두 검정색 대형 승용차다. 식당 앞에는 '금일휴업'이라는 푯말이 걸려서 손님들은 들어오지 않는다. 그때 기요타가 입을 열었다.

"어이, 고다이, 네가 이번에 사회를 잘 봤다는 보고를 들었다. 잘했다."

기요타의 칭찬을 받은 고다이가 식탁에서 뒤로 물러나 앉더니 방바닥에 이마를 붙인 채로 소리치듯 대답했다.

"황송합니다."

"대가리 들어라."

"하이!"

고개를 든 고다이를 향해 기요타가 말을 이었다.

"고재성이가 회장이 되면 너는 오야붕 겸 고문을 맡아라."

"하이!"

그때 기요타가 다케시다에게 고개를 돌렸다.

"다케시다."

"하이!"

부름을 받은 다케시다가 눈을 치켜떴다. 두 손은 이미 방바닥을 짚고 있다.

"너도 고문이다."

"하이!"

다케시다의 흰자위가 금세 붉어졌을 때 기요타의 말이 이어졌다.

"여기 앉은 사이토와 함께 너희들 셋이 새 회장의 보좌역이 되도록, 알았나!"

"하이!"

사이토까지 포함한 셋이 일제히 대답했을 때 기요타가 헛기침을 했다.

"너희들은 고재성이가 어떻게 회장 취임을 할 것인지 궁금할 것이다. 고재성이가 살인 혐의를 받고 있으니까 말이야."

기요타의 얼굴에 웃음이 떠올랐다.

"며칠 기다리면 될 거다. 그러니까 그동안 힘껏 기반을 굳히도록, 알았나?"

셋의 우렁찬 대답 소리를 들으면서 기요타가 고재성에게로 고개를 돌렸다.

"미리 보좌역들에게 한 말씀 해라."

"예."

고재성의 얼굴도 굳어져 있다. 이것은 이미 고베 야마구치 조장이 된 것이나 마찬가지 행사다. 그러나 지금부터 오야붕을 하나씩 설득, 회유, 협박, 또는 손을 봐야 할 것이다.

"잘 부탁한다."

고재성이 어깨를 펴고 옆쪽의 셋을 차례로 보았다. 고다이, 다케시다와는 이노우에 시절부터 안면이 있다.

"고베 야마구치는 새로 태어나게 될 것이다. 우선 나부터 바꾸겠다."

숨을 고른 고재성이 말을 이었다.

"이번에 절실하게 느꼈다. 앞으로는 더 멀리 보고 살겠다."

"어디 가는 거야?"

뒤에서 권철이 묻자 심순자가 몸을 돌렸다. 심순자는 이제 미셸로 불리는 것을 거부했다. 경비원들은 물론이고 만나는 모두에게 '미세스 심'으로 불리기를 바란다.

"별장."

심순자가 짧게 말하고는 다시 옷장에서 옷을 골랐다. 오전 8시 15분, 아침 식사를 마친 권철도 막 숲 속 저택을 나가려던 참이다. '숲 속 안가'가 이제는 둘의 저택이 되었다. 뒤에서 권철이 물었다.

"별장이라니?"

"회장 사모님한테."

"응? 사모님?"

놀란 권철이 바짝 다가섰다.

"사모님한테 왜?"

"모시고 섬 안내해 드리기로 했어."

"언제?"

"오늘 10시 반에 만나서 같이 점심도 먹고 저녁때까지 섬 구경을 시켜드리기로 했어."

"언제 약속했는데?"

"어제 별장에 옷 갖다 드리러 갔을 때."

요즘 심순자는 강은서가 묵고 있는 해변 별장에 가서 몇 시간씩 보내고 온다. 강은서가 심순자를 좋아해서 자꾸 부르는 것이다. 심순자도 그것이 좋은 것 같다.

"아, 그러면 나한테 미리 말해줘야지."

심순자의 등에 대고 권철이 투덜거렸다.

"경호대를 붙여야 할 것 아냐?"

"경호대는 무슨."

"잔소리 말고 어디 어디 갈 건지 말해."

"몰라."

"몰라?"

"둘이 섬을 한 바퀴 둘러보기로 했으니까."

"애들은?"

"별장에서 놀 거야."

"그럼 둘이?"

"내가 운전하고."

"안 되겠다. 내가 차를 내줄게, 운전사는 우리 경비대원을 쓰고."

"젠장, 둘이만 놀기로 했는데."

"젠장?"

"너한테 배운 거야."

"너?"

눈을 치켜뜬 권철이 심순자 뒤로 바짝 다가섰다. 그때 심순자가 몸을 돌렸기 때문에 얼굴이 부딪힐 뻔했다. 그 순간 권철이 두 손으로 심순자의 얼굴을 감싸고는 입을 맞췄다. 놀란 심순자가 눈을 크게 떴다가 곧 두 팔을 들어 권철의 목을 감싸 안는다. 심순자가 눈을 감았다. 권철, 심순자의 일상이다.

대마도의 일상은 평온하다. 겉으로 평온하다는 뜻이다. 한국 관광객

들이 몰려와서 한낮은 이곳이 한국의 시골 마을인지 헷갈릴 정도로 '한국판'이다. 상점 간판도 한국어로 표기된 곳이 많아서 더욱 그렇다. 가게 점원들도 한국어에 익숙해서 어지간한 대화는 다 통한다.

이즈하라 시내의 강가 커피숍 안, 떠들썩한 한국말이 이쪽저쪽에서 울리는 구석 자리에 강정규와 윤미경이 마주앉아 있다. 윤미경과 함께 온 고베대학 조사반은 오늘 아침에 고베로 떠난 것이다.

"혼자 남았어요."

커피 잔을 든 윤미경이 웃음 띤 얼굴로 강정규를 보았다.

"등에 메고 있던 짐을 벗은 것처럼 홀가분해요."

"왜?"

이제 강정규는 자연스럽게 반말을 한다. 강정규의 시선을 받은 윤미경이 말했다.

"둘이 되었으니까."

"이런."

쓴웃음을 지은 강정규가 말을 이었다.

"대마도는 며칠 구경하고 나면 지루한 곳이긴 하지. 좁은 땅에다 인프라도 부족하고."

"내가 여기 온 목적을 잊고 있는 건 아녜요."

따라 웃은 윤미경이 한 모금 커피를 삼켰다.

"그리고 팀장과 그 여자 분의 관계를 깨뜨리고 싶은 생각도 없고."

"내 성격 알면서."

"이런 문제는 물 흐르는 것처럼 자연스럽게 진행이 되는 거죠. 억지로 스스로를 구속하지 마세요."

"경험이 많은 모양이네."

136

"이런 경우가 처음이라 생각을 많이 해서요."

윤미경이 웃음 띤 얼굴로 강정규를 보았다.

"팀장, 마음 편하게 가지세요."

"이곳에 '리스타 일본법인' 지부를 세울 거야."

강정규가 정색하고 말했다.

"내가 지부장이 될 것이고."

"축하합니다, 지부장님."

"넌 지부의 정보부장이야."

윤미경이 숨을 죽였고 강정규가 말을 이었다.

"지부 요원이 증강될 거야. 네가 조직 만드는 데 도와줘야겠어."

이제 윤미경은 시선만 준다.

"베이징으로 가자."

이광이 말하자 안학태가 얼굴을 굳혔다.

"위험하지 않습니까? 도시 전체가 시위대에 덮여 있습니다."

"그러니까 더 위험해지기 전에 들어가자는 거야."

"예?"

이해가 안 가는지 안학태가 눈을 크게 떴다.

"회장님, 무슨 말씀이십니까?"

"시간이 더 지나면 입출국이 금지될 수도 있어, 그러니까 서두르자고."

"그, 그렇다면."

"오늘 오후에 출발해."

하와이의 별장 안이다. 시선을 돌린 안학태가 서둘러 방을 나가더니 곧 돌아왔다.

"준비시켰습니다. 베이징 장쩌민 씨한테 연락했더니 공항으로 나온다고 했습니다."

머리만 끄덕인 이광의 앞에 선 안학태가 말을 이었다.

"장쩌민 씨가 베이징 상황이 아주 좋지 않다고 합니다. 장쩌민 씨가 그렇게 말할 정도면 아주 심각하다는 뜻입니다."

"그렇군."

"베이징에만 계실 계획입니까?"

"상황을 처리하는 중국 지도부를 옆에서 보고 싶어, 그리고 '리스타'도 직접 챙기고."

"알겠습니다. 연락 해놓겠습니다."

고개를 든 이광이 안학태를 보았다.

"해밀턴한테 내가 베이징에 들어간다고 연락해."

"예, 회장님."

어깨를 부풀린 안학태가 머리를 끄덕였다.

"바로 CIA에 연락을 하겠지요."

"오늘이 며칠이야?"

불쑥 이광이 묻자 안학태가 주춤거리더니 대답했다.

"예, 6월 1일입니다."

1989년 6월 1일이다. 하루가 다르게 중국의 시위는 격화되어 이제는 폭동의 일보 직전 수준이 되었다. 천안문에는 수십만의 인파가 항상 모여서 군경과 대치 중이었는데 베이징 변두리에서는 방화, 상점 약탈, 건물파괴 사건이 빈번하게 일어났다. 이광이 혼잣소리처럼 말했다.

"중국의 미래가 곧 결정되겠군."

"외신에서는 중국 정부가 시위대와 타협해서 조건을 들어준다고 합

138

니다."

대부분의 외신이 그렇다. 미국 측의 언론도 그렇게 보도하고 있다.

"경찰 수배만 풀리면 잘 되지 않겠습니까?"

어깨를 편 유끼나가가 말했다. 고베 서북쪽 변두리의 오야붕, 구역 안에 14개 영업장을 관리하고 있는데 '싸움꾼'이다. 야쿠자 세계에서 '싸움꾼'이란 골칫덩어리, 사고뭉치를 말한다. 주변의 오야붕은 물론이고 다른 야쿠자 조직과도 끊임없이 문제를 일으키기 때문이다. 그런데 유끼나가가 오야붕으로 12년을 버티는 데는 나름 장점이 있다.

제 구역은 철저하게 지키기 때문이다. 올해 39세, 특기는 칼부림, 항상 주머니에 길이가 30센티나 되는 잭나이프를 넣고 다닌다. 유끼나가가 검은 얼굴을 펴고 웃었다.

"제가 할 말은 그것뿐이오, '양자'님."

고재성이 양자란 말에 고개를 들고 유끼나가를 보았다. 정색한 얼굴이었다가 시선이 부딪쳤을 때 빙그레 웃었다.

"알겠어."

고재성이 현(現) 고베 야마구치의 16번 서열인 유끼나가에게 말하고는 옆에 앉은 도요마를 보았다. 42세, 서열 11위, 작은 키에 둥근 체격, 있는 듯 없는 듯한 존재로 보이지만 음흉하고 뒤통수 잘 치는 놈으로 소문이 나서 모두 경계하는 인물이다. 죽은 이노우에의 경호대장 출신.

"도요마, 양부님과의 인연도 있으니까 잘 부탁한다."

고재성이 말하자 도요마가 빙긋 웃었다.

"예, 나도 유끼나가하고 동감입니다. 경찰 수배가 풀려야겠지요."

"안 풀리면 날 조장으로 받아들이기 어렵다는 말인가?"

웃음을 띠고 있었지만 고재성이 똑바로 둘을 보았다. 오후 8시 반, 6월 1일, 고베 북서쪽 고속도로 입구 쪽의 카페 안이다. 방 안에는 넷이 둘러앉았는데 고재성과 전(前) 고문 사이토, 그리고 앞쪽에 유끼나가와 도요마가 나란히 앉았다. 그때 도요마가 말했다.

"아니오, 난 받아들입니다. 조장으로 모시겠습니다. 하지만 요즘 경찰이……."

그때 고재성의 시선을 받은 유끼나가가 말했다.

"예, 잘 부탁합니다."

"날 조장으로 받아들이겠다는 말인가?"

"그렇습니다."

"내가 상황 설명을 하려고 오늘 만나자고 한 것이지 부탁하려는 게 아냐."

"예."

"이렇게 하나씩 만나 얼굴도 익히고 있는 거야."

"예."

둘이 동시에 대답했을 때 사이토가 헛기침을 했다.

"다시 잘 해보자고."

유끼나가와 도요마가 나갔을 때 고재성이 고개를 돌려 사이토를 보았다. 얼굴에 희미하게 웃음이 떠올라 있다.

"내가 조장이 되고 나서 저 두 놈을 죽일 거요."

"예?"

놀란 사이토가 숨을 들이켜고 나서 물었다.

"왜 그러십니까?"

"조건을 내거는 놈하고는 같이 밥 못 먹습니다."

"아."

"내가 처음부터 기율을 잡는다는 의미는 아닙니다. 이 조직은 아버님이 돌아가시고 나서부터 썩기 시작했어요."

사이토가 시선을 내렸고 고재성이 말을 이었다.

"앞으로 큰일을 할 건데 저런 놈을 데리고는 같이 못 갑니다."

"알겠습니다, 조장님."

사이토가 두 손을 모으고 대답했다.

"저도 방만하게 지냈습니다. 정신을 차리겠습니다."

"다음은 누구요?"

"예, 가타노와 쥬고쿠입니다."

사이토가 바로 대답했다. 오야붕 두 명하고 다시 약속이 있는 것이다. 상견례처럼 보이지만 죽이느냐 살려두느냐 결정을 하고 있다는 것을 오야붕들이 알 리가 없다.

"지금 고재성이 오야붕들을 하나씩 면담하고 있습니다."

비서실장 오베가 말하자 기요타는 풀썩 웃었다.

"고재성, 그놈 하는 짓이 마음에 들어."

"그렇습니까?"

"오야붕들을 하나씩 불러서 이놈하고 같이 갈 것인지 말 것인지를 결정하려는 거야."

오베의 시선을 받은 기요타가 눈을 가늘게 떴다.

"나 같아도 그렇게 했을 테니까."

"오야붕들이 고분고분 올까요?"

"다 갈 거다. 왜냐하면 그놈들도 고재성을 보고 마음을 정하려고 할 테니까."

"그렇군요."

"안 가는 놈들은 없을 거야, 보지도 않고 거부할 놈은 없어."

"그렇겠습니다."

"너 같아도 갔을 것 아니냐?"

"갔을 것입니다."

"일단 이렇게 주도권을 장악하기 시작하는 거다."

"그런데 고재성의 수배가 풀려야 되지 않겠습니까?"

"글쎄."

그때는 기요타의 얼굴이 찌푸려졌다.

"회장님이 지금 하와이에서 후버를 만나실 것 같은데 어쩔 생각이신지 모르겠군."

그때는 이미 이광이 베이징을 향해 날아가고 있는 중이다. 전용기가 일본 땅 위로 날아가고 있다는 것을 모르고 있다.

"순자 씨, 저긴 어디야?"

강은서가 손으로 앞쪽 산등성이를 가리켰다. 바닷가에 솟은 바위산 중턱에 세워진 목조 건물이다.

"아, 저긴 감시탑이에요, 저기서 섬 왼쪽의 감시를 맡고 있어요."

"그렇구나."

선글라스를 벗은 강은서가 웃음 띤 얼굴로 심순자를 보았다. 이곳은 바닷가의 도로다. 이제는 포장이 잘 된 도로여서 그들은 갓길에 차를 세우고 나란히 서 있다.

"순자 씨는 모르는 게 없어, 많이 돌아다닌 모양이지?"

"아뇨."

"그럼 남편이 알려줬어?"

"아뇨, 여기 조사하러 파견되었다가 잡혔거든요."

다시 선글라스를 끼려던 강은서가 맨눈으로 심순자를 보았다. 아직 놀란 얼굴은 아니다.

"잡혀? 조사하러 왔다가?"

"네, 사모님."

"누구한테 잡혔는데?"

"권철 씨한테요."

"지금 남편, 경비대장한테?"

"네, 사모님."

"뭘 조사했는데?"

"이곳 '리스타랜드'의 경비체제, 건설상황 등 모든 것을요."

"누가 조사하라고 했는데?"

"일본 총리실 비서실장 오무라 씨가요."

이제야 심순자가 다 불어버렸다.

베이징 공항은 나라가 시위로 뒤덮여 있다는 것을 잊을 만큼 평온했다. 다만 입출국자가 조금 줄어든 것 같았다. 이광 일행은 일반인들의 입출국장 끝 쪽의 게이트를 사용했기 때문에 세관을 지나는 데 시간이 걸리지 않는다.

장쩌민은 50대 중반으로 검은 뿔테 안경을 썼고 항상 웃는 얼굴이다. 장쩌민은 이광의 손을 쥐더니 손을 잡고 귀빈용 입구로 다가갔다.

뒤를 수행원들이 따르고 있어서 외국의 정부 고위급 인사를 맞는 것 같다. 건물 앞에 주차된 승용차로 다가갈 때 장쩌민이 말했다.

"이 회장, 그동안 참 고맙습니다."

"아니, 별말씀을 다."

쓴웃음을 지은 이광이 목소리를 낮췄다.

"그런 말씀 안 하셔도 됩니다."

"내가 앞으로 이 회장님 신세는 잊지 않을 겁니다."

장쩌민이 이광의 손을 힘주어 쥐더니 손을 떼었다. 얼굴에 진심이 떠올라 있었기 때문에 이광의 심장 박동이 빨라졌다. 그동안 '리스타 중국법인'에서는 장쩌민에게 2천만 불 가까운 로비자금을 제공했다. 근래에 들어서 로비자금이 급격히 늘어났는데 어느 날은 150만 불을 가져간 적도 있다. 모두 달러가 든 현금이어서 '배달담당'이 있을 정도였다. 차가 베이징 시내로 들어서면서 자주 서행했다.

경호차가 앞뒤로 배치되었지만 거리를 메운 시위대들 때문이다. 그러나 경적을 울리는 경호차를 보더니 길을 터주었다. 창가로 스쳐가는 시위대의 표정은 험악했다. 시위대 중 일부는 손에 곡괭이나 낫, 죽창을 쥔 사내가 보였기 때문에 이광이 옆에 앉은 장쩌민에게 물었다.

"저들이 폭도로 변하지 않겠습니까?"

"그러겠지요."

장쩌민이 죽창을 쥔 사내를 보면서 말을 이었다.

"조금만 자극을 줘도 폭도가 될 겁니다."

이광의 시선을 받은 장쩌민이 길게 숨을 뱉었다.

"잔뜩 부풀어 오른 종기 덩어리 같습니다. 요즘 분위기가 말입니다."

이광의 눈앞에 부풀어 오른 종기 덩어리가 떠올랐다. 그때 장쩌민이

144

혼잣소리처럼 말했다.

"얼마 남지 않았습니다."

1989년 6월 2일이다.

영빈관 앞에는 정남희가 기다리고 있었는데 이광을 보더니 활짝 웃었다. 차에서 내리던 장쩌민이 정남희에게 웃음 띤 얼굴로 말했다.

"정 사장, 그리워하던 분 오셨어."

장쩌민은 농담을 즐기는 편이다. 중국어였지만 정남희가 얼굴을 붉혔다. 정남희가 공항에 나오지 않은 것은 장쩌민이 대신 나가겠다고 했기 때문이다.

"회장님, 왜 이런 때 오셨어요?"

다가선 정남희가 은근하게 물었지만 반기는 기색이 역력했다. 오후 2시 반이다.

"자, 그럼 저녁에 다시 만나기로 하고 나는 여기서 이만."

장쩌민이 영빈관 현관 앞에서 이광에게 손을 내밀며 말했다. 중국 공식 서열 14위의 거물이 이광을 공항에 마중 나왔다가 돌아가는 것이다. 등소평과 저녁 식사 약속이 있었기 때문에 이광은 장쩌민을 현관에서 배웅했다.

"시위대 보셨지요? 심각합니다."

이광과 함께 응접실로 들어서면서 정남희가 말했다. '리스타 중국법인'은 '리스타 해외법인' 35개 중에서 가장 크다. 법인 직원이 3백여 명, 법인에서 운영 중인 공장이 17개, 근로자가 30만 명 가깝게 된다. 뒤를 따르던 비서실장 안학태가 정남희에게 물었다.

"공장 피해는 없습니까?"

"전혀."

머리까지 저은 정남희가 말을 이었다.

"오히려 시위대가 '리스타'는 보호해주고 있어요."

생산 자재를 실은 트럭이 공장에 들어가면 길을 터주고 박수까지 쳐준다고 했다. 시위대도 '리스타'가 중국 경제에 얼마나 도움을 주고 있는가를 잘 알고 있는 것이다. 응접실에 앉은 이광이 정남희에게 물었다.

"지도부는 뭔가 결심을 한 것 같다. 이곳 시중 소문은 어때?"

"곧 지도부가 시위대 대표들과 타협해서 민주화, 당 간부 숙청 등 시위대 요구를 다 들어줄 것이라는 소문이 퍼져 있습니다."

"그런가?"

이광의 눈앞에 장쩌민의 얼굴이 떠올랐다. 장쩌민이 차 안에서 얼마 남지 않았다고 한 말도 귀 안에 남아있다. 종기 덩어리는 터뜨려야 한다. 그것이 시위대의 요구를 들어준다는 뜻일까? 그때 정남희가 말을 이었다.

"그럴 경우에 대비해서 대책을 세워놓고 있습니다, 회장님."

"이번에 들어간 목적은 뭐야?"

후버가 눈을 가늘게 뜨고 물었다. 앞에 앉은 해밀턴이 시치미를 뗀 표정으로 후버의 머리 위쪽만 보았다. 뉴욕의 맨해튼, 오전 9시 반이다. 이광이 베이징에 갔다는 말을 듣고 나서 후버가 다음 날 아침에 만나자고 연락해 온 것이다. 방에는 셋이 둘러앉아 있다. 해외작전국장 월슨까지 셋이다. 이윽고 해밀턴이 대답했다.

"현장에서 상황을 보시려는 것이지요. 중국에 리스타 공장이 17개가

146

있지 않습니까?”

“그렇지, 종업원이 30만이 넘지?”

“잘 아시네요.”

“중국 정부가 이번에 어떻게 나올 것 같나?”

“보스께서 더 잘 아실 것 아닙니까?”

그때 숨을 들이켠 후버가 지그시 해밀턴을 보았다. 화를 참는 시늉이다. 그러더니 다시 묻는다.

“나보다 너희들이 더 잘 알 것 아니냐?”

“우리 회장님이 가장 잘 아시겠지요.”

“너한테 이야기했을 것 아니냐?”

“그것까지는 말씀 안 하셨습니다.”

“네 추측이라도 말해봐라.”

“천안문에만 시위대가 1백만 가깝게 운집했다고 합니다.”

“그건 알아.”

“전국에서 수억 명이 시위에 참여했습니다. 다른 나라 같으면 벌써 정권이 뒤집혔습니다.”

“그렇겠지.”

“결국 시위대와 협상하지 않겠습니까?”

“네 생각이냐?”

“그렇습니다.”

“누가 중국의 차기 지도자가 될 것 같지? 죽은 화오방과 함께 시위대에 호의적이던 조자양이 실권자가 될까?”

“글쎄요.”

“그럼 등소평이 망명이라도 해야겠지?”

"글쎄요."

"네 회장한테 연락해."

"무슨 연락을 합니까?"

"등소평을 만나서 내 이야기를 전하라고 해."

"또 전해요?"

해밀턴이 이맛살을 찌푸렸다.

"우리 회장님이 전달병입니까? 우편배달부요?"

"이런 망할 자식이……."

"아직도 내가 보스의 졸병입니까?"

"갓뎀."

욕은 했지만 오늘은 후버가 쓴웃음만 짓고 말을 이었다.

"등소평한테 홍콩 쪽으로 망명하라고 전해, 그럼 우리가 바로 미국으로 데려올 테니까. 특 VIP 대접을 해준다고 해."

1989년 6월 3일 오후 8시 반, 베이징 이화원 근처의 안가(安家)는 조용하다. 넓은 정원에 만발한 튤립은 등소평이 좋아하는 꽃이어서 겨울만 제외하고 언제나 피어있다. 식당의 유리창으로 정원을 바라보면서 등소평이 말했다.

"청(淸)이 망할 때 온갖 시위가 다 일어났지. 백성들은 길에서 관리를 잡아 때려죽였고 일본, 영국, 프랑스, 독일, 미국, 러시아까지 개떼처럼 달려들어서 나라를 뜯어먹었네."

젓가락을 든 채 등소평이 이광을 보았다. 웃음 띤 얼굴이다. 옆에 앉은 장쩌민은 숨을 죽이고 있다. 등소평이 말을 이었다.

"그 당시의 청 정부는 무기력했지. 군대는 오합지졸이어서 시위대가 쥐고 있는 죽창이나 도끼하고 비슷한 무기를 쥐었을 뿐이야. 총도 구식이어서 서양 군인 한 명이 청군(清軍) 1백 명을 물리칠 정도였지."

"……."

"대혼란이 일어났지, 시위대가 정권을 잡겠다고 했으니까. 그래서 어떻게 되었는지 아는가?"

젓가락을 내려놓은 등소평이 어둠에 덮여있는 정원을 보았다. 어둠 속에 노란 튤립으로 덮인 정원이 신비스럽게 느껴졌다. 이곳은 조용하고 반쯤 열린 창으로 튤립 향기가 맡아진다. 다른 세상 같다. 등소평의 목소리가 먼 곳에서부터 울리는 것 같다.

"나라가 혼란에 빠져서 40년 가깝게 인민들이 고통을 받았다네. 그때 죽은 인민들이 1억이 넘어서 전쟁을 10번 치른 것보다도 더 큰 희생자가 났어."

"……."

"굶어죽고 병들어 죽은 인민이 전쟁에서 죽은 인민보다 많다니, 무정부 상태는 그래서 더 위험하다네."

이광이 잠자코 머리만 끄덕였다. 등소평이 정원에 시선을 준 채 말을 이었다.

"정부가 없는 것보다 독재정부가 있는 것이 낫지."

1989년 6월 4일, 오전 11시 반, 영빈관 응접실에서 차를 마시던 이광이 방으로 들어서는 안학태를 보았다. 안학태의 얼굴은 상기되었고 숨도 가쁘게 쉰다.

"회장님, 터졌습니다."

앞에 선 안학태가 가쁜 숨을 고르고 나서 말을 이었다.

"천안문 광장을 군(軍)이 장악했습니다."

"군(軍)이?"

되물었지만 이광은 놀라지 않았다. 어제 저녁 식사 때 등소평이 한 말을 듣고 짐작했기 때문이다. 안학태가 말을 이었다.

"탱크가 진입해서 천안문 폭도들을 무자비하게 진압하는 과정에서 수천 명의 사상자가 발생했다고 합니다."

"……."

"폭도들은 처음에 저항했다가 군(軍)의 가차 없는 진압으로 한 시간도 안 되어서 천안문 광장이 텅 비었다고 합니다."

"……."

"언론은 철저히 통제되지만 곧 빈 천안문 광장이 방영될 것입니다."

"……."

"폭도들은 허망하게 진압되었고 전국(全國)에 군이 동원되어 폭도는 가차 없이 사살되고 있습니다."

"지금 자꾸 '폭도'라고 하는데."

쓴웃음을 지은 이광이 안학태를 보았다.

"이제는 시위대라고 부르지 않나?"

"예, 폭도입니다."

안학태가 어깨를 늘어뜨렸다.

"방송에서도 폭도라고 하고 시위대로 부르지 않습니다."

그때 비서가 응접실로 들어오더니 TV의 스위치를 켰다. 그러자 텅 빈 천안문 광장이 드러났다. 몇 시간 전만 해도 인산인해를 이루었던 광장이다. 놀란 이광이 숨을 들이켰을 때 비서가 설명했다.

"제가 방금 천안문 광장에서 돌아왔습니다."

이광의 시선을 받은 비서가 말을 이었다.

"탱크와 병사들의 일제사격으로 수천 명이 사망했고 시위대는 아수라장이 되어서 도망쳤습니다. 아마 밟혀죽은 사람이 더 많을 것입니다."

"……."

"30분도 안 되어서 광장은 시체와 온갖 쓰레기로 가득 찼고 군인과 탱크대만 남았습니다."

비서가 숨을 고르더니 퀭해진 눈으로 이광을 보았다. 아직 얼떨떨한 표정이다.

"그때 수백 대의 트럭과 살수차, 쓰레기차가 광장으로 왔습니다."

"……."

"그러더니 시체와 쓰레기들을 빈 트럭에 싣고 사라졌고 살수차가 광장에 물을 뿌려 청소를 했습니다. 그 쓰레기 작업도 30분도 걸리지 않았습니다. 수만 명의 군인이 달려들어 끝냈으니까요."

이광이 다시 TV를 보았다. 천안문 광장은 깨끗하다. 종이 한 장 떨어져 있지 않았고 끝 쪽에 탱크대가 정연하게 세워져 있을 뿐이다. 이것이 등소평이 어제 말한 결과다. 무정부 상태보다 독재정권이 인민들에게는 낫다고 한 것이 바로 이것이다. 그때 머리를 든 이광이 안학태에게 말했다.

"장쩌민 비서한테 내가 상하이 스즈끼 공장으로 간다고 연락해."

"바로 이것이군."

후버가 녹화 필름에서 시선을 떼지 않고 말했다. 뉴욕의 CIA 별관 상황실 안, 후버가 간부들과 함께 위성으로 중계된 녹화필름을 지금 세 번째 보고 있다. 중국 당국은 시위 진압 전에 철저한 보도 통제를 했지만 위성으로 찍혀지는 현장 사진을 막을 수는 없다.

"이광을 통해 전달한 등소평의 메시지가 바로 이것이었어."

후버가 이 사이로 말을 잇는다. 둘러앉은 간부들은 모두 홀린 듯한 표정으로 스크린을 응시하고 있다. 벽에 붙여진 대형 스크린이다. 스크린에는 시위대를 향해 가로로 벌려선 탱크대가 천천히 다가가고 있는 것부터 찍혔다.

탱크대 뒤에는 완전무장한 보병이 수백 명씩 따르고 있다. 시위대는 탱크대가 다가오자 주춤했지만 곧 기세를 올리기 시작했다. 1백만이 넘는 시위대다. 한 번 함성을 지르면 천지가 진동하는 것이다.

모두 손에 창, 도끼, 낫, 곡괭이, 하다못해 몽둥이라도 들고 있었기 때문에 '기세가 충천'했다. 음향도 그대로 전달되어서 탱크의 소음을 압도하고 있다. 탱크는 모두 30여 대, 가로로 벌려서 천천히 다가가고 있다. 시위대와의 거리는 2백 보, 탱크가 나타나자 시위대가 물러섰다가 지금은 오히려 기세를 올리면서 다가간다. 1백만이 다가가는 터라 엄청난 기세다. 거리가 150보로 가까워졌다. 세 번째 보는 장면이었지만 후버도 다시 숨을 죽였다. 그 순간이다.

"투타타타타타타타타!"

기관총 발사음이 그렇게 들렸다. 30여 대의 탱크가 일제히 탱크에 장착된 기관총을 발사한 것이다. 다음 순간 시위대 앞쪽 열이 무너졌다. 앞쪽 열 10여 줄이 무더기로 무너진 것은 총탄이 뒤쪽 10여 명까지 관통했기 때문이다.

"투타타타타타타타타!"

기관총의 섬광이 그대로 드러났고 시위대 앞쪽이 다시 벽이 허물어

152

지는 것처럼 무너졌다.

"투타타타타타타타!"

탱크대가 멈춰 서면서 계속해서 기관총 사격을 했고 이제는 탱크 사이에 보병들이 나란히 서더니 기관총을 쏘았다.

"투타타타타타타타!"

보병과 탱크가 쏘아대는 수백 정의 총에서 총탄이 그야말로 빗발처럼 쏟아졌다. 시위대 앞쪽은 마치 잡초 밭을 제초기로 밀어버린 것처럼 납작해졌다. 서 있는 사람이 없다. 시위대가 도망치기 시작했다. 아수라장이다. 넘어지면 밟고 지나간다. 밟혀서 죽는 시위대가 또 수백 명이다. 상황 스크린을 보는 모두가 말을 잃고 있다. 후버도 또 넋이 나간 표정이다.

4장 등소평의 배후

다음 날 오후 3시 반, 이곳은 상하이의 스즈끼 자동차 앞, 스즈끼 자동차는 바닷가의 약 1백5십만 평 대지에 설립된 공장으로 근로자 7천3백 명, 2년 전부터 연간 승용차 3만 대, 트럭 1만 대, 이륜 오토바이 5만 대씩을 생산하다가 이번에 벼락을 맞았다. 스즈끼 공장의 일본인 사원 75명이 지금도 공장 창고 안에 억류되어 있는 것이다.

오늘로 17일째, 일본 정부는 수십 번 중국 당국에 요청했지만 전국에 시위대 광풍이 불고 있는 터라 아예 포기하고 있던 상황이다.

"자, 그럼 가실까요?"

다가선 왕탄 소장이 이광에게 말했다. 주위에 둘러선 장교들이 잠자코 비켜서자 이광과 안학태가 발을 떼었다. 스즈끼 공장은 아직도 시위대에 둘러싸여 있었지만 시위 분위기는 아니다. 만 하루 만에 시위대가 구경꾼이 된 것 같은 분위기다.

수만 명이 운집해 있지만 구호도 들리지 않고 함성은 말할 것도 없다. 오직 웅성거리기만 할 뿐이다. 손에 쥐고 있던 무기도 다 버려서 맨

손이다. 왕탄 소장은 철모에 군복 차림으로 허리에 권총을 찼다.

이광과 안학태가 지프 뒤쪽에 오르자 왕탄은 운전석 옆자리에 탔고 곧 지프가 출발했다. 지프 앞은 장갑차 2대가 달렸고 뒤에도 장갑차 3대, 완전무장을 한 병력을 태운 트럭 5대가 따른다. 모두 스즈끼 자동차 공장 안으로 진입하는 것이다. 공장 안에는 수천 명의 시위대가 운집해 있었지만 무리 지어 모여서 들어오는 병력을 구경만 할 뿐이다. 왕탄이 머리를 돌려 이광에게 말했다.

"창고 앞에도 1개 중대 병력이 가 있습니다, 회장님."

"고맙습니다, 소장님."

"아닙니다."

50대 초반의 왕탄이 이를 드러내고 웃었다.

"제가 모시게 되어서 영광입니다, 회장님."

"75명은 다 있지요?"

"예, 확인했습니다. 모두 건강합니다."

왕탄이 말을 이었다.

"버스 2대도 대기시켜 놓았습니다."

상하이 공항에는 이미 일본항공 전세기가 대기하고 있는 것이다. 스즈끼 직원 75명은 곧장 공항으로 가서 일본으로 귀국하게 된다. 그때 왕탄이 생각났다는 얼굴로 말했다.

"창고 앞에 일본방송의 TV팀도 대기하고 있습니다."

오후 4시, TV를 보고 있던 기요타가 소리쳤다.

"저기 나온다!"

방 안에 둘러앉은 10여 명의 시선이 일제히 TV로 모였다.

"볼륨 높여!"

기요타가 다시 소리치자 부하 하나가 볼륨을 왕창 높였다가 서둘러 내렸다. 그때 아나운서의 목소리가 울렸다.

"아, 억류되었던 직원들이 나옵니다! 하나씩, 둘씩 나옵니다!"

기요타가 쓴웃음을 지었다.

"무슨, 개선장군처럼 보도하는구먼."

이곳은 기요타의 '대륙건설' 회장실 안이다. 기요타가 '스미요시카이'의 간부들을 불러놓았기 때문에 방 안은 거친 사내들로 가득 차 있다. 그때 다시 아나운서가 소리쳤다.

"다섯, 여섯, 아홉, 열, 모두 건강한 모습입니다."

"지랄."

기요타가 다시 투덜거렸다.

"75명을 다 셀 작정이냐?"

그러면서도 화면에서 시선을 떼지 않는 것은 누구를 찾으려는 것이다. 다른 간부들도 마찬가지다. 아나운서의 말이 이어졌다.

"17일간 억류되었던 직원들은 이번에 해방군이 가장 먼저 진입함에 따라서 풀려나게 되었습니다."

"웃기고 있네."

기요타가 말을 받았다.

"우리가 손을 썼기 때문이지."

그때 스즈끼 사원 뒤쪽에서 세 사내가 나왔다. 하나는 철모를 쓴 왕탄 소장이고 옆에 선 사내가 양복 차림의 이광이다. 왕탄과 이광은 뭔가 이야기를 주고받았는데 둘 다 웃음을 띠고 있다. 뒤를 따르는 안학태다.

"저기다!"

기요타가 소리쳤다.

"회장님이다!"

그때 아나운서가 말했다.

"저기 상하이 지구 사령관이 나옵니다. 아, 사령관 옆에 있는 분이 한국 '리스타그룹'의 이광 회장이십니다."

그때 기요타가 머리를 돌려 두리번거렸다. 그러더니 말석에 끼어 앉은 사내를 소리쳐 불렀다.

"야! 고!"

모두의 시선이 그쪽으로 모여졌다.

"예."

불린 사내가 엉거주춤 일어섰는데 고재성이다. 고재성이 도쿄에 와 있는 것이다. 기요타가 일어서 있는 고재성에게 소리쳐 말했다.

"너, 회장님이 일부러 TV카메라 앞에 나와 계신 이유를 알아?"

"예, 알 것 같습니다."

고재성이 굳어진 얼굴로 말하자 기요타가 말을 이었다.

"너 때문에 저기 가서 저 새끼 옆에서 일부러 TV에 나오신 것이라고!"

그때 이광이 스즈끼 직원들과 악수를 나누는 장면이 찍히고 있다. 스즈끼 직원들은 이광의 역할을 아는지 모두 두 손으로 공손하게 손을 잡는다.

TV에서 시선을 뗀 하시모토 총리가 앞에 앉은 관방장관 다케야마를 보았다.

"저놈이 저런 힘이 있는 줄은 몰랐군."

"상상 이상입니다."

다케야마가 한숨을 쉬고 나서 말을 이었다.

"이제 등소평이 확실하게 실권을 장악했으니까 이광의 영향력은 더 커질 것입니다."

"젠장."

투덜거린 하시모토가 한숨을 쉬었다.

"저놈한테 한 약속을 지켜야겠지?"

"저놈한테 직접 하지는 않았지만……."

다케야마가 입을 다물었다. 기요타와 다케야마가 합의를 한 것이다. 스즈끼 직원들을 구해내 주는 조건으로 고베에서 고재성에 대한 수배를 풀어주는 것이다. 하시모토가 입을 열었다.

"고베 경찰청장한테 말해, 그놈 살인 혐의를 풀어주라고."

"예, 각하."

"그럼 그놈이 고베 야마구치 조장이 되나?"

"예, 죽은 이노우에의 양자였으니까요."

"조선 놈이지?"

"예, 각하."

그때 TV에서 스즈끼 직원들과 악수를 마친 이광이 버스를 향해 손을 흔드는 장면이 비쳤다. 버스 안에서 스즈끼 직원들도 손을 흔들고 있다.

"염병."

다시 하시모토가 투덜거렸을 때 다케야마가 자리에서 일어섰다. 내일부터 고재성은 대낮에 활보하고 다녀도 될 것이다.

그 시간의 뉴욕은 오전 3시 20분이었다. 그런데 후버는 아직도 사무실에서 윌슨과 함께 TV를 보는 중이다. 마침 이광이 스즈끼 직원들이 탄 버스를 향해 손을 흔드는 장면이 비치고 있다.

"쟤가 갑자기 돌았나? 대마도에서 전쟁 벌인 것이 언제라고 저 지랄이야?"

후버가 묻자 윌슨이 머리만 기울였다. 둘은 중국 상황에 대해서 이 시간까지 검토를 하는 중이었다. 후버가 혼잣말처럼 말을 이었다.

"혹시 중국 놈들하고 짜고 저 스즈끼 공장을 먹으려고 하는 건 아닐까?"

"그럴 것 같지는 않습니다."

"저놈이 이제 아주 기회를 잡았어. 등소평이 완전히 장악했거든, 안 그래?"

"그렇습니다."

"우리를 실망시키지 않겠다더니 저렇게 탱크로 무지막지하게 진압할 줄이야."

후버가 길게 한숨을 쉬었다.

"몸집은 내 절반도 안 되는데 대단해, 등소평이."

"며칠 기다렸다가 떠나시라고 합니다."

다가선 우장이 정색하고 말했기 때문에 이광의 이맛살이 조금 찌푸려졌다. 오후 2시 반, 베이징 영빈관의 응접실 안, 옆쪽에 선 안학태는 눈치만 본다. 우장은 등소평의 전속비서다. 당(黨) 비서가 아니라 개인 비서다. 그러나 개인 비서인 우장의 영향력은 권력 서열 10위권 안의 거물들도 눈치를 살필 만큼 크다.

올해 66세, 등소평이 홍위병들한테 시달리기 전부터 호위병으로 모셔온 최측근, 결혼도 안 한 데다 일가친척도 없어서 뇌물을 챙길 이유도 없는 사내. 그래서 더 무서워한다. 이광이 무표정한 얼굴의 거인(巨人) 우장을 물끄러미 보았다.

이광은 우장을 좋아한다. 말수도 없는 우장이 우두커니 서 있으면 가서 말을 걸거나 농담을 해댔기 때문에 처음에는 우장이 이광을 보면 슬슬 피했다. 그런데 지금은 달라졌다. 이 세상에서 우장과 농담을 주고받는 사람은 이광뿐일 것이라고 등소평이 말한 적이 있다. 그때 이광이 우장에게 물었다.

"우 비서, 무슨 일 때문인데? 내가 10만 불 줄 테니까 나한테 미리 알려줄 수 없을까?"

옆에 안학태가 있는데도 이런 말을 하는 것은 절반이 농담이라는 표시다. 그때 우장의 두꺼운 입술이 열렸다.

"며칠 후에 공산당 전당대회가 열립니다."

"10만 불 주지, 받아가."

"그때까지 기다리시라는 말씀이오."

"10만 불 더 줄 테니까 누가 당 주석이 되는지 알려줘, 우 비서는 다 알 테니까 말이야."

우장이 눈만 끔벅였기 때문에 이광이 말을 이었다.

"5만 불 더 내지. 자오쯔양 님이 총서기 주석이 되시고 총리에 서열 3위인 황성 님이 되시나?"

화오방이 4월에 사망한 후에 자오쯔양, 즉 조자양 총리가 성난 민심을 안정시키려고 무진 애를 썼다. 화오방과 조자양은 시위 세력에 호의적이었던 것이다. 이제 시위가 진압되었으니 화해 분위기로 이끌려면

160

조자양을 주석 및 총서기로, 그리고 중도 세력이며 군부 거물인 서열 3위의 황성을 총리로 세우는 것이 무난하다. 이것이 후버는 물론이고 서방 세계의 예측이다. 그때 우장이 다시 입을 열었다.

"위원장께서 새 주석 동지하고 '리스타 중국 합영공장'을 방문하시라고 합니다. 그래야 세계에 중국을 선전할 수 있다는 것입니다."

"그래야지."

번쩍 정신이 든 이광이 커다랗게 고개를 끄덕였다. 중국이 경제발전을 최우선 국가목표로 세우고 있다는 것을 세계에 보여주려는 것이다. 새로 선출된 중국 최고위 지도자가 '리스타 중국 합영공장'을 이광과 함께 순시하는 것이다. 이광의 위상도 단박에 상승된다. 감동한 이광이 우장을 보았다. 이제는 농담할 기분이 쏙 들어갔다.

"그럼 조자양 주석하고 같이 가게 되겠군."

"아닙니다."

"아니라니?"

"장쩌민 주석하고 같이 가시게 될 것입니다."

"윽!"

놀란 외침이 그렇게 터졌다. 옆에 서 있던 안학태가 숨 들이켜는 소리를 냈다. 이광이 눈을 치켜뜨고 우장을 보았다.

"장쩌민 주석이라고 했어?"

"예."

"그, 그럼 장쩌민 비서가 이, 이번 당 대회 때 당 주석이 된다는 건가?"

"예, 당 총서기까지 겸하게 될 겁니다."

이광이 입을 벌렸다가 닫았다. 적응력이 뛰어난 이광이다. 당 서열

14위권이었지만 등소평의 영향력으로는 얼마든지 그렇게 만들 수 있을 것이다. 장쩌민이 중국의 최고 실력자가 된다. 그래서 등소평이 가지 말고 남아서 공장을 순시하라고 한 것이다. 이광이 어깨를 늘어뜨리고 말했다.

"알았어, 기다려야지."

"그런데."

우장이 '황소 눈' 같은 눈으로 이광을 보았다.

"나한테 얼마 주신다고 했지요?"

"아, 그게."

당황한 이광이 숨부터 들이켰을 때 우장이 몸을 돌리면서 말했다.

"장부에 적어놓지요."

한낮, 고베 교외의 대저택 안, 단층 저택이었지만 건평이 550평, 부속채 2동까지 합하면 850평이 되는 저택은 4백 년쯤 전에 이 근처 영주였던 '나까모리'의 여름 별장이었다고 했다. 이 저택을 고베 야마구치의 조장 이노우에가 사들여서 행사 때는 꼭 이곳을 이용했는데 고재성을 양자로 삼는 의식을 치른 곳도 여기다.

오후 3시 무렵, 옛날 영주가 가신들을 모아놓고 대소사를 의논했던 청에 오늘은 고베 야마구치의 오야붕들이 다 모였다. 좌석 배치 구성을 보면 상석인 안쪽의 중앙에 고재성이 앉았고 그 앞쪽으로 좌우로 갈라져서 20여 명씩이 앉았는데 영화나 드라마에서 영주들이 가신을 모아놓은 장면하고 똑같다. 야쿠자도 그것을 흉내 냈기 때문이다.

오늘 고재성도 일본식 예복을 입고 있다. 바지로 되어있는 우마노리 하카마의 가슴에 이노우에의 문장인 펴진 부채를 붙였다. 47명의 오야붕도 모두 하카마 차림이었고 뒤쪽 열에 늘어앉은 부하들은 검정색 양복 차림이다. 그때 좌측 열 맨 앞에 앉은 고문 사이토가 고개를 젖혀 들고 소리쳤다.

"이제 고베 야마구치에 새 시대가 열렸습니다. 새 조장 고재성과 함께 1백 년을 이어갈 것이오!"

이 내용을 지금부터 딱 19년 전에 사이토가 이름만 바꾸고 외쳤다는 것을 아는 사람은 사이토 하나뿐이었다. 19년 이상을 야마구치 조에 몸담고 있는 오야붕들이 47명 중 20여 명이 넘었지만 그때는 모두 졸자여서 감히 이 청으로 들어올 수가 없었기 때문이다. 사이토가 다시 소리쳤다.

"새 고재성 조장께 충성을 맹세하면서 반자이!"

사이토가 두 손을 번쩍 치켜들고 만세를 외쳤다.

"반자이!"

청 안의 모두가 앉은 채로 두 손을 번쩍 치켜들고 만세를 따라 외친다. 모두 엄숙한 표정이었고 앉은 자세도 흔들리지 않는다. 만세 삼창이 끝났을 때 사이토가 고재성을 보았다.

"조장, 말씀하시지요."

모두의 시선이 모였다. 사방 30미터가 넘는 다다미방 안에서는 숨소리도 들리지 않는다. 그때 고재성이 빙그레 웃었다.

고재성의 시선이 앞쪽으로 옮겨졌다. 모두 숨을 죽였기 때문에 청 안에는 희미하게 바깥 소음만 들려왔다. 정원 앞쪽 나뭇잎끼리 부딪치는 소리도 들린다. 그때 고재성이 입을 열었다.

"고베 야마구치의 기반을 더욱 굳히겠다."

목소리가 커서 끝자리에 앉은 오야붕한테까지 똑똑하게 들린다.

"그리고 정당하게 수입을 올리겠다."

서너 명이 침을 삼키는 소리를 냈다. 그것은 바로 마약 사업을 하지 않는다는 말이다. 고개를 든 고재성이 좌우를 둘러보았다. 두 눈이 번들거리고 있다.

"조장께서 가시고 나서 어떤 일이 일어났는지 다 알 것이다."

다시 정적, 가모, 시모다, 오타카가 하루에를 꼬드겨 고재성의 영업장을 껍질도 안 벗기고 먹으려다가 몰사했다. 바로 지금 조장이 된 고재성이 죽인 것이다. 고재성의 시선이 끝 쪽으로 옮겨졌다.

"유끼나가."

"하이!"

놀란 유끼나가의 대답 소리가 청을 울렸다. 서열 16위, 싸움꾼, 그러나 얼굴이 금방 하얗게 굳어져 있다. 고재성이 웃음 띤 얼굴로 유끼나가를 보았다.

"어떠냐? 날 조장으로 받아들이겠느냐?"

"하이!"

유끼나가의 목소리가 떨렸다. 다시 고재성이 묻는다.

"내가 수배가 안 풀렸다면?"

"그, 그것은……."

"대답하지 않아도 된다."

차갑게 말한 고재성의 시선이 도요마에게 옮겨갔다. 서열 11위, 몸을 웅크리고 있던 도요마가 시선을 받더니 '흠칫'했다.

"도요마."

"하이."

"내가 왜 부른지 알지?"

"하이."

목소리는 낮았지만 떨지 않는다. 고재성이 머리를 끄덕였다.

"자, 앞에 놓인 잔을 들고 건배하자."

고재성이 말하자 모두 기다렸다는 듯이 앞에 놓인 작은 상에서 술잔을 들었다. 검정색 상 위에는 술병과 술잔 하나씩만 놓여 있을 뿐 안주도 없다. 술병은 흰 사기병으로 작아서 흰 사기 술잔의 석 잔 분량만 들어간다. 모두 술잔을 치켜들었을 때 고재성이 사이토에게 말했다.

"사이토, 건배사를 하라."

"하이."

기다리고 있던 사이토가 술잔을 치켜들고 소리쳤다.

"죽음으로 충성을!"

"죽음으로 충성을!"

47명의 오야붕들이 일제히 소리치고는 단숨에 술잔을 비우고는 내려놓았다. 그 순간이다.

"억!"

"으악!"

"컥!"

이곳저곳에서 신음이 울리면서 오야붕들이 쓰러졌다. 그것을 본 오야붕들이 웅성거렸다. 벌떡 일어서는 자도 있고 뒤로 물러났다가 뒹굴어 넘어지는 자도 있다. 그때 뒤쪽에서 검정 양복을 입은 사내들이 다가와 쓰러진 오야붕들을 들고 나갔다. 재빠른 행동이다. 쓰러진 오야붕 하나에 둘씩 달려들어 들고 나갔고 나머지는 자빠진 상과 자리를 정돈했다.

그것을 본 오야붕들이 순식간에 조용해졌다. 일어섰던 자들은 앉고 술렁거리던 자들은 입을 다물었다. 그때 고재성이 말했다.

"죽음으로 충성을 맹세했으니 배신하면 죽어야지."

모두 숨을 죽였고 고재성의 목소리가 다시 청을 울렸다.

"나를 배신한 놈들이야, 그동안 다른 조직과 내통했거나 정보를 팔거나 눈치를 보면서 이쪽저쪽을 기웃거렸던 놈들."

어깨를 편 고재성이 눈을 부릅떴다.

"그 증거를 잡고 처단한 것이다."

7명이다. 유끼나가, 도요마까지 포함한 7명이 청산가리가 든 술을 먹고 즉사했다. 고재성이 사이토한테 공언한 대로 목을 치지는 않았지만 즉사시켰으니 언약을 지킨 셈이다. 그때 사이토가 말을 이었다.

"유끼나가, 도요마를 포함한 7명이 모의를 한 대화 내용이 담긴 녹음테이프를 공개할 테니까 모두 기다리도록."

그때 고재성이 자리에서 일어섰다.

"난 들을 필요가 없으니 먼저 가겠다."

그러자 모두 벌떡 일어나 조장을 배웅했다. 90도로 허리를 꺾고 있는 오야붕들 사이를 지나 고재성이 안채로 들어간다. 뒤를 한국에서부터 따라온 측근 박영조, 오병천이 따른다. 녹음테이프는 고재성이 전해준 것이니 다시 들을 필요가 없는 것이다.

'리스타 일본 법인'의 정보력은 어지간한 국가 정보원급이다. 법인장 김필성이 경찰 출신인 데다 해밀턴의 지원을 받고 있기 때문이다.

강정규의 얼굴에 쓴웃음이 번졌다.

"고재성이 고베 야마구치 조장이 되었어?"

"예, 오늘 취임식을 한답니다."

대답한 사내는 대마도 지사의 운영부장 이대규, 본토(本土)인 일본의 소식을 전해주고 있다. '대마도 지사'는 대마도 상도(上島)의 중간지역인 타무라시(市)에 세워졌는데 3층 건물을 사서 입주했다.

간판에 '리스타 대마도지사'라고 써놓았고 업종은 유통업으로 사업자 등록, 신고도 마쳤다. 지금까지 숨어 지내다가 '합법적인 기업'으로 변신한 셈이다. 지사장실 안에는 강정규와 윤석, 김태규와 홍만준까지 4명 핵심 간부들이 다 모였고 운영부장 이대규의 정보를 듣는 중이다. 이대규가 말을 이었다.

"법인장께서 곧 고재성 조장을 이곳으로 보내 지사장께 인사를 시킨다고 하셨습니다."

"나한테?"

강정규가 이를 드러내고 웃었다.

"자기 양부를 죽인 원수를 갚으러 온다는 거야?"

"고베 야마구치를 대마도의 전력(戰力)으로 삼겠다고 법인장님이 말씀하셨거든요."

이대규의 얼굴에 웃음이 떠올랐다.

"스미요시의 기요타 회장님과 상의하셨다고 합니다."

"굉장한 인연입니다."

옆쪽에 앉은 윤석이 정색하고 말했기 때문에 김태규와 홍만준까지 큭큭 웃었다. 그때 문이 열리더니 윤미경이 들어섰다. 지사의 정보부장을 맡은 윤미경은 요즘 가장 바쁘다.

"지사장님, 여행사 개소식에 참석하실 시간이 되었습니다."

윤미경이 말하자 이대규 등이 모두 자리에서 일어나 방을 나갔다.

167

그들의 뒷모습을 보던 윤미경이 문이 닫히고 둘이 되었을 때 강정규에게 물었다.

"무슨 일이 있으세요?"

"뭐가?"

"모두 저를 피하는 것 같아서요."

"왜?"

"느낌이 그래요."

"그런가?"

"지사장님은 그런 느낌이 안 드세요?"

"뭐가?"

"아이, 참 간부들이 말이죠."

이맛살을 찌푸렸던 윤미경이 한숨을 내쉬면서 앞쪽에 앉았다. 드러난 무릎을 손바닥으로 가린 윤미경이 강정규를 보았다. 얼굴이 조금 붉어져 있다.

"우리 둘 사이를 눈치챈 것 같지 않느냐고요?"

윤미경의 표정을 본 강정규가 쓴웃음을 지었다.

"그래서 일하기 거북하다는 건가?"

"그건 아니지만……."

"나한테 마음이 움직이는 대로 따르라고 한 적이 있지?"

"생각 없이 한 말이죠."

바로 윤미경이 그렇게 대답하는 바람에 강정규가 한숨을 쉬었다.

"내 책임이야."

강정규도 바로 시인했다.

"이렇게 될 줄 알고 있었어."

윤미경과 가깝게 된 것은 당연했다. 지금은 강정규가 윤미경의 숙소에서 자고 나오는 상황이다. 그것을 간부들이 모를 리가 없다. 멀리 떨어지면 잊게 된다는 사실은 강정규가 자위대 근무로 와이프하고 떨어져 살면서 체험했지 않는가? 서울에 있는 이수연과는 이제 사흘이나 나흘에 한 번꼴로 전화 연락을 할 뿐이다. 이것도 이수연이 먼저 전화를 해야 받는다. 고개를 든 강정규가 윤미경을 보았다.

"업무에 지장이 올 정도라고 판단이 되면 내가 결단할 거야."

"어떻게요?"

"헤어져야겠지."

"외면상?"

"무슨 말이야?"

"내가 지사 업무를 그만두고 연구, 정보수집 업무만 봐도 되지 않겠어요? 집에서."

"그렇게 눈가림만으로는 안 되지."

"그럼 나하고 결혼하면 되지 않겠어요?"

윤미경이 반짝이는 눈으로 강정규를 보았다.

"그 전에 서울 이수연 씨한테 연락해서 정리하고요."

강정규가 숨을 들이켰다. 이건 대마도 정복보다 더 어려운 작전 같다. 그때 강정규의 뇌에 이광의 얼굴이 떠올랐다. 회장 같으면 이 '난관'을 어떻게 처리했을까? 회장의 '여성편력'은 화려하다고 소문이 났다. '리스타'의 거물급 여자 간부는 모두 회장의 정부라는 소문도 있다. 그때 윤미경이 물었다.

"여자관계가 복잡하면 회사 생활이 어렵게 될까요?"

"저기 오네."

강은서가 먼저 권철을 보고 말했다. 오후 12시 반, 이곳은 '리스타랜드' 서쪽의 바닷가 레스토랑이다. 랜드에는 이제 고급 호텔이나 식당, 유흥업소도 자리 잡기 시작했는데 이 프랑스식당은 프랑스인 투자가가 세운 정통 레스토랑이다. '리스타랜드'에 외국 투자 자본들이 몰려오고 있는 것이다.

바닷가 쪽 테라스에 자리 잡은 그들에게 권철이 서둘러 다가왔다.

"기다리셨습니까?"

강은서에게 인사를 한 권철의 얼굴은 조금 굳어져 있다. 강은서가 이곳에서 같이 점심을 먹자고 부른 것이다. 오늘도 심순자와 함께 '랜드' 구경을 다니다가 한 시간쯤 전에 연락을 했지만 권철은 두말 않고 달려왔다.

"바쁜데 괜찮아요?"

강은서가 웃음 띤 얼굴로 묻자 권철이 머리까지 흔들었다.

"아닙니다, 안 바쁩니다."

사실은 경비대 재편성 관계로 회의를 하다가 달려온 것이다. 종업원에게 음식을 주문하고 났을 때 강은서가 권철을 보았다.

"안사람하고 나하고 여기서 교육 사업을 같이하기로 했어요."

"네?"

놀란 듯 권철이 눈을 크게 뜨고는 숨을 들이켰다.

"교육사업 말씀입니까?"

"내가 서울에서 학원을 운영했거든. 중, 고등학교, 대학과정까지, 꽤 컸어요."

"아, 예."

"여기서 내가 교육과정을 맡고 싶어요. 그건 내가 한이 아빠한테서 허락을 받았고요."

"아, 예."

"심 여사가 프랑스 대학에서 교육학을 전공했어요, 아시지요?"

"예, 압니다."

그때 심순자가 턱을 조금 쳐들었다. 조사를 시켰다면 모를까 알 리가 없는 것이다. 혼날까 봐 안다고 했다. 강은서가 말을 이었다.

"와이프, 나하고 같이 일하게 해줄 거죠?"

"물론입니다, 사모님."

어깨를 편 권철의 목소리가 높아졌다.

"영광입니다, 사모님."

그동안 권철은 심순자를 쳐다보지도 않았다. 마치 갖고 있는 물건을 빌려주는 것 같은 분위기다.

점심을 마친 권철이 먼저 식당을 떠났을 때 강은서가 커피 잔을 들고 말했다.

"내 말 명심해. 남자가 와이프한테 거짓말을 할 때는 절대 눈을 마주치지 않는다는 것, 알겠지?"

"네, 사모님."

"여기서 권 부장이 심순자의 눈을 한 번도 들여다보지 않았지?"

"네, 사모님."

"그건 죄를 지었다든가, 양심에 꺼릴 일을 했다든가, 거짓말을 했다든가 셋 중 하나야."

"네, 사모님."

"바람을 피웠을 때도 그 속에 들어가, 명심하라고."

"네, 명심하겠습니다."

정색한 심순자가 대답하자 눈을 가늘게 뜬 강은서가 지그시 보았다.

"너, 권 부장 사랑하는구나?"

"네?"

놀란 심순자의 얼굴이 순식간에 빨개졌다. 강은서의 시선을 받지 못하고 눈동자가 어지럽게 흔들렸다. 그때 강은서가 혀를 찼다.

"내가 순자가 권 부장을 제대로 쳐다보지 않았다는 것을 이제야 깨달았네."

"……."

"막상막하, 둘이 똑같군. 그래서 잘 어울리는가 보다."

강은서가 빙그레 웃었다.

"참 기묘하지만 행복하게 보이는 한 쌍이네."

중국 천안문의 인민문화대궁전에서 열린 제7차 공산당대회, 전국 각지에서 모여든 8,888명의 공산당 대의원들이 대회의장을 가득 메운 가운데 이틀째 회의가 시작되었다. 오늘은 제7기 중국대륙의 전국인민회의 대의원들이 모여 대륙의 지도자인 당 총서기를 선출하는 날이다. 한시간 반 동안이나 진행된 식전행사가 끝나고 각 상임위원들의 소개, 연설이 끝난 후에 투표가 진행되었다.

투표는 일사불란하게 진행되어서 30분도 걸리지 않았다. 8,888명, 전원 투표다. 개표도 30분밖에 걸리지 않았는데 오후 5시 정각, 임시의장인 홍보성이 흰 수염을 떨면서 마이크에 입을 붙였다. 그 장면을 세계 각국의 지도자, 국민들이 보고 있다. 베이징의 오후 5시는 뉴욕, 워싱턴 시간으로 오전 5시다. 런던은 오전 10시, 서울, 일본은 오후 6시, 카이로는 오전 11시, 모두 베이징의 '인민문화대궁전'에 채널을 맞추고 있다. 그때 홍보성이 말했다.

"제7기 중화민국 공산당 총서기로 장쩌민 동지께서 선출되셨습니다."

다음 순간 궁전이 떠나갈 것 같은 박수가 울려 퍼졌고 세계는 경악했다. 장쩌민이 누구여?

"장쩌민이 1인자가 되다니."

숨을 들이켠 후버가 충혈된 눈으로 옆에 앉은 간부들을 보았다. 랭글리의 CIA 회의실 안, 원탁에는 10여 명의 간부들이 둘러앉아 있었는데 모두 벽을 향해 돌아앉아 있다. 벽에는 대형 화면이 펼쳐져 있다. 바로 전국인민대회장의 장면이 방영되고 있는 것이다.

이곳은 오전 5시 반, 방금 장쩌민이 중국 정부의 최고 지도자인 총서기로 선출되고 만장의 박수를 받으면서 연단으로 다가가고 있다. 그때 후버가 이 사이로 말을 이었다.

"누가 예측이나 할 수 있었단 말인가?"

쓴웃음을 지은 후버가 앞에 놓인 서류를 손끝으로 휙 밀었다. 서류가 테이블 위쪽으로 흩어져서 어지럽게 널려졌다. '중국 최고 지도자 예상 순위'라고 표지에 써놓은 글자가 보인다. 모두 침묵을 지켰다. 장쩌민은 총서기로 선출될 가능성이 있는 10명 안에도 포함되지 않았다.

1순위가 지금 총리인 조자양이었다. 그때 장쩌민이 연단 앞에 서더니 검은 테 안경을 손끝으로 밀어 올렸다. 엄숙한 표정이었고 안경알 밑쪽의 눈은 깜박이지도 않고 이쪽을 똑바로 응시하고 있다.

"머리 스타일이 웃기는군."

후버가 다시 투덜거렸다.

"꼭 도넛을 올려놓은 것 같지 않아? 검은 도넛."

그러고 보니 부풀고 깔끔한 머리가 도넛 외형하고 비슷했지만 비유가 마음에 들지 않았는지 아무도 웃지 않았다. 그때 장쩌민이 입을 열었다.

"중국은 경제발전을 제1 목표로 삼습니다. 앞으로 10년간 중국은 세계 3위의 경제대국이 될 것입니다."

"꿈도 야무지셔."

이어폰으로 동시통역을 들은 후버가 비웃었다. 장쩌민이 말을 이었다.

"우리 중국은 앞으로 매년 10퍼센트씩 GDP를 성장시킬 것입니다. 나는 그 경제성장을 끄는 말이 되겠습니다."

"GDP 10퍼센트? 아예 기적을 바라거라."

후버가 혼잣소리를 했을 때 TV 카메라가 장쩌민 뒤쪽의 중국 최고위급 관리들이 앉은 자리를 비추더니 그 위쪽으로 옮겨갔다. 황금색 칠을 한 2층 좌석인데 연극을 볼 때 특급좌석 같다.

"앗!"

그 순간 후버의 입에서 신음이 터졌다. 옆에 앉은 윌슨도 숨을 들이켰다. '리스타' 회장 이광이 귀빈석에 앉아 있는 것이다. TV는 중국 관영 TV여서 지금까지 한 번도 그쪽으로 앵글을 돌린 적이 없다. 그러다 지금 처음 그쪽에 초점을 맞춘 것이다. 후버는 이들이 실수를 해도 의도적으로 보는 터라 소리쳤다.

"이광이다! 이광을 찍고 있어!"

모두 숨을 죽였고 후버의 목소리가 회의실을 울렸다.

"저건 의도적이야!"

계속해서 비추고 있는 이유가 무엇이겠는가? 지금 아래쪽에서는 새 지도자 장쩌민 총서기가 경제성장에 대한 열변을 토하는 중이다. TV는 아예 이광의 얼굴에서 비껴나지 않는다.

"으음, 이광, 장쩌민이 이광을 부각시키고 있어!"

다시 후버가 소리쳤다.

"저 자식이 크는데."

같은 시간, 일본 총리 하시모토가 관방장관 다케야마에게 말했다. 이곳은 총리 집무실 안, TV 화면에 이광의 얼굴이 클로즈업 되어 있다. 의자에 깊숙이 등을 묻고 앉은 이광이 비스듬히 아래쪽을 내려다보고 있다. 장쩌민 옆모습을 보고 있는 것이다. 이광의 앞쪽 테이블에는 외빈(外賓)이라는 팻말이 놓여 있다.

그런데 그 옆쪽 열에는 성장(省長)들이 앉아있다. 외빈은 이광 하나뿐인 것이다. 중국 정부에서 외빈으로 이광 하나만을 대회장에 초대했다는 말이나 같다. 하시모토가 어깨를 부풀렸다가 내리고는 다케야마를 보았다.

"저건 무슨 의미야?"

"세계만방에 이광을 띄우는 것이죠."

"장쩌민이 말이지?"

"등소평이 배후에 있다고 봐야겠죠."

"그렇다면……."

눈을 가늘게 뜬 하시모토가 TV를 응시했다. 그때는 화면에 장쩌민이 비치고 있다. 검은 안경테를 올리면서 장쩌민이 연설을 하고 있었지만 하시모토는 이제 귀에서 리시버를 떼어놓았다.

"이광이를 중개자로 삼아서 비즈니스를 하겠다는 뜻이군."

"그렇습니다. '리스타'가 중국에 '합영공장'을 세워서 투자공장의 모범이 되고 있지 않습니까?"

"그렇지."

"이번에 스즈끼 사원들을 석방시키는 데 영향력을 보여줌으로써 이미 중국 내부에서도 기반을 굳혀 놓았지요."

하시모토가 숨을 들이켰다. 중국 내부 기관들에 대한 시위도 될 것이다. 이제는 중국 관리들도 이광한테 알아서 기게 되었다. 헛기침을 한 하시모토에게 다케야마가 말을 이었다.

"고베는 안정을 찾았습니다."

"안정을 찾아?"

"예, 총리 각하."

외면한 다케야마가 한숨을 쉬었다.

"고베 야마구치 말씀입니다, 각하."

스즈끼 사원들이 풀려나오면서 고재성에 대한 수배령이 해제되었다. 그 후부터 고베가 안정을 찾았다는 말이다. 이곳에서도 이광의 영향력이 커지고 있다.

"빌어먹을 놈, 이광."

하시모토가 욕을 했지만 이미 어깨가 늘어져 있다. 지금은 불가항력인 것이다.

"조자양 총리가 감금당했다고 합니다."

안학태가 말했을 때 이광이 놀라 고개를 들었다.

176

"조자양 총리가?"

"예, 회장님."

영빈관 응접실 안, 오전 10시, 그들은 옷을 차려입고 장쩌민 총서기가 오기를 기다리는 중이다. 장쩌민과 함께 공항으로 나가 '리스타 중국 합영공장'을 순시하기로 한 것이다. 장쩌민의 도착 시간은 10시 30분이다. 헬기가 뒤쪽 마당에 착륙할 테니까 그때 가면 된다.

"감금까지 시킬 줄은 몰랐는데."

이광이 혼잣소리처럼 말했을 때 안학태가 고개를 저었다. 안학태는 '중국법인'으로부터 정보를 들은 것이다.

"조자양 총리는 시위대 주모자들하고 내통했다는 혐의가 있다고 합니다. 이번에 군이 무력진압을 하지 않았다면 조 총리가 군 일부와 시위대 세력을 업고 총서기가 되려고 했다는 것입니다."

이광은 한숨을 쉬었다. 조자양은 물론 죽은 화오방도 등소평의 심복이었던 것이다. 화오방이 재무담당 서기였을 때 이광을 만나 10여 년을 함께 지냈다. 모두 등소평이 시켰기 때문이다. 이광이 혼잣소리처럼 말했다.

"조자양이 성공했다면 내가 여기 앉아있게 되었을까?"

"불편하셨겠지요."

안학태가 대번에 대답했다.

"시위대가 '리스타 중국 합영공장'을 점거했을지도 모릅니다."

그렇다. 불확실한 미래가 펼쳐졌을 것이다.

산둥(山東)성의 칭다오로 날아가는 비행기 안이다. 공산당 총서기의 전용기여서 '중국 1호기'가 된다. 총서기 장쩌민이 전용실에서 웃음 띤 얼굴로 이광에게 말했다.

"이 회장, 칭다오 공항에서 방송국 기자들이 기다리고 있을 거요."

"아, 그렇습니까?"

대답만 했지 이광은 말을 잇지 않았다. 중국 관리, 더구나 고위층은 공개석상에서 말 한 마디, 발 한 걸음 떼는 것에도 의미가 있다. 모두 의도적이다. 그러나 친구라고 믿으면 법을 어기는 것쯤은 아무렇지도 않게 생각한다. 적어도 이광의 주변은 그렇다. 죽은 화오방 총서기도 이광에게 각별해서 개인적인 부탁도 들어주었고 법을 어겨도 눈감아 주었다.

등소평은 어떤가? 키는 이광의 반 토막밖에 안 되었지만 거인(巨人)이다. '흑묘백묘'론에서처럼 '목표를 위해서'는 어지간한 사건은 본 척도 안 하는 인물이다. 장쩌민이 말을 이었다.

"중국방송 기자가 이 회장한테 어떤 질문을 할 거요."

긴장한 이광이 귀를 세웠을 때 장쩌민의 얼굴에 웃음이 떠올랐다.

"그때 조 총리 이야기를 해주시오."

"조 총리라면……."

되물었던 이광이 입을 다물었다. 지금 총리로 남아있는 조자양을 말하는 것이다. 화오방과 함께 시위대에 우호적이었던 조자양은 이번 당대회에서 총서기로 오를 것이라고 모두 예상했다. CIA도 마찬가지였던 것이다. 그것을 중국이, 아니 등소평이 뒤통수를 친 것이다. 중국인민들은 물론이고 전 세계가 놀랐다. 등소평은 조자양을 총서기로 승진시켜 민심을 안정시키는 유화책을 쓰지 않았다. 탱크로 시위대를 깔아 버린 것처럼 철저하게 강공(强攻)으로 나갔다. 그러나 조자양은 아직 총리다. 후임 총리에 대해서 아무도 언급하지 않았다. 장쩌민이 다시 말을 이었다.

"조 총리도 지금 좌불안석일 것이오, 그러니까 이 회장이 도와주셔야 되겠소."

"어떻게 말씀입니까?"

"기자 하나가 조 총리에 대해서 물을 것이오."

여전히 웃음 띤 얼굴로 말한 장쩌민이 주머니에서 접힌 쪽지를 꺼내 내밀었다.

"그럼 이렇게 대답만 하시면 됩니다."

밤 11시 반, 후버가 술잔을 들고 상황 스크린을 보았다. 소파에 둘러앉은 사내들은 모두 CIA의 최고위 간부들이다. 후버의 왼쪽에 앉은 사내는 한때 해외작전국장이었다가 지금은 '리스타 연합' 사장이 된 해밀턴이다. 벽에 붙여진 상황 스크린에는 중국방송이 위성을 통해 중계되고 있다. 이런 장치를 해놓은 나라는 미국과 소련뿐이다. 중국은 지금 오전 11시 반.

"저기 나옵니다."

눈 밝은 간부 하나가 말하자 다시 후버가 스크린을 보았다. 스크린에는 비행장이 비치고 있었는데 어느새 공항 입국장으로 들어서는 일단의 사내들이 보였다. 삼엄한 경비에 둘러싸인 중국 최고위층, 바로 이번에 당 총서기가 된 장쩌민이다. 중앙에서 걷는 장쩌민은 검은 테 안경으로 금방 구분이 된다.

"아, 저기."

누가 외마디 소리를 냈다가 그쳤다. 그것이 누군지는 화면이 대신 클로즈업 시켰기 때문에 말하지 않아도 되었다. 이광이다. 이광이 장쩌민 바로 옆에서 걷는 것이다. 장쩌민이 이광에게 뭐라고 말하고 있다. 그 말을 들은 이광이 웃는다.

"갓뎀."

참다못한 후버가 욕을 했다. 그렇게 욕을 할 사람은 후버뿐이다. 다른 간부들은 욕을 하라고 해도 해밀턴 때문에 못한다. 후버가 다시 투덜거렸다.

"쇼 하고 있네, 병신들."

이광까지 포함시킨 것이다. 그때 기자가 장쩌민에게 마이크를 대고 물었다.

"어디로 뭘 하러 가십니까?"

"아, 난 '리스타 중국 합영공장'을 격려하러 가는 길이오."

장쩌민이 웃음 띤 얼굴로 말을 잇는다.

"중국은 경제개발을 최우선 국가 목표로 삼고 있습니다."

헤드폰을 통해 동시통역을 들은 후버가 다시 투덜거렸다.

"또 쇼를 하는군, 이광이를 띄워주고 있어. 이광이를 차라리 총리로 임명하지 그래?"

그때 해밀턴이 나섰다.

"보스, 그만 하시지요."

"눈꼴이 시어서 그런다."

그때 기자가 마이크를 이광에게 옮기고 물었다.

"리스타 회장께선 이번 중국 지도층이 개편된 것을 어떻게 생각하십니까?"

그때 이광이 허리를 폈고 방 안이 조용해졌다. 이광은 영어로 대답했기 때문에 모두 바로 알아듣는다. 이광이 입을 열었다.

"전임 총서기 화오방 님, 그리고 지금의 총리 조자양 님이 중국 경제의 기반을 만들어 주셨기 때문에 지금부터는 잘 뚫린 길을 달리는 것처럼 중국 경제는 고속질주를 하게 될 것입니다."

주위에 둘러선 당 간부들이 순식간에 굳어지는 것이 후버의 눈에도 보였다. 후버가 저절로 입 안에 고인 침을 삼켰다. 두 눈에 생기가 떠오르는 것이 '저놈이 실수를 하는구나' 하는 기대감 때문이다.

이광이 요즘 중국에서 새로 총서기가 된 장쩌민보다 더 떠오르는 인재가 되어있는 것이다. 특히 외국 입장에서 보면 배가 안 아플 인간이 없다. 있다면 창자가 없는 놈이다. 그런 이광이 지금 대(大) 실수를 하고 있는 것이다. 시위대 편을 들었던 화오방은 죽었지만 부관참시를 할 분위기이고 총리 조자양도 아직 직을 지키고는 있지만 언제 어떻게 될지 모르는 상황이다.

그런 둘을 치켜세우다니, 그때 이광이 말을 이었다.

"나는 화오방, 조자양 두 분의 위대하신 지도력을 어어 받아 신임 총서기, 신임 총리가 중국을 더욱 발전시키리라고 믿어 의심치 않습니다."

그러자 옆에 서 있던 장쩌민이 커다랗게 머리를 끄덕이더니 박수를 치기 시작했다. 그것을 본 간부들도 따라서 박수를 친다. 로비는 이제 박수의 도가니가 되었다. 박수와 함께 함성도 일어났다. 그것을 본 후버가 반쯤 입을 벌리고는 간부들을 보았다. 마지막으로 해밀턴을 보았을 때다. 해밀턴이 투벅투벅 박수를 쳤다. 그러나 후버하고는 시선을 마주치지 않는다.

장쩌민과 함께 공장 시찰을 마친 이광이 베이징으로 돌아왔을 땐 다음 날 오후 6시경이다. 영빈관 식당에서 같이 저녁을 먹던 안학태가 말했다.

"시간마다 계속해서 회장님의 말씀이 TV에 나옵니다."

이광도 보았다. 어제 칭다오 공항에서 자신이 조자양을 극찬한 장면이 계속해서 방영되는 것이다. 안학태가 웃음 띤 얼굴로 말을 이었다.

"영빈관의 중국인 관리자들도 우리 일행을 보면 엄지를 치켜세운다고 합니다. 회장님 인기가 치솟고 있다는 표시 같습니다."

"내가 다음번에 중국 총리로 임명될지 모르겠군."

농담처럼 말했지만 이광의 가슴은 편치 않았다. 그렇게 기자한테 대답한 것은 장쩌민이 쪽지에 적어준 대로 말했기 때문이다. 시킨 대로 했을 뿐이다. 그때 안학태가 말을 이었다.

"저도 회장님이 그런 말씀을 하실 때 심장이 철렁 내려앉는 느낌이었습니다. 아마 주위 사람들도 마찬가지였을 겁니다."

"그런가?"

안학태는 이광이 장쩌민의 쪽지대로 말한 것을 모른다. 그때 안학태가 말을 이었다.

"그런데 말씀이 끝나자 장쩌민 총서기가 박수를 치지 않았습니까? 그때도 이 양반이 분위기를 바꾸려고 하는구나, 하고 생각했지요."

이제는 이광이 쓴웃음만 지었고 안학태의 말이 이어졌다.

"그런데 그 장면이 계속해서 TV에 방영되는 것을 보니까 헷갈립니다. 실제로 중국 지도부가 그렇게 생각하는 것 같아서요."

그때 비서가 서둘러 식당으로 들어서면서 말했다.

"위원장께서 오셨습니다."

"누구?"

안학태가 묻자 비서가 이광을 보았다.

"등소평 국방위원장이십니다."

놀란 안학태가 벌떡 일어섰고 이광은 젓가락을 내려놓았다.

"식사하다가 만 것 아닌가?"

소파에 앉으면서 등소평이 물었기 때문에 이광이 웃었다. 전혀 미안한 표정이 아니다.

"아닙니다. 다 먹었습니다."

"갑자기 생각나서 들렀어, 내일 떠난다는 이야기를 듣고 말이야."

"잘 오셨습니다."

그때 등소평이 이광 뒤쪽에 서 있는 안학태를 보았다.

"자네도 거기 앉아."

"예, 위원장님."

"난 부주석이야, 위원장 아니라고."

"죄송합니다, 부주석님."

등소평은 국방위 부주석 직함만 갖고 있는 것이다. 주석 자리는 비었으니 군(軍)의 최고 실력자다. 군을 장악하고 있는 것이다. 안학태가 끝 쪽 자리에 엉덩이를 반만 걸치고 앉았을 때 등소평이 이광을 보았다. 어느덧 정색한 표정이다.

"이 회장, 수고했어."

"아닙니다, 부주석님."

장쩌민과 공장 시찰한 것을 말하는 것 같아서 이광이 말을 이었다.

"'리스타 중국합영공장' 선전이 되었기 때문에 오히려 제가 고맙지요."

"자네 덕분에 조자양이 명예롭게 총리직을 사임하게 되었어."

순간 숨을 들이켠 이광이 시선만 주었다. 그렇다. 장쩌민이 적어준 쪽지에 그렇게 적혀 있었기는 했다.

'전임 화오방 총서기와 조자양 총리'라는 문구다. 이광은 적힌 대로 한 자도 틀리지 않고 읽었기는 했다. 그때 등소평이 소파에 등을 붙이면서 말했다.

"조자양이 총리직을 사임하지 않겠다고 고집을 부려서 말이야."

"……."

"자네 인터뷰가 나가고 나서 마음을 바꿨네, 명예롭게 퇴진할 명분이 생겼으니까 말이네."

등소평은 쓴웃음을 지었다가 곧 정색하고 말을 이었다.

"내일 아침에 총리직을 사임한다는 발표를 할 거야."

"……."

"자네가 마무리를 해준 셈이야. 수고했어, 이 회장."

"아닙니다. 저는……."

시킨 대로 했다고 말하려다가 안학태가 있었기 때문에 이광은 입을 다물었다. 그것을 안다는 뜻인지 머리를 끄덕인 등소평이 자리에서 일어서며 말했다.

"이번 일로 자네 사업에 도움이 되었으면 하네."

"도움이 되었습니다, 부주석님."

"그것을 우리 중국의 경제발전을 위해 활용해 주게."

역시 등소평이다. 이광이 등소평이 내민 손을 두 손으로 잡았다. 악수를 마친 이광이 손을 떼었을 때 등소평이 팔을 벌려 이광의 허리를 감싸 안았다.

"잘 가게, 내 아들."

등소평의 목소리를 들은 순간 이광은 목이 메었다.

고재성은 순식간에 고베 야마구치조의 기반을 굳혔다. 미리 포섭해 놓은 고다이, 다케시다를 주축으로 삼고 고문 사이토를 적극 활용하는 한편으로 박영조와 오병천을 오야붕으로 임명해서 빈 지역을 채웠다. 본래부터 리더십이 있는 데다 통이 커서 오히려 이노우에 시대보다 조직이 더 강력해졌다. 이것은 겉모습이긴 하다. 아직 내면은 다져지지 않았다.

"내가 대마도에 가야겠는데."

오전 10시경, 이제는 숙소로 사용하고 있는 별장에서 고재성이 말했을 때 박영조와 사이토가 고개를 들었다. 다다미로 만든 넓은 청에는 그들 셋뿐이다. 이미 대마도의 강정규와의 관계를 알고 있는 터라 둘은 시선만 준다. 고재성이 말을 이었다.

"인사를 가야 돼."

"제가 모시고 가지요."

박영조가 나섰다.

"언제 가실 겁니까?"

"그쪽에다 연락해서 시간을 잡아야지."

고재성이 사이토를 보았다.

"고문이 연락해."

"예, 조장."

허리를 숙여 보인 사이토가 검은 얼굴을 들고 고재성에게 말했다.

"이제 형제가 되었으니 기념으로 선물을 준비해야 될 것 같습니다."

그때 고재성이 정색하고 물었다.

"마약이나 한 1킬로쯤 가져갈까?"

고재성의 시선을 받은 사이토가 웃지도 않고 그렇다고 놀라지도 않았기 때문에 분위기가 어색해졌다. 그때 박영조가 대신 대답했다.

"돈이나 봉투에 넣어서 가져가지요."

이번에도 고재성과 사이토가 눈만 껌벅였다. 그만큼 '대마도 세력'과 어색한 관계라는 증거일 것이다.

이제는 '리스타랜드'로 돌아왔다. 전용기가 '랜드' 비행장에 도착했을 때 시장(市長) 진남철과 경비본부장 권철이 마중을 나왔다. 나오지 말라고 했는데도 강은서도 심심하다면서 상철과 한을 데리고 공항에 나와 있었다. 가족끼리 리무진에 탄 이광이 쓴웃음을 짓고 말했다.

"가족이 마중을 나오니까 어색하다. 괜히 기분이 들뜨는구나."

"내가 시장한테 물어봤어."

옆자리에 앉은 강은서가 웃음 띤 얼굴로 이광을 보았다.

"의장대나 군악대 같은 거 없느냐고 물었더니 경비본부장이 곧 준비할 거라고 하던데."

"애들 듣는데 농담하지 마."

"진짜야, 상철이도 들었어."

이광이 앞쪽에 얌전하게 앉아있는 상철에게 물었다. 상철은 이제 16살, 고등학교 1학년이 된다. 키도 엄마보다 큰 175센티였고 지금도 쑥쑥 자라는 중이다.

"상철아, 들었냐?"

"아뇨."

"이런."

강은서가 눈을 흘겼고 이광이 상철에게 고개를 끄덕였다.

"네 엄마 페이스에 말려들면 안 된다."

"아빠, 페이스가 뭐야?"

상철 옆에 앉아있던 한이 물었다. 올해 7살, 한은 상철을 가장 따른다.

"응, 거짓말이란 뜻이다."

이광이 말했더니 강은서가 정색했다.

"제대로 알려줘야지, 페이스는 분위기란 뜻이란다."

"분위기가 뭔데?"

"그건 나중에 말해줄게."

강은서가 말하자 이광이 나무랐다.

"명색이 교육 책임자가 자식 가르치는 게 형편없군."

"아버지, 저, 학교 여기서 다녀요?"

불쑥 상철이 물었기 때문에 이광과 강은서의 시선이 부딪쳤다.

"왜? 엄마가 여기다 고등학교를 설립할 텐데."

"내년에야 된다는데요, 그동안 서울에서 다니면 안 돼요?"

상철이 이광과 강은서를 번갈아 보았다.

"친구들이 다 서울에 있거든요."

"친구들을 많이 사귀어야지."

이광이 머리를 끄덕였다.

"엄마하고 상의해서 그렇게 해주마."

강은서는 둘의 말을 들으면서 이견을 내놓지 않았다.

그날 밤 침대에서 강은서가 말했다.

"한이가 상철이를 잘 따라, 그것이 나는 가장 고마워."

"상철이가 착해서 그렇지."

이광이 강은서의 허리를 당겨 안으면서 말했다.

"고등학교에 들어가면 개성을 살릴 수 있는 교육을 시킬 거야. 억지로 우리 생각대로 끌고 가지는 않겠어."

"고마워."

"뭐가?"

"상철이한테 잘해줘서."

"이젠 내 아들처럼 느껴져, 상철이도 그런 것 같고."

"그런 것 같아."

강은서가 몸을 붙이면서 이광의 젖꼭지를 입으로 물었다.

"우리 자식들은 잘 클 거야."

"나에 대해서 알고 싶은 건 없어?"

불쑥 심순자가 물었기 때문에 권철이 고개를 들었다. 밤 12시 반이다. 숲 속의 별장은 조용하다. 반쯤 열어놓은 베란다의 유리문을 통해 서늘한 바람이 들어와 흰 커튼이 펄럭였다. 방금 정사를 마친 방 안은 아직도 열기가 가시지 않았다. 심순자는 권철의 가슴에 얼굴을 붙인 채 엉켜있는 상태다.

"뭘?"

권철이 되물었더니 심순자가 혀 차는 소리부터 냈다.

"내 과거."

"아니, 별로."

"다 알고 있단 말이야?"

"뭐, 그저……."

"관심 없단 말이야?"

"그것은 그렇고."

그때 심순자가 권철의 가슴을 두 손으로 떠밀었지만 안 떨어졌다. 권철이 엉덩이를 두 팔로 감아 안고 있었기 때문이다.

"놔."

"왜?"

"엉덩이 놔."

"네 엉덩이가 탱탱해서 좋아."

"놔."

"말하고 싶은 거 있으면 네가 말해."

다시 힘주어 엉덩이를 끌어안으면서 권철이 말을 이었다.

"날 사랑하게 되었다든지……."

"미쳤냐? 내가?"

"넌 미친년이야."

"놔."

"그 미친년을 내가 좋아하게 되었고."

"놔."

"현재가 중요한 거다."

"놔."

"난 다 끌어안기로 한 거다."

이제는 심순자가 입을 다물었기 때문에 권철이 입을 맞췄다. 심순자가 두 팔로 권철의 목을 감아 안는다. 바람이 방 안으로 밀려들어 오면서 커튼이 다시 펄럭였다.

다음 날 아침, '랜드'의 경비 본부로 출근했던 권철이 시장 진남철의 호출을 받았다. 서둘러 달려간 권철에게 진남철이 말했다.

"'리비아 법인장'이 경비대 인력 충원 준비가 다 되었다고 했어. 본부장이 서울에 가서 최종 선발을 하도록 해."

"알겠습니다."

권철의 업무다.

"당장 출발하겠습니다."

"이 사람아, 하루 이틀 여유는 있어."

진남철의 얼굴에 웃음이 떠올랐다.

"아직 신혼 아닌가? 왜 그렇게 서둘러 가려는 거야?"

"아닙니다."

쓴웃음을 지은 권철이 말을 이었다.

"담당 부장하고 출장 인원을 데리고 오늘 중으로 출발하겠습니다."

경비대원 250명을 더 충원할 예정인 것이다. 그래서 '리비아 법인장'인 조백진의 '용병 리스트'에서 추린 600여 명이 대기 중이다. 권철이 서울에 가서 600여 명 중에서 250명을 선발, 랜드로 데려와야 하는 것이다.

시장실을 나온 권철이 문득 자신이 한국을 떠난 지 꽤 오래되었다는 생각을 했다. 리비아에 용병으로 갔다가 다시 LA의 마피아들을 상대로 전쟁을 치렀고 이제 '랜드'의 '경비본부장'이 되어 1년 반이 지났으니 4년 가깝게 떠나 있었다. 세월이 참 빠르게 지난 것 같다.

"처음 뵙습니다."

허리를 90도로 꺾은 고재성이 절을 하면서 말했다. 뒤쪽에 서 있던

190

박영조, 사이토가 똑같이 허리를 꺾는다. 강정규는 머리를 숙여 인사를 받았지만 허리를 굽히지는 않았다. 이곳은 대마도 이즈하라의 '충선장' 안, '충선장'은 한국식으로 지은 저택인데 옛날에 '조선통신사'들이 묵었던 곳이라고 했다. 지금은 강정규의 '대마도지사'에서 구입해 놓은 부동산 중 하나다.

인사를 마친 고재성 일행이 마루방의 위쪽에 앉았다. 고재성은 박영조, 사이토와 부하 둘을 데리고 왔기 때문에 일행은 다섯, 이쪽 강정규는 윤석 등 세 팀장이 뒤쪽에 벌려 앉았다.

오후 3시 정각, 그때 청으로 사내들이 들어서더니 각자의 앞에 찻잔이 놓인 작은 상을 내려놓고 물러갔다. 그때 강정규가 입을 열었다. 강정규는 지금까지 목례만 했지 처음 입을 여는 것이다.

"대마도 지사와 고베 야마구치조를 하나로 묶어 놓은 이유를 아실 거요."

강정규가 똑바로 고재성을 보았다.

"우리가 악연으로 시작했지만 이제 같은 '리스타' 안에 들어왔어요. 좋은 인연으로 이어지라는 그룹 차원의 결정이오."

"그렇습니다."

고재성이 시선을 받은 채 고개를 끄덕였다.

"그리고 서로를 잘 아는 관계니 생각만 바꾸면 가능하게 될 것입니다."

"잘 아시는군."

"생각을 많이 했습니다."

"재일동포가 아니고 한국 국적으로 야쿠자 조장이 된 첫 번째 인물이 되신 거요."

"제 힘으로 된 것이 아니지요."

고개를 저은 고재성이 쓴웃음을 지었다.

"그룹 차원에서 지원해주지 않았다면 불가능한 일이었습니다."

"회장님이 직접 운동을 하신 걸 알고 계십니까?"

"예, 기요타 회장님한테서 들었습니다."

"스즈끼 직원 75명을 구해내려고 상하이까지 가신 것도 결국 고 조장 수배를 풀려고 한 겁니다."

"알고 있습니다."

고재성이 얼굴을 찌푸리고 웃었다.

"강 지사장님의 전력도 들었습니다."

강정규와 고재성의 시선이 마주쳤고 잠깐 정적이 덮였다. 고재성은 37세, 강정규보다 4살 연상이다. 그때 고재성이 두 손으로 마룻바닥을 짚고 고개만 들었다.

"앞으로 형님으로 모시겠습니다."

"그러는 게 낫겠지."

강정규가 바로 말을 내리면서 말을 이었다.

"사업 성격상 내가 고베 야마구치를 이용할 일이 많으니까 말이야."

"저는 전혀 반감이 없습니다. 당연한 일이라고 생각하고 오늘 인사 드리려고 온 것입니다."

"직접 얼굴을 보니까 나도 개운해."

"저도 지금부터 큰일에 동참하겠습니다."

허리를 펴고 앉은 고재성의 얼굴에 웃음이 떠올랐다. '대마도 회수 작업'인 것이다.

오후 8시 반, 저택 안채에서 단합식이 열렸다. 술좌석이다. '형제의 결연'을 맺은 기념으로 양측 간부들이 모여 술좌석을 만든 것인데 '리스타 일본법인장' 김필성, 스미요시 회장 기요타가 축하 전화를 해주었고 김필성이 소속된 '리스타 유통'의 오금봉 사장까지 둘에게 축하 메시지를 보내왔다.

"이건 프로젝트야."

술잔을 든 강정규가 술기운으로 붉어진 얼굴을 펴고 고재성을 보았다.

"전쟁보다 더 어렵다고."

"조금 이야기는 들었습니다."

고재성이 웃음 띤 얼굴로 말을 받는다.

"역사적 자료 수집에다 한국화하기 작업 등으로 전방위 프로젝트 아닙니까?"

"그렇지."

강정규의 시선이 사이토에게로 옮겨졌다.

"사이토, 내가 당신 이야기 많이 들었어."

"예? 저 말씀입니까?"

보스들끼리의 이야기를 들으며 혼자 좋아하는 술을 홀짝거리던 사이토가 하마터면 마시던 술을 뱉어낼 뻔하고는 놀라 물었다.

"그래, 나는 당신 같은 참모가 필요해."

"저는 여러 가지로……."

"여기서 여러 가지 사업을 벌일 텐데 '대마도지사' 일을 도와줬으면 해."

강정규가 이번에는 고재성을 보았다.

"조장, 가끔 사이토를 빌려주게."

"예, 말씀만 하십시오."

선선히 대답한 고재성이 웃음 띤 얼굴로 사이토를 보았다.

"사이토, 자네 덕분에 내가 생색을 내게 되었잖아? 형님이 부르시면 나한테 나중에 말하고 가도 돼."

"예, 조장."

사이토가 대답했을 때 강정규가 정색하고 물었다.

"사이토, 자네 고향이 어딘가?"

"예, 야마구치올시다."

"그럼 규슈에서 가깝군."

"가깝지요."

"조상 대대로 그곳에서 살았어?"

"예, 그렇다고 들었습니다."

"몇 대까지 살았는지 아나?"

"그건 모릅니다."

"족보는 없지?"

"없습니다."

머리를 끄덕인 강정규가 말을 이었다.

"나도 일본에서 자랐지만 일본인 중에서 족보를 갖고 있는 사람이 없었어."

"그럼 한국인들은 다 있습니까?"

사이토가 묻자 강정규가 고개를 돌려 윤석을 보았다.

"넌 어떠냐?"

"저뿐만 아니라 여기 있는 한국인들은 다 조상 내역을 알 겁니다."

그러자 사이토 옆쪽에 앉은 박영조가 대답했다.

"저도 그렇습니다. 5백 년 전 조상도 족보에 다 있습니다."

"그래, 나도 그렇다."

고재성이 말을 받더니 강정규를 보았다.

"지사장님, 갑자기 족보 이야기는 왜 하십니까?"

"내 말은."

강정규가 웃음 띤 얼굴로 사이토를 보았다.

"사이토 조상도 백제계일 가능성이 많다는 거야."

"예? 제가요?"

놀란 사이토가 눈을 크게 떴다가 고개를 저었다.

"그럴 리가 없습니다, 지사장님."

"가능성이 많아."

정색한 강정규가 말을 이었다.

"나도 요즘 대마도 프로젝트 때문에 공부를 열심히 하고 있는데 1,500년 전 아니, 그 이전부터 한반도에서 유민이 대량으로 일본에 건너왔어. 그래서 일본을 개척하고 천황이 되고 지배계급이 된 것이지. 그것은 역사적인 사실이야."

모두 입을 다물었고 강정규의 얼굴에 웃음이 떠올랐다.

"백제계 유민이지. 아마 사이토와 내 DNA를 조사하면 같은 백제계 DNA일 가능성이 90퍼센트는 될 거야."

"백제계라면 저도 들은 적이 있습니다."

사이토가 고개를 끄덕이며 말했다.

"한일합방 때 주역이었던 이또 히로부미, 조선 총독부 초대 총독인 데라우치 마사타케, 그리고 명성 황후를 시해한 미우라까지 모두 백제계라고 소문이 났습니다."

"과연 사이토가 나잇값을 하는군."

고재성이 사이토를 치켜 주었지만 놀란 기색이다. 그런 말은 처음 들었기 때문이다. 그때 강정규가 다시 술잔을 들면서 말했다.

"대마도 프로젝트에 그런 관점도 필요해, 사이토. 대마도인은 거의가 한반도 DNA를 갖고 있을 테니까 말이야."

권철이 호텔에 도착했을 때는 저녁 무렵이다. 경비본부 총무부장이 되어있는 이민웅과 둘이 '랜드'에서 홍콩을 거쳐 서울에 온 것이다. '랜드'에서 서울 직항편이 없었기 때문이지만 불편하지는 않았다.

"이 부장, 사흘 휴가 줄 테니까 지금 떠나라."

호텔 앞에서 택시에서 내렸을 때 권철이 이민웅에게 말했다.

"이틀 밤 자고 3일 후 아침 8시까지 여기로 와."

"아니, 본부장님."

놀란 이민웅의 얼굴이 금방 상기되었다. 이민웅의 고향은 부산이다. 고향에 부모, 형제가 다 있다. 형제는 넷, 이민웅이 장남이고 밑에 여동생이 둘, 남동생 하나, 집안이 가난해서 여동생 둘은 30 가깝게 되었는데 직장에 다니면서 결혼자금을 모으고 있다고 했다.

"가서 효도해."

권철이 이민웅의 어깨를 밀었다.

"그러려고 고생했으니까."

이민웅은 2년 만에 한국 땅을 밟은 것이다.

"본부장님, 그럼."

부모, 동생들에게 줄 선물을 가방 2개에 가득 담은 터라 이민웅이 택시에서 짐을 내리지도 않고 권철에게 머리를 숙여 절을 했다.

"다녀오겠습니다."

"사흘이야, 푹 쉬어."

"감사합니다."

본래 하루 휴가를 준다고 했기 때문에 이민웅은 들뜬 표정으로 다시 택시를 타고 호텔 앞을 떠났다. 권철은 혼자 남았다.

'리스타 리비아 법인' 사장 조백진은 '리스타 상사' 소속의 해외법인 이지만 '특수법인'에 속한다. '특수법인'에 속하는 해외법인은 2곳으로 하나는 '요르단 법인'이고 또 하나가 '리비아 법인'이다. 이 2개 법인은 그룹 비서실의 직접 관리를 받으며 별도로 운영된다.

'요르단 법인'은 '군수품 거래' 전문이고 '리비아 법인'은 용병 공급 이 전문이기 때문이다. 오후 7시, 권철이 호텔에 투숙한 지 1시간쯤이 지났을 때 방으로 전화가 걸려왔다. 기다리고 있던 권철이 서둘러 전화 기를 들었을 때 사내의 목소리가 울렸다.

"권 본부장이냐?"

"예, 권철입니다."

"나, 조백진이다."

"예, 사장님."

조백진이 직접 전화를 해온 것이다. 그때 조백진이 말을 이었다.

"오랜만에 한국 온 것 같은데 며칠 쉬었다가 만나자, 여기 준비는 나 한테 맡기고."

"예, 사장님."

"아직 선발이 덜 되었어, 지원자가 많아서 그렇다. 3일 후 오후 1시에 만나기로 하지."

"알겠습니다."

전화기를 내려놓은 권철의 눈앞에 갑자기 심순자의 얼굴이 떠올랐다.

"이 회장이 지금 '리스타랜드'에 있나?"

후버가 묻자 해밀턴이 눈치부터 보았다. 오전 10시 반, 뉴욕 맨해튼의 안가에서 후버와 해밀턴, 그리고 윌슨까지 셋이 둘러앉아 있다. 응접실에서 아래쪽 공원이 보이지만 우중충한 날씨에 나뭇잎이 다 떨어진 숲이 을씨년스럽다. 후버의 시선을 받은 해밀턴이 마침내 대답했다.

"예, 본부장님."

"왜 오늘은 보스라고 안 하는 거냐?"

옆에 있던 윌슨이 '픽' 웃었지만 해밀턴은 정색하고 대답했다.

"그럴 기분이 안 납니다."

"넌 CIA에 있을 때부터 '예감'이 잘 적중했지."

"'일기예보'라는 별명도 있었지요."

"어때? 오늘 분위기가 좋지 않나?"

"예, 부장님이 이상한 말씀을 하실 것 같아서."

"과연 '일기예보'가 맞았군."

"이제 그만 하시지요, 부장님."

"또 부장님이라는군."

"우리 회장이 부장님 부하입니까? 왜 자꾸 그러십니까?"

"내가 무슨 말 하려는지 아나?"

이맛살을 찌푸린 후버가 윌슨을 보았다.

"네가 알려줬어?"

"그럴 리가 있습니까?"

당황한 윌슨이 손까지 저었을 때 후버가 다시 해밀턴을 보았다.

"내가 대가를 주고 있지 않나? 대가를 안 주더라도 '리스타'에서는 우리하고의 인연을 적극 활용하는 것으로 알고 있는데, 안 그래?"

"안 그렇습니다."

어깨를 부풀린 해밀턴이 후버를 보았다.

"부장님은 CIA를 과대평가하고 계시는 것 같습니다."

"그만큼 '리스타'가 커졌다는 말이야?"

"그렇게 시비를 거셔도 이젠 안 먹힙니다."

"후세인이 쿠웨이트 침공 준비를 하고 있어."

그 순간 해밀턴이 숨을 들이켰다. 해밀턴의 '리스타 연합'의 주 기능이 '정보관리'다. 그런데 CIA와 비교가 안 되는 것 같다. 그러나 해밀턴은 시선만 주었고 후버가 말을 이었다.

"이란과 전쟁이 끝나고 나서 남아도는 전력(戰力)을 소진시킬 필요가 있어. 그렇지 않으면 내부에서 쿠데타가 일어날 가능성이 커지지."

"……."

"아무리 후세인이 철저하게 장악하고 있어도 그래, 전쟁을 방금 끝낸 군대는 마치 미친개 떼 같거든."

"……."

"그 미친개들을 국내에 묶어두면 위험해."

"……."

"그리고 쿠웨이트는 우리가 10년쯤 전에 이라크한테 넘기겠다고 약속을 한 땅이거든."

"……."

"물론 증거서류는 없지만 말이야."

길게 숨을 뱉은 후버가 해밀턴을 보았다.

"이 회장한테 후세인을 다시 한 번 만나달라고 해. 후세인한테 전쟁을 일으키면 안 된다고 전하라고 말이야. 이 회장 말이면 들을 거야."

"말도 안 되는 소리 마십쇼."

해밀턴이 마침내 입을 열었다. 눈동자에 초점이 흐려졌고 목소리는 갈라져 있다.

"우리 회장이 마술이라도 부립니까? 책임을 전가하지 마세요."

"내 말을 전해."

정색한 후버가 상반신을 세웠다. 잠깐 정적이 흐른 후에 후버가 말을 이었다.

"이건 말로 전할 수밖에 없어, 이해하지?"

"이해 못 하겠는데요?"

"차라리 시리아를 치는 것이 낫다. 북쪽, 그러니까 시리아 남부지역에서 끊임없이 국경 분쟁이 일어나고 있지?"

숨을 죽인 해밀턴을 향해 후버가 소리 없이 웃었다.

"아마 기갑사단 5개만 전출시키면 쿠웨이트 면적의 3배는 사흘 만에 차지할 수 있을 거야."

"……."

"시리아 남부지역 주민들이 이라크와 같은 부족이지? 그러니 반발도 없을 것이고."

"……."

"점령을 하고 나면 우리가 나서서 휴전 협상을 중재해 줄 테니까 점령지는 그대로 먹을 수 있을 거야. 그렇지만 적어도 5일 안에 점령해야 돼."

"너무 하신 것 아닙니까?"

"소련 놈들은 이보다 더하지 않나?"

바로 말을 받은 후버가 눈을 치켜떴다.

"이번은 진짜로 해주다고 전해. '리스타'가 그 대가로 뭘 갖느냐고? 쿠웨이트 유전의 생산량 절반의 판매권을 주지, 내가 책임질게."

해밀턴과 '리스타 유통'의 사장 오금봉은 같은 정보기관 출신인 데 다 연배도 비슷했고 '리스타'에 대한 '기업목표'가 같다. 그래서 자주 연락을 하는 편이고 사업본부를 뉴욕에 두고 있었기 때문에 현안은 꼭 상의한다. 오후 1시 반, 점심을 먹으면서 해밀턴이 후버한테 들은 이야 기를 했을 때 오금봉이 격분했다. 오금봉답지 않게 얼굴까지 붉히면서 언성을 높이는 바람에 해밀턴이 당황할 정도였다.

"이봐요, 오 사장, 오 사장답지 않게 왜 이래?"

일식당의 방 안이어서 둘뿐이긴 하다. 해밀턴이 눈썹을 모으면서 말했다.

"후버가 하는 짓이 이보다 더 심한 일도 있는데 왜 이래?"

"이것 봐, 해밀턴 씨."

오금봉이 으르렁거렸다.

"난 그 정도를 말하는 게 아냐."

"그럼 뭔데?"

"후버가 유대인이지?"

"아닐걸?"

"동양인, 특히 한국인을 무시하는 것이 화가 나는 거야."

"하긴."

눈을 가늘게 뜬 해밀턴이 머리를 끄덕였다.

"그런 것도 있는 것 같군. 하지만 일본인은 한국인보다 더 무시하던데?"

"그럼 하시모토한테 그런 일 시키겠어? 후버가 하시모토한테는 그런 일 못 시킬 거야."

"믿는 사람한테 시키는 거지."

"가볍게 본 사람한테 시키는 거야."

"그런 것 같지가 않다니까 그러네."

그러자 오금봉이 다시 화를 냈다.

"회장님한테 전하지 마, 아예 못 들은 것으로 해버려. 후버가 직접 회장님한테 접촉은 못 할 테니까."

"이봐, 오 사장, 이건 내 일이야."

해밀턴도 눈을 치켜떴다.

"그리고 선택은 회장님이 하실 일이라고."

"글쎄, 이런 일에 끼어들면 안 된다니까 그러네. 후버한테 끌려들지 말자고."

"어디 그럴 수가 있나? 전하기는 해야지."

고성이 오갔다가 잠깐 둘은 입을 다물었다. 엄청난 사건이다. 쿠웨이트를 침공할 기색을 보이는 후세인한테 대신 시리아를 침공하라는 전달을 하는 일이다. 10년 전, 이란에 격렬한 반미(反美)주의자인 호메이니 정권이 들어서자 전쟁을 부추기면서 대가로 쿠웨이트를 주겠다고 했던 CIA다.

10년 가까운 전쟁으로 막대한 전비를 낭비한 후세인이 그 대가로 약속받은 쿠웨이트를 점령한다니까 대신 시리아를 침공하라고? 시리아가 '친소정책'을 쓰고 있지 않았다면 그런 말을 꺼낼 엄두도 못 했을 것이다. 이윽고 오금봉이 말했다.

"해밀턴, 나한테 상의해줘서 고마운데, 우리 회장한테는 같이 가기로 하지."

"내가 그걸 바랐던 거야."

술잔을 든 해밀턴이 빙그레 웃었다.

"나 혼자만 이 무거운 짐을 지고 있기가 싫어서 그랬어."

"당신은 솔직해, CIA 출신 같지가 않아."

오금봉이 치켜세웠더니 해밀턴이 쓴웃음을 지었다.

"보스와 회사를 사랑하기 때문이지."

5장 후계자 경쟁

낫을 들고 갔기 때문에 권철은 제초 작업을 바로 시작했다. 몇 년 동안 찾아오지 않아도 봉분이 상한 곳은 없었지만 잡초가 무성했다. 가을이어서 잡초는 가장 억세져 있다. 오후 3시 반, 한 시간가량 걸려서 봉분과 봉분 주위의 제초를 끝내고 난 권철이 땀을 닦고 있을 때 아래쪽에서 노인 하나가 올라오고 있는 것이 보였다. 이곳은 국도에서 5백 미터쯤 떨어진 산중턱이다. 산 아래에 민가가 대여섯 채 있지만 사람 사는 곳은 두 채, 그것도 한 집에 노인이 둘씩 네 명뿐이다.

"아이구, 내가 추석 전에 제초할라고 혔는디 먼저 깎는구만."

노인이 가쁜 숨을 뱉으며 소리쳤다. 산길을 헐떡이며 올라온 노인이 검은 얼굴을 펴고 웃었다.

"아이구, 3년 되었구나, 너 본 지가."

"할아버지, 건강하시네요."

권철이 땅바닥에 그냥 엎드려 노인에게 큰절을 했다. 산속이라 누가 본 사람도 없고 노인은 할머니하고 살 때부터 이웃집에 살았다. 권철의 인생을 속속들이 알고 있는 노인인 것이다.

"그려, 그려."

땅바닥에 주저앉아 절을 받은 노인이 흐려진 눈으로 권철을 보았다.

"네 할머니가 좋아하시것구나."

노인의 시선이 옆쪽 봉분으로 옮겨졌다. 지금까지 노인이 할머니의 봉분을 관리해 온 것이다. 권철이 매년 몇십만 원씩 관리비를 보내주기는 했지만 소홀하지 않았기 때문에 봉분이 이렇게 멀쩡하게 유지되었다. 그때 노인이 말했다.

"작년 추석 때인가? 네 어머니가 다녀갔다."

권철의 시선을 받은 노인이 검고 주름진 얼굴을 더 찌푸리며 웃었다.

"네가 여섯 살 때 집 나갔지?"

"……."

"넌 기억이 안 날랑가 모르지만 난 네 엄니를 잘 알지, 어렸을 때부텀 봐 왔으니께."

"……."

"나한티 찾아와서 인사를 허고 여그 다녀갔다."

"……."

"내가 니 이야기를 했지, 니가 니 할머니 봉분 관리를 잘 헌다고."

"할아버지, 그만 하세요."

자리에서 일어선 권철을 보더니 노인이 머리를 끄덕였다.

"오냐, 알았다. 내가 니 속을 알지."

"제가 여섯 살 때 도망간 여자입니다. 할머니도 그 여자가 여기 오는 걸 반가워하지 않으실 겁니다."

"그렇지."

권철이 주머니에서 봉투를 꺼내 노인에게 내밀었다.

"할아버지, 이번에는 조금 더 넣었습니다. 추석 잘 쇠시라고요."

"아이구, 내가 안 받아야 되는데, 내 자식들이 다 거지가 되어서."

시선을 내린 채 노인이 봉투를 받더니 허리를 숙였다.

"고맙다. 내가 죽을 때까지는 네 할머니 자리는 잘 지킬 거다."

"남편 언제 와?"

불쑥 강은서가 묻자 심순자가 쥐고 있던 커피 잔을 내려놓았다.

"잘 모르겠어요, 사모님."

"거기도 언제 온다는 말도 않고 나가니?"

"네, 며칠 걸릴 것이라고만. 일이 그렇게 되는가 봐요."

오늘은 강은서가 심순자와 바닷가의 저택 2층 베란다에서 바다를 내려다보고 있다. 한낮, 햇살은 하얗게 모래사장 위에 부딪치고 있었지만 서늘한 날씨다. 백사장에서 상철과 한이 보트를 끌고 가고 있다. 가벼운 플라스틱 보트다. 이곳은 해변에서 1킬로 정도까지 수심이 50센티도 되지 않는다. 그래서 한이 마음 놓고 물에 들어간다. 강은서가 말을 이었다.

"순자도 그렇지만 남편도 가족을 찾아야 되는 거 아냐?"

"글쎄요. 전 그런 이야기 못 해요."

"할 때 안 되었어?"

"말 꺼내면 총을 쏠지도 몰라요."

"참내, 희한한 부부네."

이를 드러내고 웃은 강은서가 지그시 심순자를 보았다.

"넌 가족 찾고 싶지 않아? 내가 부탁하면 아마 다 찾을 수 있을 거다."

"이것 보세요."

윤미경이 내민 자료는 소책자였다. 수첩 식으로 제본한 책이다. 고재성은 잠자코 책을 폈다. 이곳은 이즈하라의 충선장 안, 소파에 셋이 둘러앉았다. 고재성, 강정규, 윤미경이다. 윤미경은 '대마도지사'의 정보부장, '리스타 일본법인' 소속이었다가 '대마도지사' 정보부장으로 전출되었는데 열성적이다. 이 소책자도 윤미경이 만든 것이다. 제목은 '대마도', 내용은 대마도가 한국령이라는 증거가 적혀 있다.

"읽어보시면 되겠지만 제가 요점만 정리해 드리겠습니다."

단정하게 앉은 윤미경이 고재성을 보았다. 그 윤미경의 옆모습을 보면서 강정규가 커피 잔을 들었다. 윤미경의 말이 이어진다.

"대마도가 역사에 등장했을 때는 조선 태조, 세종 때 2번에 걸쳐서 대마도 정벌을 나선 사건이죠."

공부하는 학생처럼 고재성이 책장을 넘겼다.

"그리고 임진왜란 때 대마도주(主)가 자주 등장합니다. 그러나 그 대마도주는 왜국의 대마도주가 아닙니다. 조선에서 녹봉을 받는 경상도 소속의 도주(島主)지요."

"아, 그렇군요."

고재성이 머리를 끄덕였다. 건성이지만 머릿속에 별로 든 것이 없는 터라 흡수는 되었을 것이다. 윤미경의 조금 높고 울림이 강한 목소리가 이어졌다.

"임진왜란 때 왜군 1번 대장 고니시 유끼나가, 즉 소서행장이 대마도에서 길 안내를 맡을 향도로 사내 5천 명을 징발해 데려갔다는 기록이 있습니다. 대마도는 부산에서 49킬로밖에 안 되지요. 일본 규슈의 후쿠오카까지는 150킬로 정도 됩니다, 3배지요. 대마도 사내들이 본국인 조선에 자주 왕래했기 때문에 왜군이 길 안내로 잡아간 것입니다."

"아하."

고재성이 감탄했다. 강정규가 한 모금 커피를 삼키고는 윤미경을 보았다. 오늘 고재성에게 교육을 시키고 나서 강정규는 서울 출장을 다녀올 예정이다. 이번은 개인 용무로 가는 출장이다. 그때 설명을 그친 윤미경이 고개를 돌렸기 때문에 시선이 마주쳤다. 강정규가 곧 시선을 돌렸지만 그 짧은 순간에 윤미경의 눈빛이 가슴에 닿는다. 눈빛에 단어가 있다면 아마 1백 개는 되었을 것 같다.

윤미경의 '강의'가 끝났을 때 강정규와 고재성은 둘이 베란다로 나왔다. 베란다에서는 노랗게 시들었지만 금방석 같은 잔디밭이 내려다보인다. 나란히 서서 잔디밭을 보던 강정규가 말했다.

"대마도 수복은 대한민국이 수립되고 나서 가장 큰 사건이 될 거야."

"세계 역사에도 기록될 사건이 될 거라고 윤 부장이 말하던데요."

고재성이 웃음 띤 얼굴로 말을 받았다.

"제가 몇십 년 만에 공부를 했는데도 머리에 쏙쏙 들어옵니다, 형님."

"나도 배우고 있어."

따라 웃은 강정규가 말을 이었다.

"저 사람, 대학교수 출신이야."

"'대마도 지사'에는 인재가 많습니다."

"부동산 담당도 있으니까."

"형님은 자위대 출신이니까 정말 다양하군요."

"하긴 한국 육사 출신도 있군."

말을 받은 강정규가 고재성을 보았다.

"내가 내일 한국에 가는데, 나한테 부탁할 일 있어?"

"예?"

되물은 고재성의 눈동자가 흔들렸다. 고재성은 마약 수사가 시작되자 부하들을 데리고 일본으로 밀항했던 것이다. 물론 고재성을 그렇게 만든 것이 강정규다. 강정규가 고재성을 잡으려고 유성까지 갔다가 경찰에 넘긴 것이다.

"한국에 가십니까?"

"응, 내 개인 용무로. 그래서 고 조장 개인적인 일이 있으면 대신 해주려고."

고재성이 입맛만 다셨기 때문에 강정규가 쓴웃음을 지었다.

"왜? 병 주고 약 준다고 생각하는 거야?"

"아닙니다."

고개를 돌린 고재성이 정색하고 강정규를 보았다.

"너무 갑작스러운 말씀이라."

"이봐, 이젠 같은 식구야."

"그건 그렇습니다."

"자네를 일본으로 몰아낸 것도 결국은 나였어, 그런 인연도 있고."

"그거야 당연한 일이었죠. 그리고 형님도 회사 일을 하신 것이고."

"어쨌든 내가 이번에 갈 때 해줄 일 있나? 가족 문제라든가."

"어머님한테 매달 생활비를 보냈는데 석 달쯤 끊겼습니다."

잔디밭을 내려다보면서 고재성이 말을 이었다.

"여동생이 항암 치료를 받고 있어서 돈이 좀 들었는데 그것도 끊겼구먼요."

"주소하고 전번 적어줘, 내가 가서 해결하고 올 테니까."

강정규가 손바닥부터 내밀었다.

"이번에 서울 가서 할 일이 별로 없거든, 그러니까 나한테 맡겨."

해밀턴과 오금봉이 '랜드'에 도착했을 때는 오후 3시경이다. 공항에는 '랜드' 시장 진남철이 마중 나와 있었는데 둘이 '리스타 그룹'의 BIG 5에 들어가는 거물이었기 때문이다. 진남철과 함께 시내 중심에 위치한 리스타 그룹 빌딩의 회장실로 직행한 셋은 곧 이광의 집무실 소파에 둘러앉았다. 소파에는 비서실장 안학태까지 다섯이 모였다.

이광이 진남철도 동석하라고 했기 때문이다. 해밀턴이 후버의 부탁을 전하는 동안 이광은 고개를 끄덕이며 듣기만 했다. 알고 온 오금봉은 눈치만 보았고 안학태와 진남철은 굳어져 있었다. 이윽고 해밀턴의 말이 끝났을 때 오금봉이 첨언처럼 말했다.

"해밀턴이 상의하러 왔길래 저도 회장님께 같이 가자고 했습니다."

이광이 다시 고개만 끄덕였기 때문에 집무실에는 잠깐 정적이 덮였다. 앞에 놓인 생수 잔을 들어 한 모금 삼킨 이광이 해밀턴에게 물었다.

"이라크가 쿠웨이트를 침공할 가능성은 있나?"

"현재로써는 100퍼센트입니다."

해밀턴이 바로 대답했다.

"그래서 CIA가 허겁지겁 대안을 내놓는 것이지요."

"쿠웨이트는 점령되겠지?"

"이라크군이 공격하면 이틀이면 점령됩니다."

"그때 미국의 반응은?"

"쿠웨이트를 탈환해야지요, 전 세계가 주목하고 있으니까요. 쿠웨이트를 이라크 점령하에 놔두면 미국은 월남전 이상으로 권위가 추락됩

니다."

그때 오금봉도 거들었다.

"이라크군과 전쟁을 해서라도 쿠웨이트를 해방시킬 것입니다."

고개를 끄덕인 이광이 넷을 둘러보고 나서 물었다.

"CIA는 내가 후세인 대통령한테 이야기해서 침략을 중지시킬 가능성이 있다고 믿는 걸까?"

"믿을 만큼 순진한 조직이 아닙니다."

오금봉이 바로 대답했다.

"시간을 끄는 효과는 기대할지 모르지요. 후세인을 망설이게 해서 며칠 여유를 갖게 되겠지요."

"군수산업체가 배후에 있습니다."

해밀턴이 불쑥 말했고 오금봉이 고개를 끄덕였다. 어깨를 편 해밀턴이 이광을 보았다.

"군수산업체는 후버도 조종합니다. 후버가 아무리 막강한 권력을 행사한다고 해도 군수산업체의 로비력은 못 당합니다. 이놈들은 대통령도 움직이니까요."

"전쟁을 만들려는 건가?"

"후세인이 군수산업체의 언질을 받았을지도 모릅니다."

해밀턴의 얼굴에 쓴웃음이 번졌다.

"이란, 이라크 전쟁 때 소진시켜야 할 겁니다."

"이틀간 전쟁이라면서?"

"아닙니다. 나중에 이라크, 미국과의 전쟁 때 말이지요."

해밀턴이 잠깐 생각하다가 말을 이었다.

"미국은 혼자 이라크군과 전쟁하려고 안 할 겁니다. 서방 각국의 군

211

대를 모아서 다국적군으로 이라크를 치겠지요. 그러면 군수품이 더 많이 들어갑니다."

"그럼 내가 이번에 후세인 대통령을 만날 필요가 없는 것 아닌가?"

"노력하는 자세를 보이려는 것이지요, 전쟁을 막으려는 자세 말씀입니다."

"결국 난 꼭두각시군."

"후버도, 후세인도, 대통령까지 군수산업체의 꼭두각시인 셈입니다."

해밀턴이 정색하고 이광을 보았다.

"2백여 개의 대형 군수산업체의 로비력은 미국뿐만 아니라 전 세계에 뻗쳐 있습니다. 미국은 의회, 행정부, 정보기관, 군(軍)에까지 뻗쳐있고 대통령도 조종합니다. 막대한 선거자금을 지원해서 이미 낚시에 걸린 상황이거든요."

"지금 대통령도 말인가?"

해밀턴이 입을 다문 것은 그렇다는 말일 것이다. 이광이 의자에 등을 붙이면서 물었다.

"그렇다면 이라크가 시리아를 치라고 한 이유는 뭐야?"

"시리아와 소련에 경고를 주는 겁니다."

오금봉이 대답했다.

"여차하면 이라크 군이 시리아로 들어갈지 모르니까 어지간히 해둬라 하는 겁니다."

"내가 전하는 이야기가 곧장 시리아나 소련 측으로 들어갈 가능성을 염두에 두고 말하는 것이군."

"모든 가능성을 다 열어두고 있는 것입니다, 회장님."

해밀턴이 말하고는 길게 숨을 뱉었다.

"회장님은 그 중심에 서 계시고요."

"이제 결정했다."

얼굴을 펴고 웃은 이광이 넷을 둘러보았다.

"열심히 전달자 역할을 하기로 했어."

네 쌍의 시선을 받은 이광이 말을 이었다.

"그러다 보면 내가 주역이 될 날이 있겠지. 이 기회를 적극적으로 활용하겠어."

이렇게 결정을 했다.

거리를 좁혀가던 강정규가 발을 멈췄다. 이수연에게 사내 하나가 다가왔기 때문이다. 오후 6시 반, 서울에 도착한 지 2시간밖에 지나지 않았다. 이곳은 이수연이 근무하는 중학교 옆 택시정류장 근처다. 학교 정문 앞에서 기다리던 강정규가 퇴근하고 나오는 이수연을 불러 세우려는 참이었다. 인도에는 통행인이 많았기 때문에 강정규가 길가로 비켜서면서 옆쪽의 이수연을 보았다.

이수연은 이쪽에 등을 보인 채 서 있었지만 사내의 웃는 얼굴이 드러났다. 30대 중반쯤의 사내다. 웃음에 남녀 간의 기운이 서려 있는 것 같은 느낌이 들었기 때문에 강정규의 얼굴에도 쓴웃음이 번졌다. 이윽고 몸을 돌린 강정규가 반대편으로 발을 떼었다.

이수연과 요즘은 5일에 한 번꼴로 통화를 했다. 그것도 이쪽이 한 번 하면 이수연이 한 번 하는 식으로 번갈아서 연락을 했는데 내용도 차츰 건조해졌다. 건강을 묻고 별일 없느냐고 서로 확인한 후에 2분도 안 되어서 통화를 끝내는 것이다.

할 이야기도 없고 궁금하지도 않은 데다 억지로 짜낼 성격도 아닌 터라 그렇게 된 것이다. 그런데 그사이에 이수연은 퇴근 후에 택시 정류장에서 기다리는 남자가 생겼단 말인가? 하긴 강정규도 윤미경을 만나게 되었으니 할 이야기가 없다. 강정규는 문득 제 다리가 가벼워진 느낌을 받고는 입맛을 다셨다. 인간의 본성은 간사한 것인지도 모른다. 특히 내가 그렇다.

이광의 전용기는 록히드사에서 제조한 쌍발 제트엔진의 120인승을 개조한 것이다. '랜드' 공항을 이륙한 전용기가 서쪽으로 정상 궤도에 진입했을 때 앞쪽 회의실로 안학태가 들어섰다.

"회장님, 오무라의 흔적이 드러났습니다."

앞에 선 안학태의 얼굴에 웃음이 떠올랐다. 오무라는 일본 총리의 전(前) 비서실장으로 죽어서 장례식까지 치렀던 것이다. 안학태가 말을 이었다.

"일본법인 김 사장이 마침내 오무라의 아지트를 찾아냈다고 합니다."

'마침내'란 표현을 쓴 것은 그동안 계속해서 오무라를 찾았다는 뜻이다. 고개만 끄덕인 이광에게 안학태가 파일에서 사진을 꺼내 앞쪽 탁자 위에 놓았다.

"사무실로 들어가는 사진입니다."

이광이 사진 2장을 집어 들고 보았다. 차에서 내리는 사내의 모습이 정면으로 찍혔다. 안경을 썼고 머리숱이 짙다.

"안경을 썼고 가발로 위장했지만 오무라가 분명하다고 합니다."

"……."

"이 건물의 5층 사무실을 사용하고 있는데 직원이 3명, 경호원은 2명을 데리고 다닙니다."

"지금도 같은 일을 하고 있겠지?"

"당연하지요. 그렇지만 일단 추적이 되었으니까 더 조사를 할 것입니다."

이광이 사진을 내려놓고 심호흡을 했다. 오무라가 죽었다고 아무도 믿지 않기는 했다. 오무라는 일본 정보기관의 핵이 되어있던 인물이다. 모든 정보가 오무라에게 집합되어 총리에게 보고되고 대책까지 만들어졌던 것이다.

2차 세계대전 후에 전범국인 일본은 정보기관을 독자적으로 만들 수 없었기 때문에 총리 비서실에서 정보를 집합, 관리해 왔기 때문이다. 그때 이광이 물었다.

"이 사실을 CIA는 아나?"

"아직 모릅니다."

목소리를 낮춘 안학태가 말을 이었다.

"당분간 일본법인 김 사장만 알고 있도록 했습니다."

이광이 고개를 끄덕였다. 한발 빠른 정보가 가치가 있다.

"간부진만 면담을 하겠습니다."

권철이 말하자 조백진이 고개를 끄덕였다. 이곳은 용인 북쪽의 리스타 본부 회의실 안, 권철이 조백진과 마주앉아 있다.

"팀장급이 18명이야. 오후 2시까지 제3동 회의실에 소집시켜 놓을 테니까 그중에서 선발해."

"알겠습니다."

"오늘 중으로 결정하고 저녁에 나하고 식사하자."

"예, 사장님."

자리에서 일어선 조백진을 향해 권철이 허리를 굽혀 절을 했다. '리스타 리비아법인' 사장 조백진은 '용병대장'이다. 지금도 리비아는 물론이고 아프리카 8개국, 중동 6개국, 남미 4개국에 용병을 파견시키고 있는 것이다. 극비 사항이어서 내막은 조백진과 이광 둘만 알고 있지만 용병 규모는 5천여 명, 조백진 휘하에는 장군 출신이 20여 명, 영관급 장교는 3백여 명이 포함되어 있는 것이다. 조백진이 방을 나갔을 때 그때까지 입도 뻥긋 못하고 권철을 따라서 절만 했던 이민웅이 입을 열었다.

"이번에 데려갈 인원은 260명이 되겠습니다. 오늘 팀장급 확정을 하시면 언제 출발시킵니까?"

"이틀쯤 주변 정리할 시간을 주고 사흘 후로 하자."

"그럼 '랜드'에 연락하겠습니다."

"너도 오늘 팀장급 면담 때 참석해. 질문사항에 대한 답변을 듣고 너도 판단해라."

"알겠습니다."

팀장급을 제외한 일반 대원은 이미 조백진 휘하의 관리부에서 선발해 놓은 것이다. 서류를 덮은 권철이 혼잣소리처럼 말했다.

"우리가 랜드 경비군의 기초를 만들고 있는 거야."

오후 12시 반, 유성 시내의 커피숍에서 강정규가 사내 하나와 마주 보고 앉아있다. 30대 중반쯤의 사내는 불안한 표정으로 눈동자가 자꾸 흔들렸다. 마른 체격, 후줄근한 양복 차림, 넥타이까지 매었지만 셔츠 깃이 누렇게 변색되었다. 바로 고재성의 매제 유인수다. 그때 강정규가 물었다.

216

"내가 고재성의 부탁을 받고 왔다니까 믿기지 않습니까?"

"아닙니다. 그것보다도……."

"지금도 경찰이 감시해요?"

"아닙니다. 지금은 가끔……."

"전화로 확인만 하는 거죠?"

"예, 그렇습니다."

사내가 어느새 배어 나온 이마의 땀을 손바닥으로 닦았다. 유인수는 인쇄업을 하다가 망해 먹고 고재성이 동생 고연희한테 만들어준 복사 가게를 같이 운영하다가 다시 문을 닫았다. 고연희가 암에 걸려 수술을 받았기 때문이다. 그래서 지금은 다섯 살짜리 아이를 키우면서 고연희를 간병하고 있다.

착한 성품이지만 '무능해서 가만둔다면 고연희를 굶겨 죽일 놈'이라는 것이 고재성의 평이었다. 오늘도 강정규가 전화를 했더니 벌벌 떨면서 나왔다. 강정규가 다시 물었다.

"아내 되시는 분 상태가 어때요?"

"예, 항암치료는 받았습니다."

"나아지고 있는 거요?"

"예, 나아지고 있습니다만……."

"경비 때문에 고생하시겠군."

"……."

"지금까지는 어떻게 견디었어요?"

"예, 어머님이……."

"친정어머님이?"

"예."

"어떻게?"

"집을 담보로……."

"말 좀 똑바로 해요."

마침내 강정규가 눈을 치켜떴다.

"확실하게 하란 말이야. 어떻게 치료를 받았고 치료비는 어떻게 댔는지, 생활은 어떻게 하고."

"예."

"내가 고재성이 부탁을 받고 왔으니까 제대로 알려줘야 한다고!"

"예."

"말해, 그럼."

"예."

"그동안 어떻게 살았어?"

"예, 그럭저럭."

"치료는 빠지지 않았지?"

"예, 나아지고 있습니다."

이제 유인수는 땀을 뻘뻘 흘리고 있다. 그때 한숨을 쉰 강정규가 탁자 밑에 놓인 가방을 유인수 옆자리에 올려놓았다.

"여기 5천만 원이야."

"예?"

놀란 유인수가 숨을 들이켰을 때 강정규가 말을 이었다.

"2천만 원은 어머니 드리고 3천만 원은 병원비, 생활비로 써."

숨만 쉬는 유인수를 향해 강정규가 말을 이었다.

"고재성이 그러더군, 매제는 착하다고, 믿을 만하다고 말이야. 잘 부탁한다고 했어."

그때 유인수의 눈에서 주르르 눈물이 흘러내렸다. 손등으로 눈물을 닦은 유인수가 훌쩍이며 말했다.

"형님한테 죄송하다고 전해주십쇼, 제가 무능해서 폐만 끼친다고요."

"알았어."

"은혜는 꼭 갚는다고 전해주십쇼."

"돈 관리나 잘해."

"그건 걱정하지 마십쇼."

가방을 한 손으로 움켜쥔 유인수가 다시 눈물을 닦았다.

"형님이 피해 다니시면서 보내주신 돈인데 제가 아껴 쓰겠습니다."

강정규가 고개를 끄덕였다. 사람은 제각기 장단점이 있다는 생각이 들었기 때문이다. 유인수는 믿을 만했다.

오후 7시가 되었을 때 소공동의 일식집 '남강'의 방으로 조백진이 들어섰다. 조백진의 뒤를 권철이 따른다. 그때 먼저 와서 기다리고 있던 강정규가 자리에서 일어섰다.

"어, 기다렸나?"

"아닙니다."

허리를 기역 자로 꺾고 절을 한 강정규의 시선이 권철에게 옮겨졌다.

"여, 여기 권 본부장이야, '랜드'의 경비책임자지."

조백진이 눈으로 권철을 가리키며 말했다.

"여기는 '대마도 지사장' 강정규, 일본 자위대 소좌 출신이다. 인사들 해."

그때 강정규와 권철이 손을 내밀어 악수를 했다. 인사를 마친 셋이 자리에 앉았을 때 조백진이 둘을 번갈아 보면서 말했다.

"너희들 둘이 지금까지 최전선에서 싸운 '리스타'의 제2세대다."

조백진의 얼굴에 웃음이 떠올랐다.

"앞으로 너희들이 '리스타'를 이끌어 나가야 될 거다. 그래서 오늘 서로 얼굴을 익혀 두도록 하는 거야."

권철과 강정규가 처음 만나는 날이다.

오후 10시 반, 강정규와 권철이 소공동 골목에 세워진 포장마차 안에 들어가 나란히 앉아있다. 밤에만 서는 포장마차 안에는 손님이 가득 차 있다. 긴 널빤지로 만든 의자에 그들 둘까지 7명이 앉았는데 이젠 빈자리가 없다. 둘은 꼼장어와 오뎅을 안주로 놓고 소주를 마신다.

"난 월남전부터 전장을 돌아다녔어."

어느덧 말을 튼 권철이 제 신상 이야기를 털어놓았다. 조백진과 함께 저녁을 먹으면서 대충 상대에 대해서 알게 된 터라 바로 본론을 꺼내었다.

"이 일이 내 적성에 맞아. 단순하고, 몸으로 대응하는 일이 말이야, 머리 쓰는 일은 질색이야."

"나도 마찬가지야. 그런데 대마도 일은 머리 쓰는 일이 많은 것 같다."

쓴웃음을 지은 강정규가 말을 이었다.

"내가 일본에서 자랐기 때문에 대마도 작전을 맡긴 것 같구면."

포장마차 안은 떠들썩해서 오히려 둘의 이야기에 방해가 되지 않았다. 조용했다면 둘이 목소리를 낮췄어야 했을 것이다. 다시 권철이 입을 열었다.

"결혼 안 했다고 했지?"

"이혼했어, 일본 여자하고 했는데."

"그렇군."

"넌 어때?"

"나, 랜드에서 결혼했어."

권철이 심순자를 만난 이야기를 죽 늘어놓는 동안 강정규가 고개만 끄덕이며 들었다. 이야기를 마쳤을 때 강정규가 이를 드러내며 웃었다.

"너, 멋있다."

"나도 그렇게 생각한다."

"이거 미친놈이군, 내 말을 정말로 받아들이네."

"네 표정을 보니까 진짜인 것 같던데."

눈을 치켜뜬 권철이 한 모금에 소주를 삼키고는 물었다.

"넌 어때?"

"뭐가?

"여자."

"실은 서울 와서 여자 문제를 정리하려고 했더니 그럴 필요가 없게 되었다."

"뭔데?"

이번에는 강정규가 이수연을 만나러 왔다가 택시정류장에서 남자를 만나는 장면을 본 이야기까지 하는 동안 권철도 술만 마셨다. 강정규가 말을 마쳤을 때 권철이 입을 열었다.

"잘 되었다고 생각했구나."

"그런 셈이지."

"대마도에 있는 여자하고 결혼할 거냐?"

"아직 결혼 생각은 안 했다."

"너는 흘러가는 대로 놔두는 성격이군."

"그런가?"

"만일 서울 여자가 남자 안 만났다면 어쩌려고 했어?"

"헤어지자고 할 참이었어."

"그런데 지금은 할 필요가 없다고 생각했군."

"넌 어떻게 했을 건데?"

이제 둘은 거침없이 반말을 했고 그것을 의식하지 못한 것 같다. 그때 권철이 대답했다.

"난 그래도 가서 이야기했을 것 같다. 여자 생겼다고 말이야."

강정규가 시선만 주었고 권철이 말을 이었다.

"네 행동이 자연스럽겠지. 나는 일부러 일을 일으키는 셈이 되겠지만 그래야 마음이 편할 것 같다."

"네가 맞다."

강정규가 고개를 끄덕였다.

"모른 척하고 말 해줘야겠다."

"왜 그래? 니 생각대로 해."

권철이 말렸지만 강정규가 고개를 흔들었다.

"내가 비겁했어."

"이 자식이 마음이 약하군."

혀를 찬 권철이 강정규의 잔에 소주를 따르면서 웃었다.

"너한테 말하다가 나도 느낀 점이 있어."

그러나 권철은 더 이상 말을 잇지 않았다.

바그다드 공항은 이제 한낮에도 이착륙이 된다. 전쟁이 끝났기 때문이다. 비행기에서 내린 이광은 곧장 활주로를 달려 공항을 빠져나왔다.

대통령 경호실에서 마중을 나왔기 때문이다. 리무진 앞자리에 앉은 경호실 소속 대령이 몸을 돌려 이광에게 말했다.

"지도자께서 출장을 가시려다가 기다리고 계십니다."

대령의 표정이 두려워하면서도 존경의 기운이 덮여 있는 것이 느껴졌다. 이광이 고개를 끄덕였다.

"내가 바그다드에 자꾸 들르는 셈이오, 대령."

"회장님께선 우리 지도자 각하께서 가장 신임하시는 손님이십니다."

"영광이오."

"지도자 각하께서 직접 말씀하셨습니다."

이광은 숨을 들이켰다. 대령은 말을 지어내지는 않았을 것이다. 그만큼 후세인이 자신을 믿고 있다는 것을 부하들에게도 말해줄 정도니 부담이 느껴졌다.

"어, 왔나?"

이번에는 대통령궁 집무실에서 후세인이 이광을 맞았다. 오후 2시 반, 밝은 햇살이 유리창을 통해 방 안으로 쏟아지고 있다. 1백 평도 넘는 집무실에는 육군 총사령관 카심 대장과 경호실장 모하메드 대장까지 셋이 이광을 기다리고 있었다. 이라크의 빅3가 다 모인 것이다. 인사를 마치고 넷이 둘러앉았을 때 후세인이 웃음 띤 얼굴로 이광을 보았다.

"쿠웨이트 문제지?"

"예, 각하."

어깨를 편 이광이 고개를 들었다.

"쿠웨이트 침공 대신 시리아를 공격하라고 합니다."

"시리아의 소련 세력을 몰아내라는 것이야, 나한테 소련을 맡긴 것이지."

바로 말을 받은 후세인이 소파에 등을 붙였다.

"자네가 오기 전에 이야기 들었어."

"예."

"누구한테 들었는지 궁금하지 않나?"

"말씀해주시지요."

"군수업체가 보낸 밀사야."

"예."

"시리아를 치면 쿠웨이트 면적의 4배 정도의 영토를 확보할 수 있겠지."

후세인의 얼굴에 웃음이 떠올랐다.

"시리아군은 오합지졸이야. 5일이면 전쟁이 끝나고 미국의 중재로 휴전이 될 거야."

"……."

"소련도 당황해서 시리아에 휴전을 종용하겠지."

후세인이 긴 숨을 뱉고 나서 말을 이었다.

"그런데 실익이 없어, 영토만 차지하면 뭘 해? 거기 난민을 먹이려고 엄청난 자금이 들어갈 텐데."

고개를 돌린 후세인이 이광을 보았다.

"1년만 쿠웨이트를 장악하고 있어도 몇백억 불이 들어와. 난 쿠웨이트를 먹겠어, 그렇게 전해."

이광이 앞에 놓인 찻잔을 들고 한 모금 홍차를 삼켰다. 뜨겁고 단

홍차가 목구멍을 타고 넘어가면서 정신이 났다. 군수산업체가 세상을 지배하고 있는 것이다. 후버는 말할 것도 없고 후세인, 미국 대통령도 군수산업체 손바닥 위에서 놀고 있는 것 같다. 그때 후세인이 말을 이었다.

"어때? 이 회장, 윤곽이 잡히나?"

"아직 흐릿합니다, 각하."

"그럼 내가 설명을 해주지."

"부탁합니다, 각하."

"군수산업체 연합은 약 200개의 군수산업체가 모인 연합체야. 로비 자금으로 수십억 불을 쓰고 있어."

후세인의 얼굴에 웃음이 떠올랐다.

"대통령 선거자금도 절반 이상은 그놈들한테서 나갔을 거야."

"……."

"며칠 전에 거기서 밀사가 다녀갔어. 자네가 후버의 부탁을 받고 나한테 올 것이라고 이야기를 하더군."

"……."

"내용까지도 다 말해 주고 갔어. 자네 말하고 한 자도 틀리지 않아."

"……."

"후버도 군수산업체 밀사가 자네보다 먼저 다녀간 것을 알고 있을 거네. 그러니까 다 짜놓은 각본대로 움직이는 것이지."

"그럼 제가 후버한테 어떻게 대답합니까? 그것도 말씀해주시지요."

"내가 그렇게 하겠다고 전해."

"시리아를 공격하겠다고 말씀입니까?"

"그래."

"그래도 후버는 믿지 않겠지요?"

"당연하지. 그냥 대통령에게 보고용이야."

"쿠웨이트를 꼭 점령하실 겁니까?"

"그래야 돼, 어쩔 수 없어."

"돈 때문에요?"

"그것도 있고."

시선을 받은 후세인이 빙그레 웃었다.

"쿠웨이트 금고에 금괴가 약 350억 불어치가 보관되어 있어, 달러는 약 220억 불, 보석류, 기타가 약 2백억 불."

"……."

"약 1천억 불을 먹게 되는 거야."

한 모금 홍차를 삼킨 후세인이 말을 이었다.

"그동안에 미국을 중심으로 다국적군이 결성되었지. 영국, 프랑스, 독일, 그리고 아랍의 몇 개국, 아마 16개국쯤 될 거야."

"……."

"그 다국적군 장비에 약 3천억 불이 들어. 그 군수품 대금은 누가 댈 것 같은가?"

"미국 아닙니까?"

"쿠웨이트가 해외에 투자해 놓은 채권, 주식, 토지, 건물 등의 가격이 약 2조 달러쯤 된다네."

숨만 들이켠 이광을 향해 후세인이 말을 이었다.

"바로 군수산업 연합체에서 쿠웨이트 정부를 대신해서 해외 자산을 처분해 줄 거야, 군비를 만들려고 말이야."

"……."

"군수산업연합체는 이번에 내가 쿠웨이트를 침공하는 덕분에 아마 무기 대금은 빼고 2천억 불은 먹을 거야."

그때 후세인이 소파에 등을 붙이더니 카심에게 말했다.

"카심, 자네가 대신 설명해줘."

"예, 각하."

상체를 세운 카심이 이광을 보았다.

"후버 씨가 이 회장을 보내 쿠웨이트 대신 시리아 침공을 제의한 것은 군수산업체와 협상을 하려는 의도가 있을 거다."

"어떤 흥정 말입니까?"

"우리 몫을 더 내지 않으면 시리아를 치게 해서 너희들 장사를 안 되게 하겠다는 시위지."

"몫을 받습니까?"

"백억 불 단위가 되지."

"누가 받습니까?"

"CIA, 미국 정부."

"대통령도 압니까?"

"알겠지."

그때 후세인이 웃음 띤 얼굴로 거들었다.

"어때? 이 회장, 우리는 너보다 규모가 큰 장사꾼이지?"

"예, 각하."

어깨를 늘어뜨린 이광이 후세인을 보았다.

"저는 전혀 모르고 있었습니다. 마치 인간 세상이 아닌 신(神)들의 거래인 것 같습니다."

"앗하하."

짧게 웃은 후세인이 곧 얼굴을 일그러뜨렸다.

"그렇다면 추악한 신(神)들의 거래지."

"제가 어떻게 하면 됩니까?"

"후버한테 내가 고려해 보겠다고 말하더라고 전해."

"예, 각하."

"그러면 후버가 적절하게 이용을 해서 단가를 올리겠지. 우리가 시리아를 치면 군수산업체한테는 엄청난 손해야, 지금까지 로비 자금으로 몇억 불을 썼는데 그 돈도 찾을 수 없을 테니까."

"……."

"쿠웨이트를 우리가 먹어야 그놈들이 해외에 있는 쿠웨이트 자산을 다국적군 로비를 대고 떼어먹을 테니까."

그때 이광이 끼어들었다.

"각하."

입 안에 고인 침을 삼킨 이광이 후세인을 보았다.

"저한테 쿠웨이트 정부 책임자를 소개시켜 주실 수 있습니까?"

그때 후세인이 고개를 돌려 카심을, 이어서 모하메드를 보았다. 그러더니 어깨를 늘어뜨렸다.

"으음, 리."

"예, 각하."

"넌 군수산업체보다 더 지독한 놈이다."

"그렇습니까?"

"나한테 쿠웨이트 정부 책임자를 소개시켜 달라고 했지?"

"아마 지금쯤 쿠웨이트 최고 지도부는 이 상황을 알고 있을 것입니다."

“그렇겠지.”

“그렇다면 각하의 최측근인 제가 접촉한다면 절대 거부하지 않을 텐데요.”

후세인이 다시 카심과 모하메드를 보더니 고개를 끄덕였다.

“한국인의 머리는 세계 제일이야.”

카심과 모하메드가 따라서 고개를 끄덕였고 후세인의 말이 이어졌다.

“넌 신(神) 위의 신(神)이다.”

“과찬이십니다, 각하.”

“군수산업연합체를 엿 먹이는 일이니 내가 협조하지.”

후세인이 번들거리는 눈으로 이광을 보았다.

“이 판돈이 가장 크구나.”

바그다드에서 카이로로 날아왔다. 전용기가 카이로 공항에 도착했을 때 나영찬과 조백진이 마중 나와 있었다. 서울에서 일하고 있던 조백진은 이광의 연락을 받고 먼저 와서 기다렸던 것이다. 리무진에 탄 일행이 공항을 빠져나가기도 전에 이광이 앞에 앉은 조백진과 나영찬을 둘러보며 말했다.

“일주일 후에 이라크군이 쿠웨이트를 침공할 거야, 이건 내가 후세인 대통령한테서 직접 들은 이야기다.”

둘이 동시에 숨을 들이켰고 차 안에서는 옅은 엔진 음만 울렸다. 리무진 뒷좌석은 마주 보도록 좌석이 만들어져서 이광과 안학태가 나란히 앉았다. 이광이 말을 이었다.

“일주일 동안 바쁘게 서둘러야겠다.”

이광이 조백진과 나영찬을 번갈아 보았다.

"너희들은 여기서 바로 쿠웨이트로 가서 쿠웨이트 사무실, 매장 정리를 해. 물품은 그대로 두고 인력과 은행에 예치한 자금, 채권을 타국으로 옮기도록, 하지만."

이광이 눈을 치켜떴다.

"절대로 외부에 노출되면 안 된다. 5일 안에 끝내도록."

나영찬이 바로 대답했다.

"전 인력을 동원하지요. 여행사 비행기 6대를 모두 쿠웨이트로 돌리겠습니다."

"내가 쿠웨이트 법인장한테는 이야기했어요."

안학태가 거들었다.

"지금 준비하고 있을 겁니다."

이광의 시선이 조백진에게 옮겨졌다.

"네가 용병 1개 부대를 편성해서 쿠웨이트로 보내라."

"이번 철수 작전을 돕는 것입니까?"

"철수 작전은 나 사장이 쿠웨이트 사장하고 둘이 하면 돼."

"그럼 무슨 일입니까?"

"나 사장하고 같이 쿠웨이트로 들어갔다가 전쟁 직전에 나 사장은 빠져나오고 용병 1개 부대는 남는 것이지."

이광의 얼굴에 웃음이 떠올랐다.

"'리스타 용병대'는 이라크군의 쿠웨이트 점령지 확보를 도우면서 CIA와 가교 역할을 하는 거다. 이건 후세인 대통령의 허락을 받았다."

"그러면."

입 안의 침을 삼킨 조백진이 이광을 보았다.

"CIA와 연락은 어떻게 합니까?"

"그것은 리스타를 통해야겠지, 이라크 측도 마찬가지고."

"아아!"

"전쟁은 하더라도 대화 창구는 꼭 필요한 거다. 비공식 창구 말이야."

"아아!"

감동한 조백진이 머리만 끄덕였고 이광이 말을 이었다.

"내가 후세인 대통령한테 제의해서 허락받았다. CIA는 두말할 것도 없이 받아들이겠지."

"정예로 선발하겠습니다. 용병대장은 누구로 정할까요?"

"네 생각을 말해."

"서울에서 '랜드' 경비대장 권철이를 만나고 왔습니다. 권철을 시키고 싶습니다."

"알아서 해."

머리를 끄덕인 이광이 손목시계를 보았다.

"너희들은 쿠웨이트로 언제 떠날 수 있지?"

오후 2시 반이다. 그러자 조백진이 먼저 손목시계를 보고 나서 대답했다.

"용병대는 내일 오전에 출발시키겠습니다. 이번 용병대는 철수를 돕는 작업을 할 테니까 리비아에 대기 중인 용병 50명을 보내겠습니다."

그러자 나영찬이 말을 이었다.

"철수 준비팀은 내일 오전까지 맞추지요. '쿠웨이트 법인 사장'하고 바로 연락을 하겠습니다."

"그럼 나는 오늘 저녁 6시 비행기로 쿠웨이트에 간다."

이광이 의자에 등을 붙이면서 말했다.

"약속이 있어."

그러자 안학태가 덧붙였다.

"8시 약속입니다."

그러고는 안학태가 조백진, 나영찬을 보았다.

"쿠웨이트에서는 따로 행동하시게 될 테니까 만날 필요는 없습니다."

오후 4시 반, 권철이 벨을 눌렀지만 안에서는 대답이 없다. 이곳은 중계동 변두리의 지하 주택이라고 해야 맞다. 시멘트 계단을 14개나 밟고 내려와야 철문이 있었기 때문이다. 물론 계단 왼쪽에도 문이 있었다. 2채가 있는 것이다. 오래된 2층 건물의 계단 밑 주택인 데다 밖은 차도 다닐 수 없는 골목이다. 계단에 전등도 없었기 때문에 아래쪽은 어둡다. 권철이 벨을 이번에는 길게 눌렀다. 그래도 대답이 없었기 때문에 권철은 주먹으로 철문을 두드렸다. 그러나 말은 하지 않았다. 목소리를 내기 싫었기 때문이다.

문을 세 번째 두드렸을 때 안에서 자물쇠 풀리는 쇳소리가 들리더니 문이 20센티쯤 열렸다. 안의 불을 켜놓아서 사람 얼굴이 보인다. 여자, 20살쯤 되었을까? 종이 색 피부, 눈이 컸지만 겁난 표정, 그때 여자가 가는 목소리로 물었다.

"누구세요?"

"왜 문을 안 여는 거야?"

권철이 대뜸 소리쳤더니 여자의 표정이 더 일그러졌다. 그러나 입만 딱 벌리고 말을 뱉지 않는다. 권철이 다시 다그치듯 물었다.

"안에 있으면 대답을 해야 될 것 아냐!"

"죄송해요."

시선을 내린 여자가 기어들어가는 목소리로 말했을 때 뒤에서 인기척이 났다. 그러더니 여자를 옆으로 밀어내고 중년 여자가 권철을 보았다. 그 순간이다.

"으악!"

입을 딱 벌린 여자가 계단이 떠나갈 것 같은 비명을 지르더니 뒤로 벌떡 넘어졌다. 그 서슬에 문이 열리면서 집 안이 드러났다. 3평쯤 되는 응접실 겸 주방이 눈앞에 펼쳐졌다. 뒤로 넘어지면서 주저앉은 여자가 권철을 응시한 채 다시 소리쳤다.

"귀신이야! 귀신!"

"엄마!"

놀란 여자가 중년 여자의 팔을 움켜쥐었고 안쪽 방에서 17, 18세쯤 되어 보이는 여학생이 달려 나왔다.

"엄마! 왜 그래!"

두 젊은 여자가 중년 여자를 양쪽에서 껴안고 소리쳤다.

"엄마! 왜 그래!"

"귀신이야! 귀신이다!"

여자가 권철을 응시한 채 두 손을 휘저었다. 두 눈이 충혈되었고 머리가 헝클어져 오히려 여자가 귀신같다.

"죽은 사람이 살아왔어!"

여자가 다시 소리쳤다.

그로부터 5시간 후인 오후 8시 정각에 이광과 안학태가 쿠웨이트 쉐라톤 호텔 안으로 들어선다. 기다리고 있던 호텔 지배인이 둘을 안내하며 안쪽의 귀빈 전용 엘리베이터에 타고 27층까지 단숨에 도착했다. 27

층은 프레지던트 룸이다. 엘리베이터 앞에서 대기하고 있던 경호원들이 둘을 방으로 안내했다. 방문이 열리더니 CIA해외작전국장 윌슨이 이광을 맞는다.

"어서 오십시오."

윌슨이 이광의 손을 잡고 웃었다.

"내가 먼저 방에서 기다리고 있었습니다."

"미안합니다. 내가 서둘렀지만 늦었어요."

이광이 윌슨의 손을 잡고 안으로 다가가면서 말을 이었다.

"일이 급하게 진행되고 있어서요."

윌슨의 얼굴이 굳어졌다. 응접실의 소파에 자리 잡고 앉은 사내는 넷이다. 윌슨은 후버의 보좌관 패트릭과 함께 왔는데 이광과 안면이 많은 인물이다. 안학태까지 넷이 둘러앉았을 때 이광이 입을 열었다.

"일주일 후에 이라크군이 쿠웨이트를 침공합니다. 후세인 대통령은 시리아 건은 진행하기 힘들다고 했습니다."

"그렇습니까?"

고개를 끄덕인 윌슨은 그럴 줄 알았다는 표정이다. 이광이 말을 이었다.

"후세인 대통령은 군수산업연합체가 이미 후버 부장께 시리아 건은 힘들다는 이야기를 했을 거라고 하더군요."

"아, 그렇습니까?"

"군수산업연합체에서 후세인 대통령을 만나고 간 것 같습니다."

윌슨이 패트릭과 시선을 맞추더니 고개를 끄덕이며 물었다.

"일주일 후란 말이군요?"

"예, 군수산업연합체도 알고 있는 것 같습니다."

그러자 윌슨이 심호흡을 했다. 소파에 등을 붙인 이광이 둘을 번갈아 보았다. 둘도 대강 눈치는 채고 있는 것 같다. 그저 후세인의 마지막 대답을 확인하려고 온 것이다. 벽시계가 오후 8시 20분을 가리키고 있다. 이 프레지던트 룸은 이광이 예약해 놓은 방이다. 윌슨 일행은 이야기가 끝나면 나가야 한다. 그때 이광이 다시 입을 열었다.

"내가 후세인 대통령께 승인을 받았습니다."

그러자 윌슨이 고개를 들었다.

"뭘 말입니까?"

"이곳에 '리스타 용병대' 1개 부대를 남겨 놓는다고 했습니다."

"'리스타 용병대'를 말입니까?"

놀란 윌슨의 목소리가 높아졌다. 두 눈이 번들거리고 있다.

"무슨 용도로 말입니까?"

"'리스타'의 사업체를 보호한다는 명분이지만 미국과 이라크 간의 비공식 소통 수단을 만들어놓는 것이지요."

"……."

"'리스타 용병대'를 통해 미국과 이라크는 서로 소통할 수 있을 것입니다."

그때 패트릭이 고개를 끄덕였다.

"잘하셨습니다."

패트릭은 육군 대장 출신으로 안보담당이다. 후버와 함께 자주 대통령을 만난다.

"우리한테 크게 도움이 됩니다."

"어떻게 하시겠습니까?"

불쑥 이광이 물었기 때문에 둘이 다시 얼굴을 보고 나서 윌슨이 물었다.

"무엇을 말씀입니까?"

"이 사실을 쿠웨이트 정부 측에 알려주시는 역할 말입니다."

그 순간 윌슨의 얼굴이 굳어졌다. 패트릭은 헛기침까지 했다. 그때 이광이 말을 이었다.

"미국 측이 쿠웨이트에 통보를 해주는 것보다 내가 하는 것이 낫지 않겠습니까?"

윌슨은 숨도 쉬지 않았고 패트릭은 외면해서 숨을 쉬는지 안 쉬는지 알 수가 없다. 이광의 목소리가 방을 울렸다.

"이것도 내가 후세인 대통령과 합의한 사항입니다."

"아니, 이것까지 말입니까?"

놀란 듯 윌슨이 서두르듯 물었을 때 이광이 쓴웃음을 지었다.

"후세인 대통령이나 CIA나 미국 대통령도 마찬가지로 '군수산업연합체'의 조종에 놀아나는 꼴이 아닙니까? 솔직히 말해서 말씀이죠."

"……."

"그래서 이번에는 주도권을 우리가, 아니 여러분을 대신해서 내가 쥐겠다는 말씀입니다."

이광이 엄지를 굽혀 제 코를 가리켰다.

"그래서 CIA, 후세인 대통령의 의중을 내가 반영시키고 우리가 이득을 얻자는 것이지요."

그때 패트릭이 헛기침을 하고 이광을 보았다. 눈동자가 흐려져 있다.

"이 회장님, 구체적으로 말씀해주시지요."

"오늘 여러분과 회합이 끝나면 바로 쿠웨이트 왕세자 핫산을 이곳에서 만나겠습니다."

둘은 숨을 죽였고 이광의 말이 이어졌다.

"핫산에게 이라크가 일주일 후인 8월 2일에 침공한다는 사실을 말해 주지요."

"……."

"쿠웨이트의 해외 채권, 금융자산 관리를 '군수산업연합체'가 관리하기 전에 내가 맡도록 하겠습니다. 그리고 '리스타' 용병대가 쿠웨이트에 남은 상황인 데다 후세인 대통령의 지원을 받는 나를 대리인으로 임명하지 않겠습니까?"

"……."

"'군수산업연합체'가 2조 달러가 넘는 쿠웨이트 해외 자산을 주무르게 할 수는 없다는 것이 후세인 대통령의 생각이기도 합니다."

"후세인도 그렇게 말했습니까?"

윌슨이 갈라진 목소리로 물었기 때문에 이광이 쓴웃음을 지었다.

"미국 측도 동의할 것이라고도 말하더군요."

그때 윌슨이 머리를 끄덕이더니 패트릭을 보았다.

"지금 부장께 연락하겠습니다."

그러자 이광이 다시 웃었다.

"부장께서도 거절하실 이유가 없지요. '군수산업연합체'의 로비스트가 아닌 이상은 말씀입니다."

인간 세상은 서로 이용하고 이용당하는 관계다. 그것은 국가 간의 거래도 마찬가지다. 국가 간 거래도 자국의 이익을 위한다면 전(前) 약속은 휴지처럼 버리는 것이 애국이고 충신이다. 국가 간 신의를 지킨다고 손해를 입는 '병신'은 매국노다.

핫산 왕세자는 40대쯤으로 보였지만 실제 나이는 54세다. 현 쿠웨이트 국왕인 이븐 알 무지라 아마드 무스타파 압둘라의 7번째 아들로 왕세자에 책봉되었다. 줄여서 '압둘라' 왕은 73세, 슬하에 9명의 왕비로부터 18남 13녀를 낳았는데 물론 그중 5명은 후궁이다.

핫산 왕세자가 위의 6명 형을 제치고 왕세자로 책봉된 것은 15년 전, 39살 때다. 위의 6명 형 중에서 둘은 사망, 1명은 정신병으로 탈락, 1명은 창녀한테서 자식을 낳았기 때문에 왕적이 박탈, 1명은 공금 횡령으로 왕으로부터 추방당했고 나머지 한 명이 스포츠카를 몰다가 바다에 빠져 죽었기 때문이다.

그래서 핫산이 운이 좋아서 왕세자가 되었느냐고? 아니다. 핫산은 영국 옥스퍼드를 우수한 성적으로 졸업한 후에 프랑스 주재 대사관 영사, 그리고 5년 전까지 미국 주재 쿠웨이트 대사를 지냈다가 귀국했다. 현 직책도 왕세자 겸 국방장관, 예산관리 위원장을 겸하고 있다.

쿠웨이트의 국방과 예산을 총괄하고 있으니 실질적으로는 왕 이상 가는 권력을 쥐고 있는 것이다. 그 핫산이 쉐라톤 호텔 프레지던트 룸으로 들어와 기다리고 서 있는 이광을 보았다.

오후 10시 10분, 10시 약속인데 10분 늦었다. 이광이 방문 안에서 기다리고 있었던 것은 핫산 측이 그렇게 부탁했기 때문이다.

'방문 밖으로 나와 있지 마십시오.' 했다. '왕세자 행차'를 외부에 노출시키지 않으려는 것이다. 기다리고 서 있던 이광은 밖에서 문이 열리고 먼저 핫산이 들어서자 우선 시선을 부딪쳤다. 핫산은 미남이다. 콧수염, 턱수염이 짙었고 굵은 눈썹 밑의 눈동자가 검은 보석 같다. 그때 핫산이 손을 내밀었다.

"리, 반갑습니다."

핫산은 흰색 양복 차림이다. 영어는 정통 영국식 영어, 뒤를 따르는 사내 둘도 양복 차림이었는데 보좌관으로 소개되었다. 이쪽은 비서실장 안학태 하나다. 다섯이 탁자를 사이에 두고 둘씩, 셋씩 나눠 앉았을 때 핫산이 입술 끝을 조금 올리면서 웃었다.

"오전 10시경에 후세인 대통령의 전화를 받았습니다. 오후에 이 회장께서 쿠웨이트에 가실 테니 만나보라고 하시더군요."

이광이 웃기만 했고 핫산이 말을 이었다.

"그러더니 CIA 후버 부장이 1시간쯤 전에 전화를 해왔습니다. 지금 이 회장이 쿠웨이트에 계시니까 상의하라고 하시는 겁니다."

그러더니 핫산이 방 안을 둘러보는 시늉을 했다.

"CIA해외작전국장 윌슨 씨하고 부장 보좌관 패트릭 씨가 다녀가셨지요?"

"예, 전하."

이광의 얼굴에도 웃음이 떠올랐다.

"CIA에서도 저한테 일임했습니다, 전하."

"뭘 말입니까?"

앞에 놓인 생수병을 들면서 핫산이 지그시 이광을 보았다. 의자에 깊숙이 등을 묻고 다리 한 짝을 꼬아서 다른 쪽 허벅지 위에 올려놓았다. 턱을 조금 들고 이광을 보았는데 눈이 반쯤 감겨서 아래쪽을 보는 것 같다. 습관이 된 자세다. 옆쪽에 앉은 보좌관 둘은 상반신을 반듯이 세우고 무릎도 붙인 자세다. 그때 이광이 말했다.

"제가 후세인 대통령을 만나고 왔습니다. CIA 부탁을 받고 갔는데요."

핫산은 시선만 주었고 생수병을 든 이광이 한 모금 삼키고는 말을 이었다.

"이라크군(軍)의 쿠웨이트 침공을 연기하거나 아니면 쿠웨이트 대신 시리아를 치는 것이 어떠냐는 CIA 측의 제의를 후세인 대통령에게 전한 것이지요."

핫산은 생수병 뚜껑을 까다가 말았고 이광은 깐 생수병을 기울여 병째로 두 모금을 삼켰다. 옆쪽 안학태는 눈동자 초점을 흐리게 해서 앞쪽 셋을 한눈에 넣고 있는데 보좌관 둘은 숨소리도 내지 않는다. 이광이 말을 이었다.

"후세인 대통령은 거절했습니다. 그래서 이제 6일 후인 8월 2일에 이라크군이 쿠웨이트를 침공할 것입니다."

"……."

"이건 '군수산업연합체'가 후세인 대통령, 그리고 미국 정부에 전방위 로비를 해서 이뤄진 일이지요. 미국 정부도 어쩔 수가 없습니다. '군수산업연합체'는 후세인 대통령한테도 다녀갔고 CIA 후버 부장도 만났습니다. 이미 각본도 다 짜여 있는 겁니다. 쿠웨이트 침공이 말입니다."

이광이 똑바로 핫산을 보았다.

"후세인 대통령이, 그리고 CIA후버 부장이 전하께 저하고 상의하라고 한 내용이 뭔지 아십니까?"

핫산은 시선만 주었고 이광의 말이 이어졌다.

"이라크가 쿠웨이트를 점령하면 미국은 당장 연합군을 편성할 것입니다. 아마 16개국 정도가 될 겁니다. 그 연합국의 전비는 모두 쿠웨이트 망명 정부가 내게 될 것이지요, 그렇지 않습니까?"

"……."

"그리고 그 전비를 '군수산업연합체'가 집행할 겁니다. 전쟁이 일어나자마자 '군수산업연합체'는 피신한 왕자 전하를 찾아와 해외 재산을 운용하게 해달라고 하겠지요."

"……."

"아마 CIA 후버 부장, 미국 정관계 거물들이 압력을 넣으면 전하께 선 예산 운용권을 안 주고는 못 견디게 될 겁니다."

그때 생수병을 내려놓은 이광이 핫산을 보았다.

"전하, 후세인 대통령, CIA 후버 부장이 저를 밀어준다고 했습니다. 악랄한 전쟁광인 '군수산업연합체'가 쿠웨이트 재산을 빼돌리기 전에 저한테 운용권을 맡기도록 말입니다."

이광의 목소리에 열기가 띠어졌다.

"쿠웨이트 해외자금 운용권을 저한테 맡기시지요. '군수산업연합체' 의 잔치 자금으로 쿠웨이트 국고가 유용되면 안 됩니다."

그때 핫산이 입을 열었다.

"8월 2일입니까?"

"그렇습니다."

"이라크가 밀고 내려오면 우린 하루도 견디지 못합니다."

핫산의 목소리가 떨렸고 두 눈이 번들거렸다. 핫산이 말을 이었다.

"이라크가 쿠웨이트를 영구 점령하는 것은 아니겠지요?"

"제가 후세인 대통령의 측근한테서 들었습니다만 길지는 않습니다."

그러고는 이광이 쓴웃음을 지었다.

"'군수산업연합체'의 무기, 장비 사업을 위한 전쟁이니까요."

그때 핫산이 어깨를 부풀렸다가 내렸다.

"좋습니다. 합의서를 쓰고 쿠웨이트의 모든 해외재산을 이 회장께 넘기지요."

핫산의 얼굴에도 쓴웃음이 번졌다.

"그럼 우리가 '군수산업연합체'의 뒤통수를 치는 셈이 되겠지요."

"시끄러!"

권철이 꽥 고함을 치자 여자가 딸꾹질을 하더니 입을 다물었다. 그러나 눈을 치켜떴고 몸을 떨기 시작했다.

"엄마, 왜 그래."

먼저 나온 여자가 중년 여인을 흔들면서 물었고 나중에 나온 여학생이 어느새 현관 안에 서 있는 권철을 올려다보면서 물었다.

"아저씨는 누구세요?"

"아이구!"

중년 여자의 입이 또 풀렸다. 그러나 눈동자의 초점이 흐려져 있다.

"아이구, 얘들아."

중년 여자가 딸들을 양손으로 움켜쥐더니 울기 시작했다. 눈물이 철철 흘러내린다.

"아이구, 아이구!"

정신은 차린 것 같다. 그때 권철이 이맛살을 찌푸리고 딸들을 둘러보았다.

"너희들이 딸이냐?"

"누구신데요?"

고등학생쯤 되는 딸이 또 물었기 때문에 권철이 버럭 소리쳤다.

"너, 네 엄마가 저렇게 나오는 이유를 모르겠어?"

놀란 고등학생이 눈만 크게 떴고 그 위쪽 언니는 숨을 죽였으며 중년 여자는 여전히 운다. 권철이 어깨를 부풀리며 말했다.

"네 엄마가 나를 보고 내 아버지인 줄로 착각한 거야."

이제 중년 여자가 두 손으로 얼굴을 덮더니 흐느껴 울었고 권철의 말이 이어졌다.

"내 아버지는 일찍 돌아가셨다. 내가 어렸을 때지."

"아이구, 아이구!"

중년 여자가 말했지만 소리는 약했다. 권철이 팔짱을 끼고 서서 셋을 둘러보았다.

"내가 6살 때 너희들 어머니는 날 버리고 도망쳐서 지금 26년 만에 보는 거다."

"그, 그러면……."

이번에도 고등학생이 나섰다.

"아저씨는……."

"너, 머리가 좀 나쁘냐?"

권철이 눈을 가늘게 뜨고 고등학생을 보았다.

"그만하면 이해가 안 가?"

"엄마 정말이야?"

20대 여자가 중년 여자에게 묻자 대답이 얼굴을 덮은 손가락 사이에서 나왔다.

"아이구, 철아, 미안하다."

이것이 대답이다.

30분쯤이 지난 지하실 방 안, 거실 겸 주방에 넷이 둘러앉았다. 소파도 없었기 때문에 권철은 뒤쪽 벽에 등을 붙이고 앉았고 세 여자는 마주 보는 자리에 나란히 앉았다. 딸들 이름도 다 말했다. 이성주, 이경주다. 큰딸 이성주는 22살, 식자재 매장 직원이고 작은딸 이경주는 18살,

고2다. 어머니 유재옥은 53세, 지금 폐암 3기다.

이제 유재옥은 눈이 충혈되어 있었지만 울음은 그쳤고 눈동자의 초점도 잡혔다. 대신 이성주, 이경주가 권철과 시선을 마주치지 못했는데 어색하고 창피한 것 같다. 둘은 유재옥이 전에 결혼했었다는 사실을 모르고 있었던 것이다.

물론 유재옥의 두 번째 남편이며 이성주, 이경주의 아버지도 7년 전에 교통사고로 죽었다. 뺑소니 사고여서 보상도 못 받은 것이다. 공사장의 일당 노동자여서 하루 벌어 하루 사는 처지였기 때문에 타격은 더 컸다.

그 후부터 유재옥은 식당 일, 파출부, 건물 청소로 두 자식을 키웠는데 갑자기 작년 말에 덜컥 폐암 3기 선고를 받은 것이다. 권철이 입을 열었다.

"너희들, 생각해 봐라. 6살짜리 아이가 졸지에 어머니가 도망간 경우를 말이다. 내 아버지는 내가 세 살 때인가 병으로 돌아가셔서 기억도 없다."

권철은 지금 두 자매에게 이야기를 하는 중이다.

"할머니가 날 키웠지. 도망간 어머니란 여자는 소식도 없었고 그렇게 날 키워주시던 할머니도 18살 때 돌아가셨다."

권철의 얼굴에 웃음이 떠올랐다.

"그 후로 다시 14년이 지난 거다. 그러고 나서 내가 이렇게 도망간 어머니를 찾아 온 거지."

그때 권철이 엉거주춤 자리에서 일어섰다.

"내가 조사해보니까 너희들 엄마가 폐암 3기인데 돈이 없어서 제대로 치료도 못 받는다고. 돈만 제대로 내면 완치될 가능성이 있다더

244

구나.”

권철이 옆에 놓인 검정색 헝겊가방을 들더니 앞으로 던졌다. 가방이 무거워서 돌덩이가 떨어지는 소리가 났다.

“1억 들었어, 그 돈은 너희들 둘한테 주는 거다.”

몸을 돌리면서 권철이 말을 이었다.

“너희들 둘이 있다는 말을 듣고 마음에 걸렸어. 그 여자가 또 자식들 가슴에 칼을 꽂고 가는구나, 남겨진 자식들이 얼마나 가슴이 찢어질까? 하는 생각이 들었어.”

발을 떼면서 권철이 말을 이었다.

“그 돈으로 너희들 엄마 병 치료를 하고 잘 살아라.”

권철이 현관에서 신발을 신고 문을 열었다. 지하실 안이어서 눅눅했지만 서늘한 공기가 흡입되었다. 문을 밖에서 힘껏 닫은 권철이 서둘러 계단을 올랐다. 지금까지 유재옥과는 한마디도 말을 섞지 않았다. 참으로 다행이다.

호텔로 돌아왔더니 이민웅이 반색했다.

“아이구, 기다렸습니다.”

권철이 자리에 앉기도 전에 이민웅이 탁자 위의 전화기를 집어 들면서 말했다.

“조 사장께서 지금 쿠웨이트에 계십니다. 통화해 보시지요.”

“쿠웨이트에?”

놀란 권철이 전화기 버튼을 누르는 이민웅에게 다가서서 물었다. 이틀 전에 서울에서 조백진을 만났던 것이다. 곧 연결되었고 이민웅이 전화기를 넘겨주었다.

"사장님, 권철입니다."

"응, 너, 당분간 '랜드'는 대리인한테 맡기고 쿠웨이트 일을 해야겠다."

"쿠웨이트입니까?"

"그래, 거기 지금 몇 시냐?"

"오후 3시 반입니다, 사장님."

"지금 당장 쿠웨이트로 날아와서 네가 쿠웨이트 용병단 50명을 지휘해라. 용병단은 모두 쿠웨이트에 도착했으니까 너만 오면 된다."

그러더니 덧붙였다.

"자세한 내막은 쿠웨이트에 도착하면 알려줄 테니까."

"예, 사장님."

"여긴 곧 전쟁이 일어난다."

권철은 숨을 삼켰고 조백진이 말을 이었다.

"네가 적격이라고 회장님께 말씀드렸다."

"알겠습니다, 그럼."

권철이 먼저 전화를 끊었다. 이렇게 쿠웨이트 업무가 시작되었다.

다음 날 오후 12시 반, 서류 작성을 끝낸 핫산이 이광에게 손을 내밀어 악수를 청했다.

"잘 부탁합니다, 이 회장님."

"저도 보람을 느낍니다."

핫산의 손을 잡은 이광이 말을 이었다.

"8월 2일 이후에 쿠웨이트에는 '리스타 용병대'가 상주하게 될 것입니다."

긴장한 핫산의 눈이 반짝였다. 뒤에 서 있는 보좌관, 은행장들을 의식한 핫산이 이광의 팔을 잡고 창가로 다가가 섰다.

"무슨 말입니까?"

"예, 이건 후세인 대통령한테 승인을 받은 사항인데요, 물론 CIA도 알고 있습니다."

숨을 죽인 핫산의 귀에 입술을 댄 이광이 말을 이었다.

"'리스타 용병대'를 통해 비공식 대화 채널을 만드는 것입니다."

"그렇지."

핫산이 커다랗게 머리를 끄덕였다.

"꼭 필요한 조직이오, 이 회장님."

"용병대를 통해서 쿠웨이트 측 의사도 이라크 측에 전달할 수 있을 것입니다."

"내가 바랐던 일이오."

"그리고 이것이 비밀 조직이니만치 쿠웨이트 내부 상황도 더 자세히 알 수 있을 것입니다."

"당연하지요."

핫산이 번들거리는 눈으로 이광을 보았다.

"전쟁 때 미처 도피하지 못한 사람들을 보호할 수도 있고……."

몸을 더 바짝 붙인 핫산이 말을 이었다.

"반역자도 찾아낼 수 있을 테니까요."

"어쨌든 우리가 '군수산업연합체'의 허점을 찌르고 들어간 셈이 되었기 때문에 여러 가지 대비를 해야 됩니다."

이광의 말에 핫산이 다시 고개를 끄덕였다. 이제 '군수산업연합체'와 이광은 직접적인 경쟁 상대가 된 것이다. 아니, 등을 찌른 적이 된 것이다. 핫산이 다시 손을 뻗어 이광의 팔을 쥐었다.

"쿠웨이트를 이 회장께 맡긴 것입니다."

핫산으로서는 전혀 손해 보는 장사가 아니다.

"철수 완료했습니다."

오후 4시 반, 쿠웨이트 시내 주택가에 위치한 안가(安家)에서 '쿠웨이트 법인' 사장 박인배가 보고했다. 쿠웨이트에 본사를 두었던 '리스타 투자'는 이미 본사를 뉴욕으로 옮긴 데다 상사, 유통 소속 업체들의 자금이 모두 쿠웨이트 밖으로 빠져나간 것이다.

오늘은 7월 29일, 이라크군(軍)의 쿠웨이트 침공 예정일이 8월 2일이니 만 3일의 여유가 있다. 이광이 박인배 옆에 앉은 조백진에게 물었다.

"용병대 역할이 크다. 권철이가 잘 해내야 돼."

"예, 잘 해낼 겁니다."

조백진이 자신 있게 대답했다.

"그놈은 전장(戰場)이 체질에 맞는 놈이니까요, 순발력이 강하고 임기응변이 뛰어납니다. 적응력, 기술도 수준급이지요."

그러자 이광이 얼굴을 펴고 웃었다.

"너, 그렇게 칭찬하다가 잘못되면 네가 뒤집어쓰게 될 거다."

"예, 회장님."

조백진이 웃지도 않고 대답했다.

"부하들도 제가 그런 줄 아니까 더 열심히 뛸 겁니다."

"이 자식이 그러고 보니 계획적이군."

이광이 웃으며 말했지만 둘러앉은 안학태나 박인배는 따라 웃지 않았다. 조백진은 이광이 군 시절에 부하로 데리고 있었던 인연이니 가장

248

긴 인연이 될 것이다. 현 사회에서 인연이 길다는 것은 자랑으로 들어간다. 자신의 조그만 이득을 위해서도 서슴없이 인연을 버리는 세상이기 때문이다. 그때 이광이 안학태와 조백진을 둘러보며 말했다.

"이제 우리는 '군수산업연합체'와 전쟁을 시작하게 될 거야."

둘이 동시에 머리를 끄덕였고 안학태가 먼저 입을 열었다.

"해밀턴 사장과 오금봉 사장한테도 이 상황을 알려줬습니다. 둘 다 같은 반응이었습니다."

'리스타 그룹'과 '군수산업연합체'와의 전쟁인 것이다. 이 전쟁은 이라크와 쿠웨이트 전쟁보다 더 치열하고 더 길어질 것이다.

후버가 고개를 끄덕이며 말했다.

"1회전은 이광이 먹었다."

"무슨 말씀입니까?"

앞에 앉은 윌슨이 묻자 후버는 의자에 등을 붙이면서 파이프를 입에 물었다. 물론 담배를 채우지 않은 파이프다. 뉴욕 맨해튼의 CIA 안가 응접실 안에 잠깐 무거운 적막이 덮였다. 오전 9시 반, 윌슨과 패트릭이 쿠웨이트에서 돌아와 후버를 만나고 있다. 그때 후버가 파이프를 입에서 빼내고 말했다.

"이광이 '군수산업연합체'를 엿 먹인 것이지. 한 방에 자빠뜨려 버렸어, 1회전에 말이야."

맞는 말이다. 윌슨과 패트릭이 입을 다물었고 후버의 말이 이어졌다.

"그놈들도 정보력이 있겠지만 이광의 '리스타'만큼 조직력을 갖추고 있지는 않아, 아마 이라크가 쿠웨이트를 점령하고 나서야 쿠웨이트 해외재산 관리권이 '리스타'로 넘겨진 것을 알게 되겠지."

눈을 가늘게 뜬 후버가 윌슨과 패트릭을 번갈아 보았다.

"하지만 쿠웨이트 내부에서 정보가 샜을 수도 있어. 리스타나 우리 측에 군수산업연합체 정보원이 접근해서 이 사실을 알고 있을 가능성은 희박해."

"그렇지만 이미 끝난 일입니다. 지금 날뛰어도 되돌릴 수는 없겠지요."

"'군수산업연합체'에서 이광을 없애려고 할 거야."

"그럴 가능성이 큽니다."

"이광을 없애고 다시 핫산에게 재산 관리권을 받으려고 하겠지."

"이광이 앉아서 당할 인간이 아닙니다."

"우리는 어떻게 해야 되지?"

불쑥 후버가 물었기 때문에 윌슨은 숨만 삼켰지만 패트릭이 대답했다.

"리스타를 도와야 되지 않겠습니까?"

후버의 시선을 받은 패트릭이 말을 이었다.

"그것이 최소한의 정의를 지키는 일이라고 생각합니다."

"옳지."

후버가 그렇게 대답했지만 얼굴은 찌푸려져 있다. 패트릭은 육군 대장 출신으로 59세, 후버보다 7살 연하다. 그때 패트릭이 말을 이었다.

"이 기회에 '군수산업연합'의 힘을 빼놓아야 됩니다, 부장."

윌슨이 소리죽여 한숨을 쉬었고 패트릭의 말이 이어졌다.

"'군수산업연합'은 전 세계의 공적입니다. 전쟁만 일으키려는 거대한 공룡입니다. 이번에 '리스타'가 '군수산업연합'의 힘을 꺾어 놓는 것이 세계질서를 위해 바람직한 일입니다."

250

"젠장."

마침내 후버가 파이프를 책상 위로 내동댕이치고는 패트릭을 노려보았다.

"그걸 누가 모르나?"

6장 쿠웨이트 침공

1990년 8월 2일, 이라크군(軍)은 쿠웨이트를 침공했다. 물론 예고도 없는 기습 침공이다. 그러나 8월 1일 오후부터 쿠웨이트 국경 쪽으로 이라크 기갑사단이 대거 이동했기 때문에 쿠웨이트군(軍)은 경계하고 있던 중이었다.

쿠웨이트 정부에서 다급하게 미국, 나토(NATO), 인근의 사우디 등에 지원 전문을 보냈지만 기대하고 있지는 않았다. 이미 쿠웨이트 정보는 1주일 전에 이광으로부터 침공 사실을 전달받고 '해외재산 관리협약'까지 마친 상태였기 때문이다. 그리고 침공 이틀 전인 7월 31일에 왕가(王家) 전원이 특별기 14대를 타고 파리, 런던, 워싱턴 등으로 도피했다.

일부는 카이로, 로마, 리스본으로 날아갔는데 핫산 왕세자는 독특했다. 핫산 왕세자가 탄 공군 2호기는 홍콩 공항에 착륙했기 때문이다. 8월 2일 오전 11시, 이곳은 프랑스 파리 몽마르트르 지구에 위치한 대저택 안이다.

저택의 응접실에 둘러앉은 10여 명의 사내들은 모두 TV를 보고 있었는데 화면에는 쿠웨이트 시내가 방영되는 중이다. 그때 상석에 앉은 사내가 시가를 입에 물면서 말했다.

"후세인이 좀 오버하는군. 기갑사단 2개면 충분하고도 남는데 5개 기갑사단을 쏟아붓다니."

"미국에 대한 시위죠."

옆쪽 사내가 말을 받는다.

"내 전력이 이런데 어디 한번 덤벼봐라 하는 겁니다."

"그럴수록 장사가 잘되는 거야."

상석의 사내가 웃음 띤 얼굴로 말을 받는다.

"후세인을 우리 홍보부장으로 임명해야 돼. 바이어 겸 홍보부장이 되겠군."

그때 둘러앉은 서너 명이 낮게 웃었다.

TV에는 이라크 기갑사단 탱크가 쿠웨이트 시내를 행진하고 있다.

상석에 앉은 백발의 사내가 시가 연기를 구름처럼 내뿜었다.

리차드 볼룸 63세, 미국의 '제너럴 패커드'사 회장으로 직원 12만 명, '제너럴 패커드'사는 탱크, 장갑차, 미사일, 기관포, 그리고 각종 총기와 탄약, 방탄복에다 군용 식품까지 생산하는 '군수산업체'다.

1년 매출은 1천5백억 불로 대기업에 속하지만 일반 국민들은 '제너럴 패커드'가 무슨 회사인지도 모르고 있다. 일절 광고를 하지 않는 데다 언론 노출도 피하고 있기 때문이다. 볼룸이 입을 열었다.

"자, 이제 슬슬 시작해 봅시다."

그때 사내 하나가 TV 볼륨을 낮췄고 화면의 그림만 펼쳐지는 상태에서 사내들이 자리에 둘러앉았다.

볼룸이 사내들을 둘러보았다.

"곧 미국 정부에서 규탄 성명과 함께 쿠웨이트를 회복할 다국적군 편성을 유엔에서 제의할 거요. 우리 예상대로라면 16개국인데, 이상 없지요?"

"없습니다."

사내 하나가 말을 받았다.

"병력은 25만 정도가 됩니다."

이미 다 계산되어 있는 것이다.

그때 영국의 '대전차 미사일' 제작사인 '하워드'사 회장 하워드 존슨이 입을 열었다.

"저기, 이라크군 T-55형 탱크는 비싼 공대지 미사일로 처리할 필요가 없어요. 우리 제품인 스텔라3 미사일로 대체합시다."

그때 사내 하나가 나섰다.

"이봐요, 하워드 회장, 스텔라3은 이미 3천 발이나 예약되었지 않습니까? 욕심을 부리시는 거요?"

공대지 미사일 '스팅거'를 제작하는 미국 '팬텀'사 회장 모리스 호튼이다. 호튼이 말을 이었다.

"난 지난번 전쟁 때 스팅거를 1만 발이나 제작했다가 1천 발도 팔지 못했단 말이오."

"탱크를 그만큼 만들어야겠구면."

누군가 끼어들었기 때문에 웃음이 일어났다. 그때 볼룸이 손을 들었다. 볼룸이 '군수산업연합회' 회장이다. 오늘은 8월 2일, 이라크의 쿠웨이트 침공일에 맞춰 파리에서 '군수산업연합회' 간부 회의를 하고 있는 것이다. 다시 응접실이 조용해졌고 볼룸이 말을 이었다.

"자, 그렇게 눈앞의 몫만 놓고 다투면 안 됩니다. 우리가 형평성을 갖춰서 결정할 테니까요. 여러분들은 242개 '군수산업연합회'의 간부진입니다. 여러분이 이 세상을 지배하고 있는 겁니다. 자부심을 갖고 행동해 주시기 바랍니다."

"장사만 잘되면 자부심이 저절로 생기는 겁니다."

존슨이 말했다가 볼룸의 시선을 받더니 어깨를 늘어뜨렸다.

"농담한 겁니다."

그때 '연합회' 사무총장을 맡은 제럴드 피셔가 입을 열었다.

"회장님, 이제 작업을 시작해야 될 것 같습니다."

"그것 때문에 오늘 모인 것이니까."

헛기침을 한 볼룸이 간부들을 둘러보았다. 모두 12명, 각 품목사의 책임자들이다. 예를 들면 존슨은 대전차포, 대전차 미사일, 중기관총 부분의 대포이고 피셔는 공군용 미사일과 레이더, 전투기까지 포함한다. 탱크 제조업체 부분이 있는가 하면 탱크 파괴용 미사일, 대전차포 생산업체가 있어서 서로 의견 교환을 하려고 하면 볼 만하다. 이것이 각국의 국가기밀 사항에도 포함이 되지만 서로 얽혀 있는 관계라 '반역'만 아니면 그냥 넘어간다. 볼룸이 피셔에게 말했다.

"이번 전쟁의 예산을 책정했지요?"

"예."

대답한 피셔가 간부들에게 말했다.

"자, 여러분, 앞에 놓인 자료를 보세요."

모두 극비 스탬프가 찍힌 서류를 들었고 피셔가 말을 이었다.

"이번 이라크군 쿠웨이트 침공으로 미국이 결성할 다국적군의 전비 예산은 약 3천2백억 불이 될 겁니다."

서류에 그렇게 적혀 있다. 피셔의 목소리가 응접실을 울렸다.

"각 부분별 전비가 적혀 있으니까 해당 부분을 참조하시기 바랍니다."

여러 번 토의 후에 결정된 사항이어서 모두 페이지를 넘기고 있다. 그때 볼룸이 말했다.

"미국 중부군 사령관 에드워드 핀들러 대장이 다국적군 사령관이 될 겁니다. 다국적군 사령부는 사우디 담만에 설치될 것이고."

이것도 이미 미국 측에서 빼낸 정보다. 볼룸의 얼굴에 웃음이 떠올랐다.

"전비는 미국이 주도하는 전쟁이니까 미국이 담만의 기지 건설과 용역비까지는 낼 겁니다. 그리고 나머지는……."

볼룸의 말을 피셔가 받았다.

"나머지 전비는 당연히 쿠웨이트 정부에서 댑니다. 그것은 쿠웨이트 해외 재산에서 지급하는 방법인데, 우리가 이미 미국 정부하고 합의를 끝냈습니다. 우리 연합회에서 쿠웨이트 정부 해외 재산을 관리해서 지급하는 것으로 말입니다."

이것이 핵심이다.

"마치 적진에 숨어 있는 것 같다."

창밖의 거리를 내다보면서 권철이 말했다. 오후 3시 반, 쿠웨이트 시내는 마치 영화 세트장처럼 보였다. 한낮의 온도가 섭씨 42도여서 보통 때도 통행인이 적기는 하다. 그러나 지금은 딱 끊겼다. 햇살이 쨍쨍한 한낮, 시내에 움직이는 물체가 없는 것이 기괴하게 느껴졌다. 옆으로 강재호가 다가와 섰다.

"대장님, 아지르 대령이 왔습니다."

"어, 벌써?"

놀란 권철이 몸을 돌리면서 웃었다.

"이라크 보안군은 빠르구나."

"응접실에서 기다리고 있습니다."

뒤를 따르면서 강재호가 말을 이었다.

"조금 전에 시청 앞에서 쿠웨이트 군인 둘을 총살했습니다."

"군기를 잡으려는 거야."

권철이 응접실 문을 열면서 말했다. 이라크군은 거의 무혈점령을 한 것이나 마찬가지였던 것이다. 쿠웨이트 정부는 이라크가 침공하자 국경 수비대가 군 전체에 저항하지 말고 영내에서 대기하라고 지시를 했다. 불필요한 사상자를 내지 않으려는 의도였다. 압도적인 이라크군에 저항해야 몰살당할 뿐이었다.

이러한 쿠웨이트 정부의 대응은 세계 여론의 지지를 받았다. 물론 쿠웨이트 측이 사전에 이라크 침공 정보를 받았기 때문에 가능한 일이었다. 응접실로 들어서자 기다리고 있던 아지르가 손을 내밀었다. 오늘이 8월 3일, 점령 이틀째, 권철은 아지르를 두 번째 만난다.

"대령, 신분증을 가져왔습니다."

아지르가 권철의 손을 쥐면서 말했다. 권철은 대령으로 소개되었는데 누가 신분 확인을 할 것도 아니어서 모두 계급을 올렸다. 그래서 권철은 대령이다. 응접실에 둘러앉았을 때 아지르의 보좌관이 신분증이든 대형 봉투를 강재호에게 건네주었다. 아지르는 40대 초반쯤으로 양복 차림이었는데 날씬한 체격이다. 동행한 두 사내도 사복을 입어서 민간인 같다. 아지르가 눈으로 옆쪽 사내를 가리키며 말했다.

"카릴 대위가 용병대와 함께 상주하면서 안내역을 맡을 겁니다."

권철이 선선히 머리를 끄덕였다. 아지르는 용병대를 '동맹군' 취급을 해주고 있다. 그때 '카릴'이라고 불린 사내가 자리에서 일어나더니 권철을 향해 거수경례를 했다.

"잘 부탁합니다, 대령님."

"나도 잘 부탁하겠어, 대위."

권철이 가볍게 답례를 했다. 권철을 포함한 용병대는 52명, 2개 팀으로 이루어졌고 모두 중무장을 한 상태다. 그것은 이라크가 쿠웨이트를 침공하기 전에 쿠웨이트 군으로부터 필요한 무기를 넘겨받았기 때문이다. 이곳은 쿠웨이트 중심부에 위치한 '알리바바' 호텔, 5층 건물에 객실 70개짜리 호텔을 '리스타' 용병대가 사용하고 있다. 어제 이라크 점령군 사령부로부터 배정받은 것이다.

"'군수산업연합'은 엄청난 자금을 이용해서 주로 남아프리카 공화국의 '윈체스터 상사'에 용역을 줍니다."

해밀턴이 말을 이었다.

"'윈체스터 상사'는 역사가 50년 가깝게 된 용병 회사로 회장은 로이드, 항상 1천 명 가까운 용병을 보유하고 있는데 아프리카 내전(內戰)에 윈체스터 용병이 고용되지 않은 경우가 드물지요."

이곳은 '랜드' 바닷가의 별장 안, 한낮이어서 흰 백사장과 푸른 바다가 눈이 부시도록 베란다 앞으로 펼쳐져 있다. 베란다의 의자에 둘러앉은 사내는 다섯, 이광과 안학태, 해밀턴과 오금봉, 그리고 조백진이다. 비서, 보좌관도 뺀 최고 간부들의 회의다.

이광은 쿠웨이트에서 바로 '랜드'로 날아왔고 해밀턴, 오금봉도 뉴욕에서 왔다. 조백진과 안학태는 쿠웨이트에 함께 있었기 때문에 8월 1

일에 전용기를 함께 타고 온 것이다. 오늘은 8월 3일, 이라크가 쿠웨이트를 점령한 지 만 하루가 지났지만 세계는 아직도 '쿠웨이트 침공'으로 떠들썩했다.

미국은 즉각 유엔 안보리를 소집했고 조금 전에 이라크를 전범국으로 지정했다. 그리고 '다국적군 편성'도 '안보리'에서 결정이 된 것이다. 그때 해밀턴이 고개를 들고 이광을 보았다.

"이제 '연합체'에서 핫산 왕자한테 군비 사용 건에 대해서 연락할 것입니다."

해밀턴의 얼굴에 웃음이 떠올랐다.

"그리고 쿠웨이트의 해외자금이 모두 '리스타 재무실'에 귀속되었다는 것을 알면 대경실색하겠지요."

"암살팀이 편성될까?"

불쑥 이광이 묻자 베란다에 잠깐 무거운 정적이 덮였다. 이광이 바로 본론을 꺼낸 것이다. 해밀턴이 '군수산업연합체'의 용병단 이야기를 꺼낸 것은 간접적인 접근이었다. 이광의 시선을 받은 해밀턴이 고개를 끄덕였다.

"그럴 가능성이 큽니다."

"1백 퍼센트일 것입니다."

오금봉이 덧붙였기 때문에 이광의 얼굴에 쓴웃음이 번졌다.

"행동이 빠르군."

"가차 없는 놈들입니다."

해밀턴이 대답했다.

"그리고 목적을 위해서는 국가 간 관계나 약속, 어떤 희생도 무시하는 조직이니까요. 바로 '죽음의 상인'입니다."

"그렇군."

"우리는 '군수산업연합체'와 전쟁을 하게 됩니다."

오금봉이 말하자 이광이 고개를 끄덕였다.

"핫산도 오늘 밤에 여기 도착할 거야."

그리고 조백진은 리비아에 대기시켰던 용병대 예비병력과 한국에서 선발된 병력까지 2개 대대 약 1천 명 가까운 병력을 '랜드'로 투입할 예정인 것이다. 지휘관도 이미 정해놓았다. 수도방위사령부 참모장 출신인 임한성 소장이다. 예편해서 낚시를 다니던 임한성이 내일 이곳에 도착할 것이었다. 그때 안학태가 입을 열었다.

"지금까지 우리가 한발 빨랐지만 '군수산업연합체'가 움직이기 시작하면 치열한 정보전부터 시작될 것입니다. 그래서……."

안학태가 이광을 보았다.

"'리스타'에서도 비상상태에 대비한 조직이 필요합니다, 회장님."

고개를 끄덕인 이광이 해밀턴을 보았다.

"해밀턴, '쿠웨이트 작전' 총지휘를 맡아줘야겠어. 그래야 일사불란하게 조직이 가동될 테니까."

"예, 회장님."

이미 이야기가 되어 있는 터라 해밀턴이 바로 고개를 끄덕였다.

"비상조직을 편성하겠습니다."

"왕자 전하이십니까?"

핫산의 목소리를 들은 피셔가 어깨를 부풀렸다가 내리면서 물었다. 옆쪽 소파에 앉은 리차드 볼룸이 빈 파이프를 입에 물었다. 긴장할 때의 버릇이다. 그러나 얼굴에는 웃음이 떠올라 있다. 오후 3시, 파리의 안가(安家)인 대저택 안, 응접실에는 하워드 존슨 등 간부 대여섯이 둘러앉아 있다. 그때 핫산의 목소리가 응접실에 울렸다. 스피커 버튼을 눌렀기 때문이다.

"예, 핫산입니다."

"저, 제럴드 피셔입니다."

피셔가 정중한 표정까지 지으면서 말했지만 소파에 등을 붙이고는 다리 한쪽을 다른 다리 위로 걸친 자세다.

"이번 사태를 보고 분노를 금할 수가 없습니다, 왕자 전하."

"감사합니다."

"주변의 모든 사람들이 분노하고 있습니다. 안보리에서 연합군 편성도 결의했으니 조금만 기다리시면 귀국할 수 있으실 것입니다."

"감사합니다."

"여기는 오후 3시입니다. 홍콩은 오후 9시가 되어 있겠군요."

"그렇군요."

"잠깐만, 저희 군산연합체 회장이신 리차드 볼룸 회장께서 위로의 말씀을 드린다고 합니다."

"아, 예."

그때 피셔로부터 전화기를 넘겨받은 볼룸이 파이프를 손에 든 채 말했다.

"전하, 볼룸입니다."

"어떻게 위로의 말씀을 전해드려야 할지 모르겠습니다."

"감사합니다."

앞쪽 소파에 앉아있던 존슨이 하품을 했기 때문에 피셔가 손짓을 했다. 소리는 내지 말라는 표시다. 그때 볼룸이 물었다.

"왕 전하께서는 플로리다에 계시다고 들었습니다. 제가 요트를 보내 드리지요."

"아니, 됐습니다. 우리도 2척이나 있거든요."

그때 볼룸이 앞에 앉은 피셔를 향해 쓴웃음을 지어 보였다. 쿠웨이트 왕의 요트가 더 크기는 했지만 볼룸의 요트는 최신형이다. 그때 심호흡을 한 볼룸이 말을 이었다.

"전하, 곧 CIA 측에서 연락이 가리라고 생각합니다만 서둘러야 될 것 같아서요."

이제는 둘러앉은 사내들이 딴짓을 않고 볼룸을 보았다. 핫산은 듣기만 했고 볼룸의 목소리가 응접실을 채웠다.

"다국적군 사령부가 들어갈 사우디 담만 기지는 미국 측이 사우디와 함께 조성하기로 했습니다만 기타 부대시설부터 경비가 들어갑니다."

"……."

"잘 아시다시피 미국은 이번 전쟁에 예산을 책정하지 못했어요. 아마 내년 예산이 책정되겠지만 그렇다고 그때까지 기다릴 수 없지 않겠습니까?"

"……."

"당장 다국적군 사령관인 에드워드 핀들러 대장이 담만에 와서 전쟁 준비를 시작해야 되거든요."

헛기침을 한 볼룸이 말을 이었다.

"전하께서 쿠웨이트 '해외재산 사용허가서'에 서명만 해주시면 단하루의 차질 없이 쿠웨이트 영토 회복 작전을 시작할 수 있습니다."

"……."

"우리들이 이미 전쟁 예산을 세워 놓았으니까 그것을 보시고 결정해 주셨으면 합니다. 미국 정부도 보증을 서 줄 테니까요."

"……."

"그리고 예산을 사용하기 전에 전하께 꼭 보고 드리겠습니다. 전하께서 감독관을 보내 우리 옆에 상주시키는 것도 환영합니다."

그때 핫산이 대꾸를 하지 않았기 때문에 좌중 분위기가 가라앉았다. 존슨은 이맛살을 찌푸리기까지 했다. 그래서 볼룸이 물었다.

"전하, 들으셨습니까?"

"아, 들었습니다."

"내일 계약서를 갖고 저하고 군수산업연합체 간부들이 전하를 찾아뵈려고 하는데요. 물론 미국 정부의 국무장관이나 차관, 공화당 원내총무도 부르지요."

"……."

"하원의장은 지금 수술 중이고 의회 간부는 지목하시면 우리가 불러오겠습니다. CIA는 당연히 참석해야지요. 후버 씨는 공식 석상에 안 나가는 사람이니까 부장보 윌슨을 부르지요."

"볼룸 씨."

마침내 핫산의 목소리가 울렸기 때문에 모두 귀를 세웠다. 그때 핫산이 말을 이었다.

"내가 이미 계약을 했습니다."

"무슨 말씀입니까?"

볼룸이 눈살을 찌푸렸을 때 핫산의 목소리가 응접실을 덮었다.

"쿠웨이트 해외재산을 리스타가 관리하도록 계약서에 사인을 했습니다."

"예? 누구라고요?"

"리스타, 아시지요?"

"아, 그, 코리아."

"예, 코리아 기업 말입니다."

"사인을……."

"예, 했습니다. 그래서 이번 전쟁의 군비는 리스타가 관리해서 지급할 겁니다."

"……."

"차질 없이 지급될 겁니다."

"아, 언, 언제."

마침내 볼룸이 말을 더듬었을 때 핫산이 부드럽게 말했다.

"밤 10시 반이 되었네요, 이만 통화 끝내겠습니다."

해밀턴이 윌슨의 전화를 받은 것은 그로부터 30분쯤이 지난 후다. '랜드' 시간은 홍콩과 같았기 때문에 밤 11시, 뉴욕은 오전 11시다.

"응, 윌슨, 웬일이야?"

해밀턴이 느긋하게 대답했을 때 윌슨은 입맛부터 다셨다.

"해밀턴, 터졌어."

"뭐가? 보스 오줌통이?"

"농담 말고."

"그럼 네 숨겨둔 애인이 들통난 거냐?"

"조금 전에 피셔가 나한테 전화를 했어."

해밀턴은 입을 다물었고 윌슨의 말이 이어졌다.

"길길이 뛰더군. 우리가 장난을 쳤다는 거야."

"그건 사실이지."

"농담 말고."

"보스가 그놈들 뇌물 안 먹였을까?"

"전화 끊을까?"

"말해, 윌슨."

"받아들일 수 없다는 거야. '리스타' 같은 애송이가 세계를 상대로 장난을 치도록 내버려 둘 수가 없다는군."

"개새끼들."

마침내 해밀턴이 버럭 소리쳤다.

"그럼 그놈들이 갖고 놀겠다는 건가?"

핫산이 탄 전용기가 '랜드' 공항에 착륙했을 때는 오전 10시가 되어갈 무렵이다. 공항에는 이광이 마중 나와 있었는데 강은서와 함께였다.

"반갑습니다."

강은서의 인사를 받은 핫산이 활짝 웃었다.

"영광입니다, 전하."

강은서가 유창한 영어로 인사하자 핫산이 고개를 끄덕였다.

"오히려 내가 영광입니다, 부인."

핫산은 강은서가 공식 석상에 처음 등장한다는 것을 아는 것이다. 전용기에 탄 핫산 일행은 160명이나 되었다. 핫산의 가족과 쿠웨이트 정부의 고위관리, 그리고 그들의 수행원들이다. 그리고 그들의 가족이 탄 비행기 2대가 곧 도착할 예정이다. 랜드가 쿠웨이트 임시정부가 된 것이다. 랜드 중심부에 완공된 코리아 호텔에 투숙한 핫산은 만족했다.

58층 건물인 코리아 호텔은 객실이 560개에 상가 등 인프라가 완벽하게 갖춰져 있었기 때문이다.

"맡기겠소."

핫산이 숙소인 '프레지던트 룸'으로 들어서면서 이광의 손을 잡고 그렇게만 말했다. 모든 것이 섞인 함축적인 표현이다.

"거처를 옮겼습니다."

피셔가 볼룸에게 보고했다. 이곳은 파리의 저택, 피셔의 눈은 충혈되었고 머리도 헝클어져 있다. 오전 9시 반, 응접실에 나와 있는 볼룸도 하룻밤 사이에 10년은 늙은 것 같은 모습이다. 볼룸이 시선만 주었고 피셔가 말을 이었다.

"리스타랜드라고 아시지요? 리스타에서 임대한 섬 말입니다, 인도네시아에 있는."

"……."

"그곳으로 가족까지 모두 싣고 간 겁니다. 수행원, 쿠웨이트 정부의 고위관리, 그 가족까지 말입니다."

피셔의 말끝이 떨렸다.

"이거, 계속 우리가 뒤통수를 맞는데, 큰일 났습니다."

"……."

"게임은 우리가 다 만들어놓고 그놈이 입장료를 먼저 싹 쓸어간 것 아닙니까? 이런 날강도를 가만두면 됩니까?"

그때 볼룸이 헝클어진 머리를 손가락으로 쓸어 올리면서 말했다.

"배경을 봐, 피셔."

"CIA가 뒤를 밀어주었다는 겁니까?"

바로 말을 받은 피셔가 코웃음을 쳤다. 어젯밤 피셔는 월슨한테 전

266

화를 해서 길길이 뛰었다. 지금까지 군수산업연합체와 CIA는 '무난한' 관계였던 것이다. 직접적인 뇌물 거래야 당연히 없었지만 CIA가 추진하는 사업에는 적극 협력했다.

최근에도 '대외정보 연구원' 간부진에 CIA 출신이 수백 명이다. 피셔가 볼룸을 노려보았다.

"해밀턴 그놈이 윌슨의 전(前) 상관입니다. 그놈이 후버를 주무르고 있어요. 우리는 그것을 간과했습니다."

"그건 자네 책임 아닌가?"

"왜 내 책임이요? 리스타를 우습게 본 회장 책임도 있습니다."

피셔가 눈을 치켜떴다.

"책임 전가할 겁니까?"

"이것 봐, 내가 말하는 배경은 CIA가 아냐."

뱉듯이 말한 볼룸이 파이프에 담배를 꾹꾹 눌러 담기 시작했다.

"그럼 뭐가 배경이요?"

피셔가 대들듯 묻자 볼룸이 파이프를 입에 물면서 대답했다.

"사담 후세인."

숨을 들이켠 피셔에게 볼룸이 파이프에 불을 붙이면서 말했다.

"그래, 후세인."

"후세인이 이광의 배경이란 말요?"

"그건 세상이 다 아는 사실이지."

"압니다. 그런데……."

말을 그친 피셔가 숨을 들이켰다.

"아니, 그러면……."

"이광이 전쟁 직전에 바그다드에 들어갔어, 그것도 두 번이나."

"그건 압니다."

"알면서도 나한테 물어?"

"그러면……."

입만 떡 벌린 채 말을 잇지 못한 피셔에게 볼룸이 구름 같은 담배 연기를 내뿜었다.

"나도 처음에는 이광이 CIA의 부탁을 받고 침공 보류라든가 어떤 조건을 제시하려고 간 줄 알았지."

"……."

"이광이 후세인의 메시지를 받아서 쿠웨이트 측에 전한 거야."

"……."

"그놈이 호락호락 CIA의 심부름이나 할 인간이 아니라는 것을 내가 간과했어."

다시 연기를 내뿜은 볼룸이 파이프로 피셔를 가리켰다.

"물론 자네도 마찬가지였을 것이고."

"어떤 메시지란 말입니까?"

"어차피 일어날 전쟁이다. 그러니까 몇 년만 참기 바란다."

"……."

"대신 이광을 쿠웨이트 해외재산 관리인으로 설정해주면 내가 일찍 쿠웨이트에서 철군할 수도 있다……."

"에이, 설마……."

"이 사람아, 비즈니스에는 '설마'라는 용어가 없어. 모든 일이 일어날 가능성이 있는 거네."

"그렇다고."

"1백 년 전만 해도 누가 1만 킬로 떨어진 곳에서 지름 10미터짜리 타깃을 맞추는 미사일이 개발되리라고 예상이나 했겠나?"

"아니, 그 일하고 이것이 무슨……"

"쿠웨이트 측에서는 거부할 명분이 없지, 오히려 환영할 만한 일이지."

"……"

"핫산은 물론이고 후세인, 그리고 후버, 레이건, 저기 등소평까지 전쟁은 우리가 만들고 있다는 것을 알고 있으니까 말이지."

볼룸의 얼굴에 쓴웃음이 떠올랐다.

"하지만 그들이 모두 잊고 있는 사실이 있어."

"뭡니까?"

이제는 고분고분해진 피셔가 볼룸을 보았다. 볼룸은 63세, '무기업체'의 왕(王)으로도 불리는 존재다. 볼룸이 불이 꺼지려는 파이프를 서너 번 빨자 연기가 다시 피어올랐다.

"인간은 전쟁이 없으면 못 사는 짐승이야. 그리고 전쟁이 있어야 세상이 발전하는 거야."

볼룸의 목소리에 열기가 띠어졌다. 구름 같은 연기를 내뿜은 볼룸이 말을 이었다.

"전쟁으로 폐허가 된 땅에 전보다 더 밝고 발달된 문명 세계가 일어나지, 독일이 그렇고 일본이 그래. 전쟁은 곧 더러운 세상을 싹 쓸어내는 역할을 하는 거야."

볼룸이 똑바로 피셔를 보았다.

"우리는 청소부 겸 개척자라고."

"거기 어디야?"

대뜸 심순자가 물었기 때문에 권철이 쓴웃음을 지었다.

"쿠웨이트 간다고 했잖아?"

"아는데, 지금 쿠웨이트에서 전화를 하는 거냐고?"

"그래."

"전쟁 중인데 전화가 돼?"

"돼."

"왜 전화했어?"

"그냥."

"바뻐?"

"그냥."

"용건이 뭐야?"

"없어."

"내가 거기로 가?"

"왜?"

"밤에 내가 필요할 것 아냐?"

"젠장."

"용건도 없이 전화를 하다니, 뻔하지."

"야, 전화 끊는다."

"끊지 마."

"왜?"

"몸조심해."

"끊을게."

전화기를 내려놓은 권철이 어깨를 늘어뜨렸을 때 응접실로 강재호가 들어섰다.

"대장님, 아지르 대령의 연락이 왔습니다."

강재호가 들고 있던 무전기를 권철에게 내밀면서 말했다.

"연락해 보시지요."

점령군 사령부 보안대장 아지르의 위세는 막강하다. 군의 감찰 기능까지 맡고 있기 때문이다. 아지르와는 직통 무전 통신이 개설되어 있었기 때문에 권철이 무전기의 버튼을 눌렀다. 그러자 곧 연결되었다.

"대령, 권철입니다."

"아, 대령."

아지르가 밝은 목소리로 말했다. 권철도 대령으로 통한다. 아지르가 말을 이었다.

"사령관께서 뵙자고 합니다. 지금 즉시 오실 수 있지요?"

"예, 가겠습니다."

급해진 권철이 자리에서 일어섰다.

"그런데 무슨 일입니까? 준비를 하고 가야 되지 않겠습니까?"

"아니, 저는 지시만 받았기 때문에……."

"알겠습니다."

무전기를 끈 권철이 강재호를 보았다.

"사령관 호출이다."

점령군 사령관 카심 대장을 처음 만나는 것이다. 군(軍) 출신인 터라 권철은 일단 높은 계급의 군인 앞에서는 기가 꺾이는 단점이 있다.

"어, 자네가 리스타 용병대장인가?"

카심이 권철의 경례를 받고 나서 한 말이다. 쿠웨이트 정부청사 안, 압둘라 국왕이 사용하던 집무실 소파에 카심 대장이 앉아있다. 군복 차

271

림, 담담한 표정.

"예, 각하."

부동자세로 선 권철이 대답했을 때 카심이 눈으로 앞쪽 빈자리를 가리켰다.

"앉아."

"예, 각하."

권철이 소파에 엉덩이 반만 걸치고 반듯이 앉았다. 카심 좌우에는 참모장인 중장과 아지르가 앉았다. 왕의 집무실이어서 분위기가 화려하면서도 웅장하고 또 위압적이다. 기둥에 금박을 입혔는지 금 기둥인지 분간이 안 간다. 천장에 걸려있는 샹들리에는 수천 개의 보석이 붙어 있는 것 같다. 그때 카심이 말했다.

"자네 회장과 우리 이라크 공화국은 대단한 인연을 갖고 있어, 알고 있나?"

"예, 각하."

"우리 지도자 각하께서 세상에서 가장 신임하는 사람이 바로 자네 회장이야. 그것도 알고 있나?"

"예, 아닙니다, 각하."

긍정했던 권철이 금방 부정했다. 그렇게까지 신임하고 있는 줄은 몰랐다. 카심이 머리를 끄덕였다.

"본론으로 들어가겠다."

"예, 각하."

"참모장이 곧 내역서를 주겠지만 우리가 쿠웨이트를 통치하게 되었는데 우선 당장 생필품이 필요해."

"예, 각하."

272

"인구가 2백만이나 된단 말이야. 그래서 당장 먹을 식품, 의류 등 갖가지 생필품을 들여와야 된다고."

"예, 각하."

"그 물품은 물론 자네가 소속한 리스타에서 들여와야겠지."

"예, 각하."

"앞으로 자네 통해서 내역서를 보낼 테니까 바로 자네 회사에 연락하도록."

"예, 각하."

"그리고."

카심이 똑바로 권철을 보았다.

"이봐, 대령."

"예, 각하."

"리스타가 생필품을 실어오는 배에 참모장이 따로 적어준 군수품을 싣고 오도록, 함께 싣고 오란 말이다."

"예, 각하."

"당장 전차용 포탄과 지대공 미사일, 대전차포가 필요하다."

권철이 숨을 들이켜느라고 바로 대답을 하지 못했다. 그때 카심이 말을 이었다.

"품목을 보내면 자네 회장이 다 알아서 할 거야. '쿠웨이트 해외재산'은 모두 자네 회장이 쥐고 있으니까."

"예, 각하."

권철이 다시 대답했다. 머리가 어지러웠지만 나설 일이 아닌 것이다.

팩스를 들고 온 안학태의 얼굴 표정이 괴상했다. 눈은 크게 떠졌는데 입술 한쪽이 비틀려 있다. 군이 표현한다면 '귀신'을 보고 저게 진짜인지 환영인지 궁금해 하는 표정이다.

"회장님, 첫 번째 구매 내역이 이라크 점령군한테서 왔습니다."

랜드의 시장실 안, 오후 3시 반이다.

"권철이 보내온 팩스입니다."

팩스를 건네준 안학태가 사본을 보면서 말했다.

"쿠웨이트 국민의 생필품 목록이니까 당연히 구입해야 될 것입니다만."

"쿠웨이트가 자금을 대는 것이 기가 막힌다는 말이 나오겠군."

팩스를 보면서 이광이 정색하고 말했다.

"이런 경우는 고금을 통해서 처음 있는 일일 거야."

"그렇습니다."

어깨를 늘어뜨린 안학태가 굳어진 얼굴로 이광을 보았다.

"회장님, 팩스 마지막 페이지를 보시지요."

이광이 마지막 페이지를 펼쳤다. 그러자 군수품 내역이 드러났다. 전차포탄에서부터 미사일, 총탄, 각종 수류탄에다 탱크용 부속품, 적외선 망원경에다 군차까지 군수품 품목이 127개나 된다. 대충 훑어본 이광이 고개를 들고 안학태를 보았다.

"이건 좀 심하군."

"식품을 실은 화물선에 같이 싣고 와달라고 합니다."

"그것도 쿠웨이트 자금으로 말이지?"

이광의 얼굴에 마침내 쓴웃음이 번졌다.

"쿠웨이트 정부는 승인할 수밖에 없어. 그렇지 않으면 자국 국민들이 굶어 죽을 테니까."

274

"미국이나 다국적군을 보낸 나라들은 납득하지 못하겠지요."

그때 고개를 든 이광이 안학태를 보았다.

"군수산업연합체 반응이 궁금하군, 이게 그자들의 첫 오더가 될 테니까."

안학태의 시선을 받은 이광이 말을 이었다.

"어디, 어떻게 나오나 볼까?"

로이드 미첨은 58세, 네덜란드계 남아프리카인으로 4대째 남아프리카에서 살고 있다. 별명은 '곰', 곰처럼 체격이 크기도 하지만 곰을 좋아해서 저택 농장에 곰을 10여 마리 방사해 놓았다. 개처럼 길이 잘든 곰은 가끔 집 안으로 들어오기도 한다.

오늘 그 '곰'이 파리 몽마르트의 대저택에 들어와 볼룸과 마주앉았다. 로이드가 들어온 것이다. 동행자는 참모 세인트, 이름은 알려지지 않았고 그냥 세인트라고 불리는 40대 중반의 참모가 옆에 앉아있다. 볼룸은 사무총장 피셔와 둘이다. 오후 4시 반, 로이드와 세인트는 남아프리카에서 아프리카 대륙을 횡단하고 지중해를 건너 파리에 왔다.

인사를 마친 볼룸이 지그시 로이드를 보았다. 볼룸이 부른 것이다.

"로이드, 지금까지 우리가 몇 번 거래를 했지?"

"글쎄, 당신이 직접 오더를 준 것은 네 번이었고……."

로이드의 시선이 피셔에게 옮겨졌다.

"피셔가 준 건 10건쯤 되나?"

"다른 놈들은?"

"그건 비밀이고."

"비밀일 것도 없지, 다 보고가 되니까."

피셔가 나섰다.

"우리 승인을 받지 않고 오더를 준 놈은 회원이 아니지."

"그럼 더욱 말하지 못하겠군."

로이드가 목을 움츠리는 시늉을 했다.

"나까지 해코지를 당할 수는 없으니까 말이야."

"로이드, 우리가 어젯밤 철야 회의를 했어."

볼룸이 말하자 로이드가 한숨을 쉬었다.

"오늘은 서론이 굉장히 길군. 오랜만에 단가가 센 오더를 맡겠는데."

"로이드, 먼저 약속을 하지."

"비밀 준수는 염려 말고."

시가를 꺼낸 로이드가 주머니에서 칼을 꺼내 시가 끝을 자르면서 말을 이었다.

"우리가 오더 받지 못해도 듣지 않은 것으로 할 테니까."

"거물이야."

볼룸은 파이프를 꺼내 담배를 재면서 말했다.

"작업도 2개월 안에 끝내야 돼."

"한 명?"

"그래."

"흔적을 남기지 말라든가 용의자에 오르게 하면 안 된다든가 그런 토를 다는 건가?"

"그런 건 없어."

"얼마를 예상하고 있어? 작전 비용 말이야."

"상대가 누구인지는 묻지 않나?"

"이광 아냐?"

빈 시가를 입에 문 로이드가 잿빛 눈동자로 볼룸을 보았다. 눈동자의 초점이 흐리다. 볼룸의 얼굴에 쓴웃음이 번졌다.

"과연 곰이군."

"내가 2대째 이 장사를 하고 있어, 60년이야."

"당신은 30년이지?"

그때 피셔가 끼었다.

"로이드, 어떻게 알게 된 거요? 우리 목표가 이광이라는 것."

"무기상이 당신들만 있는 게 아니니까."

그 순간 볼룸과 피셔가 동시에 고개를 들었다. 얼굴이 굳어져 있다.

"아니, 그러면……."

피셔가 눈을 치켜떴다.

"그 소문이 났단 말인가?"

"세계에 군수산업체가 수천 개야, 특히 소련과 그 위성국인 체코, 헝가리 무기 수준은 당신들 못지않아."

로이드의 얼굴에 웃음기가 떠올랐다.

"그들도 내 고객 중의 하나라는 건 당신들도 잘 알 텐데……."

"그렇게 되었다니 내가 마음이 가벼워지는군."

볼룸이 파이프 연기를 구름처럼 내뿜으며 말했다.

"그놈들도 용의자 중 하나가 될 테니까 말이야."

"수단은 당신들이 낫지, 볼룸."

시가를 뻐끔대며 빨던 로이드가 어깨를 부풀리며 볼룸을 보았다.

"자, 기간은 2개월 이내, 목표는 하나, 가차 없이 제거할 것, 그리고 이제 가격은?"

"1억 불."

피셔가 불렀다. 그러자 로이드 옆에 앉아있던 세인트가 고개를 저으면서 말했다.

"3억 불, 착수금 2억 불, 일 끝낸 즉시 잔금 지급."

"그럼 없던 일로 하지."

피셔가 말했을 때 세인트가 고개를 끄덕였다.

"오케."

그러더니 로이드에게 말했다.

"보스, 가시죠."

로이드의 얼굴에 쓴웃음이 번졌다.

"역시 우리는 흥정을 못한다니까."

피셔와 볼룸은 일어서는 둘을 쳐다만 보았고 로이드가 입맛을 다셨다.

"볼룸, 난 쇼 하는 게 아냐, 이것으로 상담은 결렬된 거야."

로이드와 세인트가 뒤도 안 돌아보고 나가는 바람에 볼룸과 피셔는 응접실 밖까지 따라 나갔다가 되돌아 왔다. 둘이 현관을 나가면서 응접실 앞에 서 있는 볼룸과 피셔에게 손을 들어 보이기는 했다.

"오더를 받기가 두려운 것 같습니다."

응접실로 들어섰을 때 피셔가 가라앉은 목소리로 말했다.

"도망치는 분위기 아닙니까?"

"로이드가 이러는 건 처음 보는데."

고개를 저은 볼룸이 불이 꺼진 파이프를 서너 번 빨았다. 찍, 찍, 소리만 났기 때문에 파이프를 재떨이에 내던진 볼룸이 피셔를 보았다.

"경고를 받은 것 같다."

"CIA한테 말입니까?"

"당연히 거기밖에 없지."

"이광이 그만큼 컸습니까?"

"우리가 과소평가하고 있었던 것 같다."

"운 좋게 아랍 독재자 몇 놈 알게 돼서 장사 성공한 놈입니다."

"그건 겉모습이고."

"뱃속에 다이아몬드라도 삼키고 있단 말입니까?"

"피셔, 자네답지 않게 흥분하는군."

"그 노랭이한테 뒤통수 맞은 것이 분해서 그럽니다. 그 원숭이 새끼한테 말입니다."

"키가 너보다 커, 피셔."

"내 사비로라도 그놈을 제거할랍니다."

그때 응접실로 볼룸의 비서가 들어섰다.

"회장님, 해밀턴 씨라고 하는데요."

"해밀턴?"

되물었던 볼룸이 고개를 돌려 피셔를 보았다. 피셔가 얼굴을 굳히고는 낮게 말했다.

"이광 그룹의 '리스타 연합' 사장입니다. CIA 해외작전국장 출신인 개새끼죠."

"그놈이 왜?"

고개를 돌린 볼룸이 비서를 노려보았다.

"지금 기다리고 있어?"

"네, 비즈니스 건이랍니다."

"비즈니스?"

"네."

"받아보시지요."

피셔가 말하자 볼룸이 고개를 끄덕였다. 비서가 탁자의 전화기를 들고 연결 버튼을 눌렀다. 그러고는 전화기에 대고 말했다.

"바꿔 드리겠습니다."

볼룸이 의자에 앉고 나서 비서가 건네주는 전화기를 귀에 붙였다. 피셔가 다가와 옆에 섰다.

"여보세요, 나 볼룸이오."

"아, 볼룸 회장, 해밀턴입니다. 우리가 한 번도 만난 적은 없지요?"

"난 처음 듣는데, 그런 이름."

그때 해밀턴이 짧게 웃었다.

"이봐, 볼룸, 존중해주면 그쪽도 알맞게 처신해야지."

"너, 무슨 일이야?"

"방금 '곰' 다녀갔지?"

그 순간 볼룸이 숨을 들이켰다.

"뭐라고?"

엉겁결에 되묻고 나서 시간을 벌려고 했지만 뜻대로 되지 않는다. 옆에 선 피셔도 수화구에서 울리는 말을 다 들었다. 얼굴이 금세 굳어 있다. 볼룸이 일단 시치미를 떼었다.

"무슨 말이야?"

"곰, 로이드 미첨 말이야, 윈체스터 상사의."

해밀턴의 차분한 목소리가 응접실로 퍼졌다.

"용역회사 말이지, 세인트하고 둘이 다녀갔지?"

"……."

"얼마 주기로 했어? 로이드가 크게 불렀을 것 같던데."

"이봐, 너."

"너라니? 이 개새끼가."

마침내 해밀턴의 목소리가 굵어졌다.

"너, 날 언제 봤다고 그래? 내가 아직도 CIA 국장인 것으로 착각하고 있나?"

"아니, 이런……."

"난 용역을 안 주고 직접 널 제거할 수가 있어, 리차드 볼룸."

"뭐라고?"

"네 처가 플로리다에 있지? 네 딸은 지금 런던 오페라 하우스에 있겠구나, 손녀 질리안하고."

"아니, 이런……."

"네 아들 조나단은 LA에 있고 말이야. 어때, 내기할까? 내가 만 하루 동안에 네 가족을 몰사시킬 수 있어, 마음만 먹으면 말이야."

"……."

"손자 손녀까지 모두 14명이더군, 볼룸."

"이봐."

"왜? 이 개새끼야."

"너, 왜 이래?"

마침내 볼룸이 꺾였다. 해밀턴의 페이스에 말려 들어가 버렸다고 하는 것이 맞다. 그때 해밀턴이 목소리를 더 높였다.

"너, 우리가 쿠웨이트 '해외재산 관리권'을 가져갔다고 우리 보스를 암살할 계획이지? 좋다, 해보자."

"이봐, 해밀턴."

"내가 장담컨대 넌 10일 안에 죽는다."

"이봐, 해밀턴."

"거기, 같이 있는 쥐새끼, 제럴드 피셔도 마찬가지, 내가 장담한다."

"이봐, 해밀턴."

이제 볼룸의 얼굴은 누렇게 굳어졌다. 숨을 들이켠 볼룸이 말을 이으려고 했을 때 통화가 끊겼다. 저쪽에서 통화를 끊어버린 것이다.

"이 자식."

전화기를 내동댕이치듯이 내려놓은 볼룸이 옆에 선 피셔를 보았다. 눈동자가 흐려져 있다.

"이 새끼, 어떻게 된 거야?"

그때 피셔가 어깨를 부풀렸다가 내렸다. 그러나 입을 떼지는 않았다. 피셔도 다 들은 것이다. 둘의 초점 없는 시선이 마주쳤고 응접실에 잠깐 정적이 덮였다.

커피 잔을 든 해밀턴이 쓴웃음을 지었다.

"이것으로 볼룸이 손을 뗄 놈이 아니오."

"당연히."

오금봉이 고개를 끄덕였다.

"그럴 만큼 단순한 놈이 아니니까."

"하지만 강한 자 앞에서는 꼬리를 내리는 것이 만고의 진리요."

"그것도 당연하지요."

오금봉이 다시 동의했다. 이곳은 밤 11시, 해밀턴이 방금 볼룸과 통화를 끝낸 것이다. 랜드의 동쪽 바닷가에 위치한 안가는 고급 빌라 같다. 둘은 가운 차림으로 베란다의 대나무 의자에 두 다리를 길게 뻗고 앉아있었는데 조금 전의 살벌한 대화를 나눈 분위기와 딴판이다.

그때 오금봉이 말했다.

"지금쯤 분주하게 리스타에 대해서 다시 알아보겠지요."

"시작했지요?"

"조금 전에 시작했습니다."

"오 사장께 맡기겠습니다."

이번에 리스타는 모든 정보, 행동 조직이 총동원되었다. 해밀턴의 주도하에 오금봉의 조직, 조백진의 행동대까지 일사불란하게 움직이고 있는 것이다.

"아니, 이게 뭐야?"

'제이슨 컴퍼니'의 회장 토머스 제이슨이 팩스 용지를 보면서 물었다. 두 눈이 크게 떠져 있다.

"'리스타'가 우리한테 오퍼를 했어?"

"예, 회장님."

영업담당 사장 헤르만이 눈썹을 모으고 제이슨을 보았다.

"선적지는 '리스타 아일랜드'입니다."

"이것을?"

제이슨이 손에 쥔 용지를 흔들었다.

"전자포탄, 미사일, 수류탄, 전차용 캐터필러를?"

"예, 회장님."

"으음."

제이슨이 마침내 신음을 뱉었다. 제이슨은 55세, 대를 이어서 군수산업체를 운영해왔기 때문에 총탄이 날아오면 어디 제작사 제품인지를 알아맞힐 만큼은 되었다. 그래서 '리스타' 이광이 쿠웨이트 '해외재산 관리원'을 도둑질해 갔기 때문에 '군수산업연합체'가 '병' 떠 있다는 것도 안다.

'제이슨 컴퍼니'도 군수산업연합체 242개 회원사 중 하나였기 때문이다. 지금 제이슨이 쥐고 있는 팩스에는 '리스타'의 군수품 중계업체인 '리스타 요르단법인'에서 발주한 군수품 오더 목록이 적혀있는 것이다. '제이슨 컴퍼니'에서 생산할 수 있는 품목으로 28개 제품, 가격은 대충 4억 불이다. 그때 헤르만이 말했다.

"회장님, 협회에 보고하실 겁니까?"

"그건 당연한 일 아니냐?"

기계적으로 되물었던 제이슨이 푸른 눈으로 지그시 헤르만을 보았다. 제이슨은 파리에서 열린 간부회의에는 참석하지 못했다. 그러나 날벼락을 맞은 회장단이 길길이 뛰었다는 말은 들었다. 그래서 '리스타'와의 전쟁이 일어날 것이라는 소문이 금방 쫙 퍼진 상태다. 그런데 그 리스타가 군수품 주문을 해오다니, 제이슨이 다시 팩스를 보고 나서 물었다.

"이 무기가 어디로 갈 것 같나?"

"이라크 군수품입니다."

"그럼 쿠웨이트로 가는 것 아냐?"

"그렇습니다."

"그것을 '리스타'에서 우리한테 주문했단 말이지?"

"그렇습니다."

"네 생각을 듣자."

제이슨이 묻자 헤르만이 먼저 심호흡부터 했다. 독일계인 헤르만은

48세, 역시 군수업으로 단련된 인재다.

"어차피 협회는 알게 되겠지만 지금 당장 보고할 필요는 없을 것 같습니다."

"그렇지, 서둘러 내놓아서 다른 놈 좋게 만들 필요는 없지."

"리스타가 '쿠웨이트 해외재산'으로 이라크 군수품을 구입하는 것 같습니다."

"어이가 없군."

"CIA가 묵인해준 것일까요?"

"그놈들도 미친놈들이긴 한데……."

고개를 기울였던 제이슨이 마침내 벽시계를 보았다. 오후 3시가 되어가고 있다.

"해밀턴이 지금 어디 있지?"

제이슨은 해밀턴과 안면이 있는 것이다. 해밀턴이 CIA 해외작전국장이었을 때 제이슨은 우간다에 기관총 3천 정을 팔았다. 그랬다가 돈도 못 받고 싣고 갔던 수송기까지 부서지는 바람에 2천만 불 가까운 손해를 본 적이 있다.

"그 빌어먹을 놈을 찾아봐, 그놈이 '리스타 그룹'의 실력자라니까 물어봐야겠다."

제이슨이 그렇게 결정했다.

마이애미 해양경찰 제5파견대는 요트 정박장 옆에 위치해 있어서 '요트경찰'이라고도 부른다. 파견대장 커크 마드라스는 경찰 경력 30년으로 내년이 정년이라 요즘은 거의 부두에서 산다. 작년에 구입한 요트 세리호가 정박장에 매여 있기 때문이기도 하다.

"어, 대장, 엔진 고쳤어?"

커크가 배로 다가갔을 때 옆쪽 요트에서 자이든이 나와 물었다. 자이든과는 친구 사이다.

"응, 연료 펌프를 바꿨어."

멈춰 선 커크가 자이든의 요트를 둘러보며 말했다. 자이든의 요트는 2개 엔진을 장착한 30톤급이다. 커크의 15톤급보다 2배는 빠르고 5배는 더 비싸다. 보험회사 중역으로 퇴직한 자이든과는 경제력으로 비교가 되지 않는다.

"젠장, 난 언제 이런 놈을 타나?"

투덜거린 커크에게 자이든이 턱으로 앞쪽을 가리켰다.

"이봐, 난 저놈 때문에 스트레스가 쌓여."

자이든의 시선 끝이 앞쪽 해상에 정박해 있는 '제인'호에 닿았다. 제인호를 본 커크의 얼굴에 쓴웃음이 번져있다. 정박장이 좋았기 때문에 6백 톤급의 제인호는 진주 빛 미끈한 선체를 길게 뻗고 앞쪽 해상에 정박해 있다. 길이가 75미터, 폭이 10미터, 높이는 7미터짜리 제인호는 마스트가 2개, 엔진이 3개, 시속 50노트, 즉 90킬로의 속력으로 항진할 수 있는 최신형 요트다.

"언제 봐도 아름답군."

커크가 감동했다.

"이봐, 보는 것으로 만족해, 자이든."

오후 6시다. 서쪽 바다의 석양이 붉은 기운을 바다 위로 뻗쳐 제인호의 진주 빛 선체가 붉은 노을로 덮여 신비스럽게 빛나고 있다.

"오, 과연."

자이든도 눈을 가늘게 뜨고 제인호를 보았다. 그 순간이다.

"꽈꽈꽝!"

2백 미터쯤의 거리에서 엄청난 폭음과 함께 제인호 중심 부분에서 불기둥이 솟았다. 대폭발이다.

"꾸꽈꽝!"

두 번째 폭발이 같은 부분에서 일어났다. 진주 빛 선체가 두 동강으로 갈라지면서 무수한 파편이 불기둥과 함께 하늘로 솟았다.

"으아앗!"

그때서야 자이든이 두 손으로 머리를 움켜쥐면서 정박장의 나무 바닥 위로 엎드렸다. 그러나 커크는 몸만 웅크렸을 뿐 시선을 떼지 않았다.

"우당탕탕!"

그것은 불기둥과 함께 배의 파편이 바다 위로 쏟아지는 소리다. 커크는 넋을 잃고 제인호를 보았다. 폭발하는 장면이 혼을 빼갈 만큼 아름다웠기 때문이다.

비서로부터 전화기를 받은 볼룸이 귀에 붙였다. 벽시계가 오전 12시 15분을 가리키고 있다. 파리 저택의 응접실 안, 피셔와 하워드 존슨 등 '군수산업연합회' 간부 7, 8명과 회의를 마치고 나서 술을 마시던 중이라 볼룸의 얼굴이 붉어져 있다.

"아, 스티브, 무슨 일이야?"

볼룸이 조금 늘어진 목소리로 물었다. 스티브는 회장 비서실장이다. 그때 스티브가 대답했다.

"회장님, 사고가 일어났습니다."

"사고?"

그 말에 옆쪽에 앉아있던 피셔가 볼룸에게로 시선을 돌렸다. 스티브의 말이 이어졌다.

"마이애미에 정박시켰던 제인호가 조금 전에 대폭발했습니다."

볼륨이 숨만 들이켰다.

"폭발시킨 것입니다. 배는 산산조각이 나서 침몰했고 타고 있던 선원 셋이 사망했습니다."

"……."

"경찰은 폭발물을 설치한 범인을 색출하겠다고 발표했습니다. 곧 뉴스에도 보도될 것입니다, 회장님."

"알았어."

"보험에 들어있으니……."

"전화 끊겠다."

전화기를 비서에게 건네준 볼륨에게 피셔가 물었다.

"무슨 일입니까?"

"아니, 별거 아냐."

손을 들어 보인 볼륨이 번들거리는 눈으로 응접실을 둘러보았기 때문에 시선을 받은 사내들은 주춤했다.

10분쯤이 지났을 때 응접실을 나갔던 모두의 시선이 모였다. 안쪽 소파에 앉아있던 볼륨도 긴장한 표정으로 피셔를 보았다. 피셔가 응접실 복판에 서서 눈을 치켜떴다. 주먹을 움켜쥐고 있다.

"할리우드에 있는 내 저택이 폭파되었어. 어느 놈이 폭발물을 장치한 거야!"

피셔가 주먹을 흔들면서 고래고래 고함을 쳤다.

"2천2백만 불짜리 내 저택이, 골동품, 그림까지 합하면 2억 불이 넘는 재산이 날아갔어!"

"저런."

서너 명이 탄식했고 외침을 뱉었다. 모두 피셔의 자랑거리인 대저택을 알고 있는 것이다.

"리스타 이놈! 이광! 이 개새끼!"

마침내 피셔가 이광의 이름을 외쳤기 때문에 응접실 안은 순식간에 숨소리도 들리지 않았다. 오직 피셔의 가쁜 숨소리만 울린다. 다시 피셔가 악을 썼다.

"이광, 그놈이 나한테 시위를 한 거라고!"

볼룸이 앞에 놓인 술잔을 들더니 한 모금 위스키를 삼켰다. 볼룸의 요트 제인호가 산산조각이 났다는 것은 아직 아무도 모른다. 그러나 몇 분 후면 방송이 나올 것이다.

침대에 누워있던 로이드 미첨은 전화벨 소리에 벽시계부터 보았다. 오전 12시 반이다. 팔을 뻗어 전화기를 귀에 붙였을 때 세인트의 목소리가 울렸다.

"보고 드릴 것이 있습니다."

"들어와."

침대에서 몸을 일으킨 로이드가 창가의 소파에 앉았을 때 세인트가 들어섰다. 이곳은 파리 교외의 안가, 이곳은 대저택으로 정문에서 본관까지 3백 미터나 된다. 저택 안에는 용병 50여 명이 상주하고 있어서 요새 같다. 가운 차림으로 들어선 세인트가 앞쪽에 앉더니 입을 열었다.

"1시간쯤 전에 마이애미에서 볼룸이 자랑하던 요트가 대폭발했습니다. 지금 막 이곳에서도 방송이 나가고 있습니다."

"볼룸의 새 요트 말이지?"

"예, 회장님."

"누구 짓이야?"

"뻔하지요."

"리스타?"

"예, 그리고 30분쯤 전에는 할리우드에 있는 피셔의 저택이 폭발했습니다. 산산조각이 나서 저택이 형체를 알아볼 수 없게 되었습니다."

"……."

"요트에서는 승무원 셋이, 저택에서는 피셔 가족이 바하마 별장으로 옮겨간 터라 하인 4명이 폭사했습니다."

"이광이 독하게 나오는군."

"군산연합회에서 리스타를 가볍게 본 것 같습니다. 대뜸 계약하자는 것을 보면 알 수 있지 않겠습니까?"

"좀 경솔했지."

쓴웃음을 지은 로이드가 말을 이었다.

"리스타 리비아 법인이 카다피의 묵인하에 테러단 훈련을 시키고 있는 걸 그자들은 모르고 있었던 거야."

"CIA의 용병단인 줄 안다면 우리를 부르지도 않았을 것입니다."

"그렇다고 우리가 말해 줄 수도 없고 말이다."

그렇게 되면 윈체스터 상사의 주가는 곤두박질을 치고 모두 리스타의 용병을 쓰려고 할 것이었다.

"볼룸이 가만있지는 않을 거야."

로이드가 정색하고 세인트를 보았다.

"용병 회사는 우리뿐만이 아니니까, 그리고 암살자는 우리도 모르는 놈들이 많아. 용병 회사에 큰돈을 주지 않고 그 십분의 일, 백분의 일 가격으로 전문 킬러를 고용할 수도 있어."

"그게 효율적이긴 합니다."

세인트가 고개를 끄덕였다.

"그렇지만 공격을 받았을 때는 속수무책이 되지요."

암살자는 대상만 죽이면 끝난다. 이쪽을 보호하는 역할은 못 하는 것이다. 로이드가 볼룸과 계약을 회피한 것은 리스타의 실체를 알고 있기 때문이었다. 그래서 볼룸이 제시한 가격보다 세 배나 높게 부르고 자리에서 일어섰던 것이다.

"군수산업연합체가 세상을 지배하는 것 같더니 이제 임자를 만난 것 같다."

로이드가 선반에서 술병을 집어 들면서 말했다.

"미국 정부도 주무르던 놈들이 말이야."

"그동안 적을 많이 만들어 놓았습니다."

세인트가 잔을 집어 들고 와서 탁자에 놓았다.

"닥치는 대로 뇌물을 주고 약점을 잡아왔기 때문에 이번 사건으로 은근히 시원하다고 생각하는 실력자들이 많을 것입니다."

"하지만 군수산업연합체하고 공생 관계인 정치인, 권력자들이 많아. 이제 리스타와 군수산업연합체의 전쟁이 시작된 거야."

"1회전은 리스타가 이겼습니다."

"아니야, 1, 2회전 계속해서 리스타가 군산연을 자빠뜨린 거다."

로이드의 얼굴에 다시 쓴웃음이 떠올랐다.

"이 전쟁은 1, 2회전으로 끝나지 않아, 오래 걸릴 거야."

그때 탁자 위의 전화벨이 울렸기 때문에 둘이 긴장했다. 벨이 울리고 있는 전화기를 내려다보면서 둘은 잠깐 동안 움직이지 않았다.

"누구일 것 같나?"

전화기에서 시선을 떼지 않은 채 로이드가 물었다. 얼굴에 희미한 웃음이 떠올라 있다.

"볼룸 아닐까요? 피셔나……."

"그자들이 다시 계약하자는 전화란 말이야?"

"우리 전화번호를 알고 있는 자들입니다."

벨은 끈질기게 울리고 있다.

"내 침실 전화란 말이야, 세인트."

로이드가 턱으로 벽시계를 가리켰다.

"오전 1시야, 볼룸이 그 정도로 다급할까?"

"무례하지는 않은 인간인데요."

벨이 계속해서 울리고 있었지만 로이드가 손에 쥔 위스키를 한 모금에 삼키고는 말했다.

"내 생각에는 리스타 같다."

순간 세인트가 숨을 들이켰고 로이드가 전화기를 들어 귀에 붙였다.

"여보세요."

사내의 응답 소리가 들렸을 때 해밀턴의 얼굴에 웃음이 떠올랐다. 옆쪽 자리에 앉아있던 윌리스는 어깨를 늘어뜨렸다. 윌리스는 정보 참모다.

"아, 로이드 씨."

"누굽니까?"

"나, 리스타 연합의 해밀턴입니다."

"아이구, 해밀턴 씨."

로이드의 목소리에도 웃음이 섞여 있다.

"나도 그쪽이라고 예상했던 참입니다."

"로이드 씨쯤 되면 당연히 그렇게 짚으시겠지요."

"어쨌든 오랜만입니다. 8년쯤 되었지요?"

"맞아요, 내가 국장보였을 때니까."

"요즘 바쁘신 것 잘 알고 있습니다."

"일이 더 많아졌어요. 그런데 이렇게 늦은 시간에 전화 드려서 미안합니다."

"아닙니다. 술 마시고 있었어요."

"그런데 볼룸한테서 용역은 받으셨습니까?"

"아이구."

로이드가 짧게 웃었다.

"그게 궁금하십니까?"

"당연하지요, 내 목숨에 관한 일인데."

"계약 안 했습니다."

"대뜸 로이드 씨를 부르다니, 안하무인 아닙니까?"

"고객이니까요, 어쩔 수 없지요."

"어쨌든 잘하셨습니다."

"그 일 때문에 전화하신 겁니까?"

"아니, 다른 정보도 드리려고요."

해밀턴이 웃음 띤 얼굴로 말을 이었다.

"우간다 전쟁 이야기를 하려고요. 요즘은 정부군이 밀리고 있더군요."

그 순간 로이드가 숨을 들이켜는 소리를 냈다. 해밀턴이 전화기를 고쳐 쥐었다. 이곳 랜드는 오전 8시 15분이 되어가고 있다. 파리 시간은 오전 2시 15분일 것이다. 해밀턴이 말을 이었다.

"로이드 씨, 반군이 한 달쯤 전에 이집트에서 지대지 미사일 350개를 가져갔습니다. 정부군 창고에서 약탈해 간 미사일은 폐품입니다. 단 1발도 사용할 수가 없어요."

"……."

"반군이 다이아를 주고 무기를 산 겁니다. 그러고는 창고에서 약탈했다고 소문을 낸 것이지요."

"……."

"무기는 '군수산업연합체' 소속 아프킨스 상사에서 샀습니다. 물론 연합회장 볼룸과 사무국장 피셔가 중개 역할을 했고요. 1억 4천만 불 거래에서 볼룸이 2천만 불, 피셔가 5백만 불을 수수료로 가져갔습니다."

"……."

"그 미사일로 당신 용병이 1백 명가량 사망했지요?"

"……."

"그래놓고 이번에는 시치미를 떼고 당신 용병을 고용하려고 드는군요."

그러고는 해밀턴이 덧붙였다.

"로이드 씨, 오늘은 이 정도만 하지요. 오늘부터 우리가 서로 대화를 한 겁니다. 맞지요?"

그때 로이드가 분명하게 대답했다.

"예, 맞습니다."

로이드한테서 이야기를 들은 세인트가 얼굴을 일그러뜨렸다.

294

"리스타의 정보력이 대단합니다."

"우리보다 월등하다."

어깨를 치켰다가 내린 로이드가 흐린 시선으로 세인트를 보았다.

"그렇군, 우간다에서 우리가 밀린 이유가 결국 군수산업연합체에서 반군한테 미사일을 팔았기 때문이야."

로이드의 용병은 정부군과 함께 싸우고 있는 중이다.

"배신한 겁니다."

세인트가 번들거리는 눈으로 로이드를 보았다.

"우리 용병이 파견된 지역에 군수품을 팔려면 먼저 우리한테 정보를 주기로 했지 않습니까?"

"그런 약속을 한 줄 안다면 무기를 사가지 않을 테니까."

쓴웃음을 지었던 로이드가 곧 어금니를 물었다.

"뒤에서 장난을 치고 나서 우리한테 일을 맡기려고 하다니."

로이드가 세인트에게 지시했다.

"일단 우간다에 연락해, 지대지 미사일이 반군한테 350개 들어갔다고."

"지금도 3백 개는 더 남았을 겁니다."

자리에서 일어선 세인트가 말을 이었다.

"리스타에 빚을 졌습니다."

"이런 개 같은 놈."

팩스를 보면서 후버가 욕을 했다. 뉴욕, 오후 7시 45분, 같은 시간이다. 파리의 로이드와 랜드의 해밀턴, 그리고 뉴욕의 후버가 같은 시간대에서 깨어있다. 지금 후버가 쥐고 있는 것은 쿠웨이트 점령군인 이라크군이 발주한 구입품 중에서 군수품이다.

CIA는 이 내역을 두 군데에서 받았다. 리스타와 제이슨 컴퍼니 두 곳이다. 제이슨 컴퍼니는 군수품 수출 건이라 당연히 CIA에 보고차 내역을 제출했지만 리스타도 보내온 것이다. 그때 앞에 앉아있던 윌슨이 말했다.

"제이슨 컴퍼니는 아직 연합회장 볼룸한테 보고를 안 했습니다. 하긴 보고받아도 제대로 대응할 정신도 없겠지요."

볼룸의 요트와 피셔의 대저택 폭발사건은 지금도 계속해서 대서특필되고 있다. TV에서는 '테러단의 소행'으로 간주하는 분위기다. 거기에다 파리의 안가에 로이드가 다녀간 것도 후버는 알고 있는 것이다. 후버가 팩스에서 시선을 떼었다.

"윌슨, 네가 로이드라면 이 상황에서 이것을 또 보고받았을 때 어떻게 했을 것 같나?"

그때 윌슨이 바로 대답했다.

"위스키를 한 병 마시고 나서 생각하겠습니다."

해밀턴이 후버의 전화를 받았을 때는 오후 6시 무렵이다. 리스타랜드 상황실에서 해밀턴이 전화기를 귀에 붙였다.

"아, 부장님, 전화 기다리고 있었습니다."

"너 각오하고 있지?"

불쑥 후버가 물었기 때문에 해밀턴이 입맛을 다셨다.

"아, 물론이죠."

"볼룸하고 피셔 재산을 때려 부순 것은 그렇다고 치자. 그런데 사람을 죽였어."

"뭐가 말씀입니까? 제가 뭘 부수고 죽였단 말입니까? 그런 적 없습니다."

"거기에다 쿠웨이트 점령군의 무기까지 공급해주겠단 말이지? 쿠웨이트 재산으로 말이야."

"내역서를 보내드렸지만 수복작전에 지장은 없습니다. 잘 알고 계실 텐데요."

"우리가 금지시키면 어쩔 작정이냐?"

"그럼 쿠웨이트 주민이 굶어 죽습니다. 금방 아사자가 나올 텐데요."

"아사자가 나오기 전에 우리가 쿠웨이트를 해방시킨다면?"

"부장님 생각하고 정치권은 다를 텐데요? 아마 부장님의 철벽같은 자리가 흔들릴 겁니다."

"갓뎀."

"아직 다국적군 편성도 되지 않았습니다. 최소한 1년은 지나야지요."

"퍽큐."

"그래야 그동안 쿠웨이트 해외재산을 이곳저곳에서 떼어가게 될 것 아닙니까?"

"어떻게 할 거야?"

후버가 화제를 돌렸고 해밀턴이 어깨를 늘어뜨렸다.

"볼룸이 로이드한테 용역을 주려고 불렀다가 실패했습니다. 로이드가 거부했거든요. 개자식이죠."

"그래서 그 좋은 요트하고 대저택을 폭발시킨 거야?"

"무슨 말씀인지 모르겠네요."

"볼룸 그놈들이 안하무인이긴 해."

"그렇게 만든 정치권, 그리고 정보기관도 책임을 벗어날 수 없지요."

"너, 이라크군 오퍼를 연합회 소속 제이슨 컴퍼니에 보냈지?"

"맞습니다."

"볼룸이 받아들일 것 같나?"

"받지 않으면 다른 회사를 찾지요. 러시아나 체코제 제품이 오히려 가격도 싸고 품질도 좋습니다."

해밀턴의 얼굴에 웃음이 떠올랐다.

"그렇게 되면 볼룸은 곤란해지는 거죠."

"좋아."

후버가 뱉듯이 말했다.

"해 봐."

통화가 끝났을 때 해밀턴이 옆에 서 있던 윌리스에게 고개를 끄덕이며 말했다.

"후버가 우리 손을 들어줬어. 이번 기회에 '군수산업연합회'를 길들일 작정이야."

예상하고 있었던 일이어서 윌리스는 듣기만 했다.

그 시간에 피셔는 파리 레알 지구의 골목 안 카페에서 두 사내와 마주 보고 앉아 있다. 오전 11시가 조금 지났지만 카페 안에는 손님이 그들 일행뿐이다. 뒤쪽에 피셔의 경호원 둘이 앉아있고 골목 앞에도 둘이 서 있다. 피셔가 맥주잔을 손에 쥔 채 입을 열었다.

"이광은 지금 인도네시아 술라웨시해에 떠 있는 '리스타랜드'에 있어요. 그곳은 요새지."

피셔의 얼굴에 쓴웃음이 떠올랐다.

"항공모함을 띄우든가 순양함 지원을 받은 상륙정으로 해병대 1개

여단쯤 상륙시켜야 그놈을 잡을 수 있을 거요.”

앞쪽에 앉은 둘은 시선만 주었고 피셔가 말을 이었다.

“그래서 그놈 사업장에 대한 테러, 리스타 간부, 또는 가족의 암살이나 납치 등 여러 가지 방법을 쓰자는 거요. 전방위, 무차별 공격을 하는 것이지.”

“전쟁인데.”

앞쪽 사내 하나가 입을 열었다. 검은 머리, 검은 눈동자, 체구가 컸는데 동양인과 아랍인의 혼혈 같다. 사내가 정색하고 피셔를 보았다.

“금방 우리 정체가 발각될 것이고.”

“그렇겠지.”

피셔가 순순히 시인했다.

“하지만 당신들은 명분이 있으니까 해볼 만하지, 선전도 될 것이고.”

“피해가 엄청날 거요.”

“당연히.”

그때 잠자코 있던 다른 사내가 물었다.

“대가는?”

“1억 불 상당의 무기 공급.”

“그것으로는 부족해, 피셔 씨. 이건 우리 조직의 존망이 걸린 사업이오.”

“가만히 앉아서 기다리는 것보다 이것으로 당신들의 가치를 알리는 것이 나을 텐데.”

“그건 우리가 결정할 일이고.”

40대쯤의 사내가 피셔를 노려보았다. 역시 검은 머리에 검은 눈동자의 사내다. 이 사내가 선임자 같다. 사내가 말을 이었다.

"무기 공급 외에 현금 1억 불을 내시오."

"5천만 불."

피셔가 바로 말을 받았다.

"이것으로 결정합시다, 마사라트."

사내들이 서로 얼굴을 보다가 40대가 피셔를 보았다.

"좋아, 합시다."

전화기를 든 바라스가 벽시계를 보았다. 오전 11시 45분이다.

"여보세요."

"아, 거기 리스타 상사죠?"

사내의 목소리가 송화구를 울렸다.

"그렇습니다만."

바라스의 이맛살이 찌푸려졌다. 몽마르트르 언덕 위에 사무실을 둔 리스타 상사는 5층 빌딩의 3층을 사용하고 있었는데 상주 직원은 3명뿐이다.

'리스타 상사 프랑스 법인'은 오페라 거리에 위치한 10층 건물이다. 바라스의 사무실은 '리스타 연합'의 연락사무소 역할인 것이다. 그때 사내가 말했다.

"난 러시아 대사관의 루시토프인데요."

순간 바라스가 숨을 들이켰다. 러시아 대사관이라고 소속을 밝히는 이유는 단 한 가지뿐이다. 정보원이다. 바라스도 CIA 출신이다.

"아, 말씀하세요."

일단 받아들이는 자세로 대답하고는 전화기의 녹음 버튼을 눌렀다. 그때 사내가 말했다.

"정보 전달해 주시지요."

"무슨 정보입니까?"

"1시간 전에 레알 지구의 카페에서 '군수산업연합체'의 피셔 사무국장이 '체첸 특공대' 간부를 만났습니다."

숨을 들이켠 바라스의 귀에 사내의 목소리가 이어졌다.

"간부 이름은 마사라트. 보좌관 카토하고 둘이 피셔를 만나 30분간 밀담을 나눴습니다."

"그렇게만 전하면 됩니까?"

"그만하면 당신 상관들은 알 겁니다."

"감사합니다. 또 전할 말 없습니까?"

"없어요, 바라스."

그 순간 통화가 끝났다. 막혔던 숨을 뱉은 바라스가 다시 전화기를 들고 버튼을 눌렀다. 지금 '군수산업연합체' 간부들이 파리에 모여 있는 것이다. 휘하 정보원들이 사방으로 나가 있는 상황인데 러시아가 먼저 피셔의 동향을 파악했다. KGB의 정보력이 실감나는 순간이다. 그때 곧 응답 소리가 울렸다.

"군산연에서 체첸 특공대에 테러를 의뢰했습니다."

해밀턴이 굳어진 얼굴로 보고했다. 랜드의 이광 집무실 안, 자리에 둘러앉은 사내는 이광을 중심으로 해밀턴, 안학태, 조백진이다. 오후 2시, 창밖은 눈이 부실 만큼 환했고 하늘에는 구름 한 점 없다. 해밀턴이 말을 이었다.

"체첸 특공대는 병력과 장비 면에서 뛰어난 데다 자살테러를 주력 전술로 씁니다. 그래서 가장 악명이 높은 테러단인데요."

고개를 든 해밀턴이 이광을 보았다.

"러시아와 전쟁 중이어서 무기와 자금이 절대적으로 필요합니다. 그것을 이용해서 군산연이 접촉한 것입니다."

"이 기회에 군산연을 없애버리지요."

조백진이 참지 못하겠다는 표정을 짓고 말했다.

"볼룸, 피셔하고 간부급 몇 놈만 없애면 그 조직이 해체되고 다른 조직이 만들어질 것 아닙니까?"

그때 안학태가 고개를 끄덕였다.

"저도 같은 생각입니다. 그놈들이 먼저 용병들을 고용해서 우리를 치려고 했기 때문에 우리가 선제공격을 한 것이 아닙니까? 이제 체첸 특공대까지 고용했으니 전쟁입니다."

안학태가 이렇게 과격한 반응을 보이는 것은 드문 일이었다. 매사에 신중하고 표현도 절제해 온 안학태다. 이광이 해밀턴을 보았다.

"체첸 특공대 규모는?"

"특공대는 1개 여단 3천 명 규모지만 그중 테러 훈련을 받은 정예는 1개 연대 1,200명 정도입니다. 그중에서 이번 작전에 몇 명을 투입할지는 알 수 없습니다."

"우리도 병력은 충분합니다."

조백진이 바로 말을 받았다.

"리비아에서 테러 훈련을 받고 있는 대원이 약 2천 명, 랜드에 배치된 500명을 제외하고 세계 각지에 분산시킨 병력이 약 1천 명, 거기에다 삼합회, 야쿠자를 병력화한다면 1만 명 가깝게 됩니다."

어깨를 부풀렸다가 내린 조백진이 말을 이었다.

"국내에서 월남전 참전 병력을 기준으로 모집하면 1만 명쯤은 더 충원할 수 있습니다."

이제 해밀턴은 한국어에 유창했기 때문에 다 알아들었다. 그 말을 들은 이광이 빙그레 웃었다.

"그만하면 됐다."

이광의 시선이 다시 해밀턴에게 옮겨졌다.

"체첸 특공대를 상대하는 전쟁이다. 러시아하고 연합해야 되겠지?"

"이미 연합은 된 셈입니다. 그래서 체첸 특공대 정보를 준 것이니까요."

해밀턴이 웃음 띤 얼굴로 말을 이었다.

"미국은 싫어하겠지만 이번 전쟁은 리·러 연합군 대 체첸 특공대와의 전쟁입니다."

"적절하게 미국을 이용해야 돼."

"알겠습니다."

해밀턴이 커다랗게 고개를 끄덕였다. 이라크의 쿠웨이트 침공으로 또 하나의 전쟁이 유발되었다.

"뭐요? 오퍼 내지 말라고?"

버럭 소리친 헤르만이 자리에서 일어섰다. 미국 시애틀의 제이슨 컴퍼니 영업사장실, 헤르만이 눈을 부릅떴다.

"이것 보셔, 피셔 씨. 그럼 이 오퍼가 어디로 갈 것 같소? 우리 '군산연'에서 받지 않는다면 말이오."

"아무 곳에도 안 갑니다, 헤르만 씨."

피셔도 목소리가 강해졌다.

"우리가 오퍼 내막을 언론에 제보할 예정이니까요. 그 오퍼를 낸 리스타 놈들도 전 세계인으로부터 비난을 받게 될 겁니다."

"비난을 받고 오퍼를 안 할 것 같습니까?"

"회사가 제재를 받는 상황에 어떻게 오퍼를 할 것 같소?"

"누가 제재를 한단 말이오?"

"미국 정부가."

"구체적으로 말하면?"

"우선 국세청, CIA, 그리고 의회에서 나설 거요."

"언제?"

"곧."

"피셔 씨, 언론에 언제 보도될 거냐고 물었소."

"곧."

그러고는 피셔가 맺듯이 말했다.

"군산연 사무국장으로 군산연의 결정을 제이슨 컴퍼니에 통보하는 겁니다. 오퍼 내지 마세요. 지금 세계인의 질타를 받고 있는 '침략국'에 무기를 판다는 건 있을 수 없는 일입니다. 이건 미국 정부의 공식 입장입니다."

그러고는 통화가 끊겼기 때문에 헤르만이 헛웃음을 웃고 나서 전화기를 내려놓았다.

저녁 식사를 마친 햇산과 이광이 테라스로 나와 저녁 바다를 바라보며 나란히 앉았다. 이곳은 햇산의 거처로 정해진 코리아 호텔, 베란다에서 검은 밤바다를 바라보던 햇산이 입을 열었다.

"오후에 워싱턴주재 쿠웨이트 대사가 오겠다는 연락을 받았습니다. 미국 고위층의 전갈을 갖고 오는 것 같습니다."

핫산이 말을 이었다.

"군산연 측에서 다방면으로 로비를 하고 있어요. 특히 이번에 쿠웨이트로 무기를 함께 싣고 가는 것에 대해서 문제를 삼고 있습니다."

"알고 있습니다."

"리스타 측의 대책은 있습니까?"

고개를 돌린 핫산이 이광을 보았다.

"그자들이 체첸 특공대까지 고용했다면서요?"

"덕분에 KGB가 우리를 지원하고 있지요."

그때 핫산이 숨을 들이켜는 소리를 냈다. 한동안 이광을 응시하던 핫산이 흰 이를 드러내고 웃었다.

"KGB하고 동맹이 되었습니까?"

"적의 적은 우군이니까요."

"CIA도 알고 있겠지요?"

"덕분에 CIA의 입장도 많이 완화된 셈이지요."

"완화되었다니요?"

"저를 통해서 KGB와 교류가 될 테니까요."

"KGB와의 교류가 필요합니까?"

"언제든지, 세계 각국에서 KGB와 CIA가 견제, 감시하고 있지 않습니까? 서로 정보에 갈증이 난 상태니까요."

한동안 이광을 응시하던 핫산이 고개를 끄덕였다.

"CIA도 마찬가지겠군요."

"이용할 수 있으면 어떻게든 이용하는 겁니다. 제가 KGB와 협조 관계가 되는 것을 이용해서 CIA는 얼마든지 방법을 찾아낼 겁니다."

"과연, 체첸 특공대를 군산연이 고용하는 바람에 KGB와 CIA 간 소통이 이루어지는군요."

"CIA는 군산연의 행동을 대놓고 저지할 수는 없지만 그렇다고 지원하는 입장도 아니거든요."

"그렇지요."

"내일 쿠웨이트 대사가 미국 측의 어떤 입장을 가져올지 궁금하군요."

그렇게 말했지만 이광은 의자에 등을 붙이고는 얼굴을 펴고 웃었다.

"다국적군과 이라크 간 전쟁보다 리스타와 군산연의 전쟁이 먼저 일어났습니다, 전하."

<2권 계속>

영웅의 조건 1

초판1쇄 인쇄 | 2019년 6월 20일
초판1쇄 발행 | 2019년 6월 25일

지은이 | 이원호
펴낸이 | 박연
펴낸곳 | 한결미디어

등록 | 2006년 7월 24일(제313-2006-000152호)
주소 | 서울시 마포구 모래내로 83 한올빌딩 6층
전화 | 02-704-3331
팩스 | 02-704-3360
이메일 | okpk@hanmail.net

ISBN 979-11-5916-118-6 979-11-5916-117-9(set)   04810

ⓒ한결미디어 2019